WEIHN
GESCHICHTEN
AM KAMIN

37

Gesammelt von
Barbara Mürmann

Rowohlt Taschenbuch Verlag

CW01513305

Originalausgabe
Veröffentlicht im Rowohlt Taschenbuch Verlag, Hamburg,
November 2022
Copyright © 2022 by Rowohlt Verlag GmbH, Hamburg
Redaktion Nadia Al Kureischi, Leonie Roth
Covergestaltung any.way, Walter Hellmann
Coverabbildung James Newman Gray/Advocate Art S.L
Satz aus der Warnock Pro bei Pinkuin Satz und Datentechnik, Berlin
Druck und Bindung GGP Media GmbH, Pößneck, Germany
ISBN 978-3-499-01015-6

Die Rowohlt Verlage haben sich zu einer nachhaltigen
Buchproduktion verpflichtet. Gemeinsam mit unseren Partnern
und Lieferanten setzen wir uns für eine klimaneutrale Buchproduktion ein, die den Erwerb von Klimazertifikaten zur
Kompensation des CO_2-Ausstoßes einschließt.
www.klimaneutralerverlag.de

Vorwort

Alle Jahre wieder hole ich voller Vorfreude die Weihnachtsdekoration vom Dachboden. Engel, Weihnachtsmänner, Sterne und alles andere findet einen Platz, und die erste angezündete Kerze auf dem Adventskranz leuchtet die Weihnachtszeit ein. In der leichten Unruhe der Vorweihnachtszeit wird die Gemütlichkeit häufig etwas vernachlässigt. Dafür kehrt bei mir die nötige Ruhe zwischen Heiligabend und dem Dreikönigstag ein, und ich genieße dann wirklich die stille Zeit. Nach dem sechsten Januar wird sämtliche weihnachtliche Dekoration wieder in Kartons und Kisten verstaut. Sämtliche? Ich frage mich jedes Jahr erneut, warum mindestens ein Sternchen irgendwo liegen geblieben ist oder auf dem Bücherbord noch ein Engel auf der Harfe spielt. Aber vielleicht muss das so sein, damit ich mit dem Lesen Ihrer Weihnachtsgeschichten beginne. Doch warum grinst mich zu Pfingsten noch ein vergessener Osterhase an? Sollte ich vielleicht auch einmal Ostergeschichten sammeln? Auf jeden Fall freue ich mich wieder auf Ihre Weihnachtsgeschichten und werde mit Sicherheit dank des vergessenen Sternchens oder Engelchens wieder rechtzeitig mit dem Lesen beginnen.

Barbara Mürmann

Sternstunden
einer Ziege

Johannes Hilliges

Es gibt Momente im Leben, die vergisst man sein Lebtag nicht. Highlights. Ausnahmeaugenblicke. Sternstunden eben. Nennen Sie es, wie Sie wollen. Von einem solchen Gänsehautmoment muss ich Ihnen erzählen.

Ich heiße Ramona und bin eine Ziege. Keine gewöhnliche Ziege, darf ich in aller Bescheidenheit hinzufügen, sondern eine Hochleistungsziege. Zwischen drei und vier Litern bester Ziegenmilch schaffe ich am Tag – das finden Sie bei uns im Ort selten! Wir sind eine eingeschworene Gemeinschaft, wir Milchziegen von Bethlehem. Jeden Morgen nach dem Melken kommen die Hirten; sie gehen von Haus zu Haus und sammeln uns ein, bis sie eine stattliche Herde zusammenhaben; unter den zufriedenen Blicken unserer Besitzer geht's dann hinaus auf die saftigen Wiesen, das ist immer ein Fest! Auf dem Weg dorthin tausche ich mit meiner Freundin Tirza von gegenüber unter viel Gemecker den neuesten Tratsch aus – man muss ja auf dem Laufenden sein. Abends sind wir pünktlich zum Melken wieder zurück. Höchste Zeit, ich habe dann schon Hochdruck!

Wir sind der Stolz der Bewohner. Ohne uns gäbe es

schließlich nicht den Exportschlager des Ortes: Ziegenkäse aus Bethlehem. Er wird sogar auf dem Wochenmarkt in Jerusalem gehandelt. Exquisit – mild und doch aromatisch im Geschmack. Müssen Sie unbedingt mal probieren. So, das war der Werbeblock. Trommeln gehört schließlich zum Geschäft.

Wenn Sie jetzt meinen, hier würden alle in schicken großen Häusern wohnen mit zwei Eseln statt nur einem davor, dann täuschen Sie sich aber! Es sind harte Zeiten. Seit wir römische Provinz sind, geht's wirtschaftlich bergab; galoppierende Steuern und steigende Preise, das hält keiner lange durch. Und dazu ständig neue irrsinnige Verordnungen von ganz oben! Erst kürzlich wieder baute sich so ein aufgeblasener römischer Legionär auf unserem Marktplatz auf und kündigte die nächste Steuerschätzung an. Ich hätte ihn mit meinen Hörnern sonst wohin stoßen können. Aber ich will ja nicht als Grillziege enden, also habe ich schwer an mich gehalten. Steuerschätzung! Sie müssen wissen: Anordnungen wie diese lösen immer eine halbe Völkerwanderung aus. Dafür muss jeder in das Dorf reisen, in dem seine Sippe über Grundbesitz verfügt, so läuft das bei uns. Und dann wird abgezockt, ich sag's Ihnen!

Es dauerte auch nicht lange, und unsere Ziegenherde musste sich morgens und abends auf dem Weg durch den Ort regelrecht ihren Weg bahnen. Am schlimmsten war das Gedränge vor meinem Haus. Kaum zu glauben, dass alle diese Menschen zur Familie gehörten! Ich war froh, am Ende des Tages zurück in meinen Stall verschwinden zu können. Wir leben ja alle unter einem Dach – wir Haustiere im vorderen, etwas tiefer gelegenen Teil, weiter hinten wohnt mein Eigentümer mit seiner Familie. Und dort wurden gerade die letzten Matratzen zusammengetragen. Das war vielleicht ein Gewusel und Stimmengewirr – ich kann's Ihnen sagen! Ich war nur froh, dass keiner zu uns in den Stall kam, hier war's eng genug. Neben meiner Wenigkeit wohnt hier noch der Ochse Ruppert, den mein Chef bei der Feldarbeit braucht. Ruppert ist stark, wie ein Ochse nun mal ist, nur ein bisschen wortkarg. Ja, und dann haben wir hier noch den Esel Balduin. Er hat nicht besonders viele PS, aber dafür ist er ausdauernd. Glücklicherweise bleiben die Schafe in der Regel draußen, die schlafen gerne kalt. Wir Ziegen mögen es nachts lieber warm. Ist auch für die Milch besser. Wegen Unterkühlung hatte ich sogar einmal eine Euterentzündung – die wünsche ich nicht einmal meinem ärgsten Feind!

So, jetzt können Sie sich ein Bild von dem Ambiente machen, in dem meine Sternstunde spielt – von der wollte ich Ihnen ja eigentlich erzählen.

Ich musste wohl gerade eingeschlafen sein; die Anna mit den kräftigen Händen hatte mich gemolken, dann noch ein Maul voll Heu als Betthupferl und genüsslich ins Stroh gekuschelt. Da hörte ich Stimmengemurmel. Meine Chefin kam zu uns in den Stall; in der einen Hand eine flackernde Öllampe, an der anderen Hand ein hochschwangeres junges Mädchen, dem man ansah, dass es bald so weit war. Hinter den beiden ging ein Mann, der offensichtlich zu dem Mädchen gehörte. Während ich mich noch etwas schlaftrunken wunderte, was denn diese seltsame Gesellschaft hier bei uns im Stall wollte, kam meine Chefin auch schon auf mich zu und zeigte auf den Strohhaufen neben mir. Im Nu war ich auf den Beinen! Die wollten doch wohl nicht ...?! Und ob sie wollten! Sie breiteten Decken aus und machten sich daran, hier im Stall zu schlafen. Anscheinend gab es für diese Nachzügler nicht genügend Platz vorn bei den Menschen – jetzt mussten also schon wir Tiere zusammenrücken!

Okay, ich bin ja kein Untier, also habe ich ein bisschen gemeckert und Platz gemacht. Wurde auch höchste Zeit, das habe ich mit fachkundigem Blick sofort gesehen: Die Geburt war schon voll im Gange. Das Zicklein – Entschuldigung: das Menschenkind – schien es ganz schön eilig zu haben! Meine Chefin legte sich ins Zeug und kümmerte sich professionell um das Mädchen – Maria hieß es, das hatte ich mitbekommen.

«Josef, hol schnell frisches Wasser! Aber warmes vom Ofen!» Tja, die Chefin spannte den Vater gleich mit ein. Und dann war es da, das kleine Menschenkind, und der erste zaghafte Schrei – da geht einer guten Geiß einfach das Herz auf!

Als Maria ihr Baby zum ersten Mal gestillt hatte und ihm ganz wohlig die Augen zufielen, nahm der Josef es vorsichtig auf den Arm. Kurz schaute er sich um – und dann legte er das Windelbündel doch tatsächlich in unsere Futterkrippe! Also, mal ehrlich: Ich wollte erst protestieren. Muss das Kind denn auf unserem Essen liegen? Aber wie es da so gebettet war auf unserem guten Heu, da konnte ich nicht mehr meckern. Es liegt hierauf natürlich unvergleichlich weicher als auf dem Stroh, das wir Tiere des Nachts nutzen. Josef ließ die Öllampe brennen, legte sich neben seine Frau und schmiegte sich an sie, so viel Platz war gerade noch. Nach diesem aufregenden Erlebnis kehrte langsam Ruhe ein. Im Halbschlaf rutschte Maria an mich ran – es geht doch nichts über einen warmen Ziegenbauch.

Es musste schon nach Mitternacht gewesen sein, als wir hochschreckten. Das Licht brannte noch. Das Baby schlief tief und fest. Doch draußen waren Geräusche zu hören: zögerliche Schritte, als würde jemand nach etwas suchen. Und schon ging die Tür einen Spalt weit auf, jemand steckte den Kopf durch die Tür: Es war Ben. Ich kannte den Hirten gut, manchmal bringt er uns Ziegen auf die Weide, meistens ist er aber für die Schafe eingeteilt. Ein gutmütiger Karl, der die Ruhe weghat und sich und uns Zeit lässt, wenn wir unterwegs sind. Das ist wichtig, denn Eile schadet der Milchproduktion. Jetzt schlüpfte Ben also in den Stall, und mit ihm seine Kollegen. Ließen die doch einfach die Schafe draußen alleine ... Dafür musste es einen wahrlich triftigen Grund geben, wenn es keinen Ärger geben sollte.

«Da, da ist es!», flüsterte Ben aufgeregt und deutete auf das Baby in der Futterkrippe.

Andächtig und auf Zehenspitzen kamen sie näher und ließen sich leise auf die Knie fallen. Ihre Gesichter schienen irgendwie – zu leuchten. Ja, das ist das richtige Wort: Sie leuchteten, und das kam nicht von der kleinen Ölfunzel, die nach wie vor ruhig vor sich hin brannte. Jetzt wandten sich die Männer schüchtern an Maria und Josef, rangen nach Worten. So verlegen kannte ich die ja gar nicht. Was war denn bloß passiert? Ja, und dann erzählten sie, erst stockend und dann immer lebhafter. Sie berichteten, dass ihnen draußen bei den Schafherden der Engel des Herrn begegnet sei. Vor Schreck seien sie zunächst wie gelähmt gewesen, so etwas erlebe man ja schließlich nicht alle Tage ... Aber der Engel hätte sie beruhigt.

«Fürchtet euch nicht», habe er gesagt, «denn siehe, ich verkündige euch große Freude, die allem Volk widerfahren

wird; denn euch ist heute der Heiland geboren, welcher ist
Christus, der Herr, in der Stadt Davids. Und das habt zum
Zeichen: Ihr werdet finden das Kind in Windeln gewickelt
und in einer Krippe liegen.»

Wie die Hirten diese fremd klingenden Worte sprachen,
feierlich und ohne Stocken, spürte ich unter meinem dich-
ten Fell eine Gänsehaut. Dann berichteten die Hirten weiter
von den himmlischen Heerscharen, ganzen Engelschören.
Und auch diesen Text hatten die Hirten noch ganz genau
im Gedächtnis: «Ehre sei Gott in der Höhe und Friede auf
Erden bei den Menschen seines Wohlgefallens.»

Na ja, so richtig habe ich das auf die Schnelle nicht verstanden, aber gespürt habe ich's, dass hier nämlich etwas
ganz Wundersames passiert sein musste. In meinem langen Ziegenleben hab ich schon viel erlebt, aber so etwas
Ergreifendes und in jeder Weise Ungewöhnliches ist mir
noch nicht untergekommen. Und es ist mir heute noch so,
als wenn es erst gestern geschehen wäre. Es gibt Sternstunden, die vergisst man nie. Wir Tiere damals im Stall von
Bethlehem gaben keinen Mucks von uns; sogar der ewig
wiederkäuende Ruppert hielt sein Maul still.

Viel später wurde mir erst klar, was genau uns so berührt
hatte. Es war dieses Leuchten, das die Hirten mitgebracht
hatten und das sich im ganzen Stall ausbreitete, dieser ganz
besondere Glanz. Ein Leuchten von innen, das das Herz
erhellt und erwärmt und die untrügliche Gewissheit gibt,
dass alles ein gutes Ende nehmen wird ... Ach, Sie verstehen sicher, was ich meine! Es ist das, wonach selbst wir
Ziegen uns im Grunde sehnen. Kommt Ihnen vielleicht gar
nicht in den Sinn, dass wir Ziegen auch ein Herz haben und
nicht nur am Meckern sind, oder?

Ja, so war das mit der Sternstunde, von der ich Ihnen erzählen wollte. Und wann immer ich mich an sie erinnere, ist es wieder da, dieses Leuchten. Und ich bin dankbar und froh, dass ich damals dabei war und hautnah miterlebt habe, wie der Himmel die Erde berührte. Dass der Himmel so nah ist – das werde ich mein Lebtag nicht mehr vergessen.

Also, dann machen Sie's gut. Und wenn Sie mal nach Bethlehem kommen, schauen Sie gerne vorbei. Und lassen Sie sich den guten Ziegenkäse schmecken!

Ein Zweiglein
zum Advent

Ilse Mucks

November 1946. Es war der Samstag vor dem ersten Advent. Typisch herbstliche Witterung mit einem Wechsel von Sonne und trüben, nasskalten Abschnitten. Nichts Ungewöhnliches für die Jahreszeit. Fünfundsiebzig Jahre liegt er zurück und ist dennoch so lebendig, gegenwärtig.

Wir hatten nichts, da alles 1944 verloren gegangen war. Hunger und Kälte waren unsere Begleiter, aus Kerzenstummeln formten wir uns mit einem Baumwollfaden provisorisch ein Licht, das mitunter nur glimmte, leere Zigarettenschachteln, die die nachbarlichen Besatzer fortgeworfen hatten, lieferten Stanniolpapier für silberne Sterne und Herzen. Ein paar Zapfen fanden wir auf dem nahe gelegenen alten Friedhof, so die Eichhörnchen sie nicht vernascht hatten. Da fehlten lediglich die Tannenzweige, um uns ordentlich einzustimmen. Doch wo sollten wir sie hernehmen? Taschengeld gab's kaum, und Nadelbäume in den Vorgärten von Helmstedt waren rar. Heimliches Stibitzen wäre aufgefallen, und unser schlechtes Gewissen wäre groß gewesen.

So beschlossen wir, ein Spielfreund und ich, auf Schatzsuche zu gehen – heimlich. Niemand wusste davon.

Wir wagten uns vor in Richtung Elz, einen Mischwald, etwa dreißig Minuten von der Stadt entfernt. Am Wege starrten uns unbarmherzig ausgebrannte und völlig zerbombte Ruinen an. Einige hohe Fichten standen davor, die Zweige aber waren für uns nicht erreichbar.

Aufgeben? Ging nicht, denn wir wollten ja etwas heimbringen: ein Zweiglein zum Advent.

Alsbald erreichten wir die Bahnbrücke und näherten uns mehr und mehr der Gleisüberquerung in Richtung Braunschweig. Dabei bemerkten wir, wie unzulänglich unsere Kleidung war. Lange Hosen für Mädchen kannten wir damals noch nicht. Kurze Schnürstiefel, die leicht durchweichten, bedeckten unsere recht motivierten Füße. Uns fröstelte, aber das kannten wir Kriegskinder, damals zwölf- und dreizehnjährig, schon.

Am Bahnwärterhäuschen duckten wir uns, krochen mehr schlecht als recht vorbei, denn der Wärter sollte uns nicht sehen, er würde uns sicher zurückhalten.

Dann hatten wir es geschafft! Die Tannenbaumschonung lag verheißungsvoll vor uns. Im fahlen Novemberlicht sah es hier, wo wir im Sommer Butter- und Steinpilze gesammelt hatten, gar friedvoll aus. Es duftete nach Nadelholz und Moosen. Gräser neigten ihre Spitzen, und durch den Wald zog stille Andacht, das Geheimnis des Advents.

Wir gingen etwas abseits und brachen mit klammen Fingern einige Zweige, die sich unbarmherzig wehrten und durch die Handschuhe stachen, sodass es schmerzte.

Da! Was war das? Ein knackendes Geräusch in der Nähe. Ein aufgescheuchtes Reh, ein Hase oder Kaninchen? Beunruhigt sah ich mich um und starrte entsetzt in die unfreundlichen Augen eines bärtigen Mannes. Dieser furchterregende, wilde Blick! Panik kam in mir auf. War er ein Wilddieb oder Hüter des Gesetzes?

In der Nachkriegszeit war es nicht ungefährlich in den Wäldern. Verbrechen schienen an der Tagesordnung zu sein. Ich zog meinen Spielfreund, der aufgrund der Flucht aus Posen recht furchtsam war, tief in die Schonung hinein, wir irrten im Kreise umher, kauerten uns schutzsuchend nieder. Mein Freund weinte bitterlich, ich musste ihm den Mund zuhalten. Und dann die Dunkelheit! Wir hatten nicht bedacht, dass die Tage kürzer wurden und somit die Dunkelheit früh hereinbrach. Überdies war Nebel aufgekommen. Wie ein milchiger Schleier durchzog er den Fichtenwald – wir hatten die Orientierung verloren, und niemand würde uns hier vermuten.

Nackte Angst lähmte unsere Gedanken, bevor wir die rettende Idee hatten: Irgendwann musste ein Zug passieren, vielleicht konnten wir uns durch den Schall orientieren. Und dann hörten wir das Rattern.

Hand in Hand stolperten wir voran, prallten gegen Bäume, fielen ins weiche Laub des Bodens und rutschten die flache Bahnböschung hinab. Sie wies uns zu den Gleisen und in die Richtung des Bahnwärterhäuschens. Danke, lieber Herrgott, danke!

Erschreckt und dennoch sehr liebevoll versorgte uns der Beamte notdürftig mit warmem Pfefferminztee und einer Taschenlampe mit Funzellicht, mit der wir recht mühsam Helmstedt erreichten.

Erleichtert machten wir die ersten Heimatlichter am Elzweg aus. Völlig erschöpft, aber unendlich glückselig, denn wir hielten doch tatsächlich ein Zweiglein in der Hand, ein Zweiglein zum Advent 1946.

Liebe Leser, dies ist ein Tatsachenbericht zweier Nachkriegskinder, die sich abenteuerlich auf Schatzsuche begaben. Keine Fantasie. Schutzengel standen uns zur Seite – oder?

Uns allen eine friedvolle Weihnacht!

Nagetiere

Frank Hiller

P anik ergriff den Weihnachtsmann in der Heiligen Nacht. Er zerrte an den Zügeln, der Rentierschlitten kam vor einem verschneiten Häuserblock zum Stehen. Neben dem Weihnachtsmann auf der Sitzbank stand ein kleiner Käfig, verdeckt von einer wärmenden Wolldecke. Hatte er dem Tier darin ausreichend Futter gegeben? Vor seinem geistigen Auge erschien ein mumifiziertes Fellknäuel in einer der Käfigecken. So etwas konnte er den beiden Kindern wohl kaum unter den Weihnachtsbaum legen. Mit einem mulmigen Gefühl zog er die Decke zur Seite. Der Boden des Käfigs war üppig mit Holzstreu und Zellstoff ausgekleidet. Ein Hamsterrad, ein halb gefüllter Wasserspender und ein hölzernes Häuschen vervollständigten die Ausstattung. Davor hockte der wohlgenährte winzige Käfiginsasse und versuchte mit viel Anstrengung, ein großes Apfelstück in seine rechte Backentasche zu pressen. Der Weihnachtsmann atmete erleichtert auf. Das kleine Tier beendete das kräftezehrende Vorgehen und quetschte das Apfelstück mit einem Speichelfaden wieder heraus.

«Mist, Mist, Mist!», fluchte der Hamster mit hervorquellenden Augen.

Entsetzt warf der Weihnachtsmann die Wolldecke über den Käfig. Das hatte er ja völlig vergessen! Seine Rentiere waren immer sehr schweigsam. Darum war ihm die Fähigkeit, mit Tieren sprechen zu können, kaum mehr präsent. Er räusperte sich, rückte seine rote Weihnachtsmannmütze gerade, atmete tief durch und zog die Wolldecke erneut zur Seite. Der Hamster blickte giftig zu ihm auf.

«Mann, mit diesen Wurstfingern hätte ich auch keine kleineren Apfelstücke hinbekommen!» Der Hamster schaute ihn an und schüttelte den Kopf.

Der Weihnachtsmann stutzte. «Du frecher kleiner Hamster!»

«GOLDHAMSTER! Klar?!», entgegnete das Nagetier gereizt und fuhr fort: «Also nicht Bronze oder Silber, sondern ausschließlich Gold, capito?»

Verwundert betrachtete der Weihnachtsmann das aufmüpfige kleine Wesen.

«Wohin bringst du mich überhaupt?», beschwerte sich der Hamster weiter.

«Zwei liebe und artige Kinder haben sich zu Weihnachten ein kleines, niedliches Haustier gewünscht», erklärte der Weihnachtsmann. Er runzelte die Stirn und schob sein Gesicht näher an den Käfig heran. «Sag mal», sprach er langsam, «steht da *GERDA* auf deinem linken Ohr?»

«Ja und? Was dagegen? War mal mit ihr zusammen», entgegnete der Hamster mürrisch. «Soll ich dir auch ein Tattoo machen? Ist mein Beruf.»

«Beruf?»

«Ich kann ja nicht den ganzen Tag nur im Rad laufen. Also, willst du?»

Der Weihnachtsmann schüttelte den Kopf. Irritiert stieg

er vom Schlitten und klemmte sich den Käfig unter den linken Arm. Mit der rechten Hand griff er nach dem großen Geschenkesack auf der Ladefläche des Schlittens und warf ihn sich über die Schulter. Der Schnee unter seinen Stiefelsohlen knirschte, als er zum Häuserblock ging. Ansonsten herrschte in der Straße nächtliche Stille. Vor dem Fenster einer Erdgeschosswohnung hielt er schließlich inne und stellte den Sack ab.

Dieses kleine Tier ohne Manieren hatte ihn aus dem Konzept gebracht. Angestrengt suchte er nach einem klaren Gedanken und tastete den Fensterrahmen ab. Vielleicht ließ sich das Fenster öffnen.

«Alter, es ist offen», sagte der Hamster. «Sieh dir den Griff an!»

Tatsächlich. Der Fenstergriff im Zimmer zeigte zur Seite. Nur leicht tippte der Weihnachtsmann gegen den Rahmen, geräuschlos schwang das Fenster auf. Mit betretener Miene blickte er in die unbeleuchtete Erdgeschosswohnung. Ein Nagetiergehirn hatte ihn in seiner Strategie übertrumpft, und das schien buchstäblich an seinem Selbstwertgefühl zu nagen. Er musste sich dieses Weihnachtsgeschenks schleunigst entledigen!

Entschlossen stellte er den Hamsterkäfig auf dem Fensterbrett ab, packte den Geschenkesack und kletterte behände durch das geöffnete Fenster in die Wohnung. Nachdem er den Käfig wieder an sich genommen und den Fensterflügel mit der Schulter sachte zugedrückt hatte, schlich er mit seinen Gaben lautlos durch den Raum bis zu einem schmalen Wohnungsflur. Aus einem Zimmer am anderen Ende des Flures drang das schwache Licht eines festlich erleuchteten Weihnachtsbaums. Mit geübten Bewegungen steuerte der Weihnachtsmann darauf zu. Wohl niemand konnte sich so unbemerkt wie er durch die Häuser bewegen. Kein Schlafender war je von ihm geweckt worden, dem Meister der Lautlosigkeit. Er spürte, wie ihn dieser Gedanke aufbaute.

«Soll ich mal schreien?», flüsterte der Hamster und grinste.

Fast wäre dem Weihnachtsmann der Käfig entglitten. Abrupt blieb er auf zwei Holzdielen stehen, die unter seinem Gewicht leicht nachgaben. Schweiß sammelte sich in seinem Nacken. Ob die Kinder auch mit einem ausgestopften Goldhamster zufrieden wären? Er schaute hinab und bemerkte, dass das Nagetier seine Schläfe im Visier hatte – dort musste eine Ader gefährlich stark pulsieren.

«Na gut! Dann eben nicht.» Der Hamster verdrehte beleidigt die Augen.

Mit mahlendem Kiefer setzte der Weihnachtsmann seinen Weg fort und erreichte ohne weitere Unterbrechung das Wohnzimmer. Erleichtert stellte er den Käfig unter den Weihnachtsbaum und sortierte die übrigen Geschenke aus dem Sack sorgfältig daneben.

«Juhu, jetzt bin ich dich los!», flüsterte er triumphierend in den Käfig hinein. Dann drehte er sich um und ging zur Wohnzimmertür. Doch da drang das Geräusch eines klappenden Gittertürchens an seine Ohren. Er blieb stehen und riss den Kopf herum.

«Hey, Mütze, hier unten», ertönte eine leise Stimme. Da saß er, der Hamster! Auf dem Zimmerboden neben dem Käfig und inspizierte ein Stromkabel. «Ah, lecker. Ein Zweihundertzwanzig-Volt-Kabel!», frohlockte das Tier.

Die Augen des Weihnachtsmannes weiteten sich, das

linke Augenlid begann nervös zu zucken. Nun drehte er sich vollständig dem Hamster zu.

«Folgendes Angebot: Ich mach dir ein Tattoo, dann gehe ich auch in den Käfig zurück», schlug das Nagetier vor. Der Weihnachtsmann schüttelte den Kopf. Erpresste dieser Goldhamster ihn etwa? «Wie wär's, wenn ich dich einfach wieder einfange?», konterte er, obwohl er daran zweifelte, der Aufgabe gewachsen zu sein.

Er machte einen Schritt auf den Hamster zu, doch der hatte bereits seinen Standort gewechselt und lehnte jetzt an einem der Geschenke. Der Weihnachtsmann kam näher. Der Hamster wich zurück und lief links um den Baum. Der Weihnachtsmann folgte. Die Zweige vibrierten, die Kugeln klirrten. Der Baum schwankte gefährlich. Dann blieb der Weihnachtsmann stehen und kratzte sich an der Stirn.

«Und? Überzeugt?» Der Hamster wippte an einem Zweig.

«Kleines Tattoo?», flüsterte der Weihnachtsmann resigniert.

Der Hamster nickte. «Hast du einen Kugelschreiber dabei? Und was Spitzes?»

Als der Weihnachtsmann die Wohnung durch das Fenster verließ, war seine Stimmung am Boden. Noch nie hatte ihn ein Weihnachtsgeschenk so gedemütigt. Er stapfte zum Schlitten zurück und ließ sich unsanft auf die Sitzbank fallen. Eines der Rentiere drehte den Kopf herum und sah ihn schweigend an. Er war Profi, er konnte sich jetzt doch nicht gehen lassen! Die nächsten Geschenke mussten verteilt werden. Tief atmete er durch, drehte sich um und griff nach der Abdeckplane auf der Ladefläche. Einen Augenblick zögerte er, denn eine unheilvolle Vorahnung überkam ihn. Vorsichtig schlug er die Plane zur Seite und erstarrte. Zwischen allerlei Geschenken stand ein weiterer Haustierkäfig. Zwei hübsche Meerschweinchen saßen darin einträchtig nebeneinander und blickten unschuldig zu ihm hoch.

«Das ist der Typ?», fragte das eine Meerschweinchen.

«Jepp, der ist es!», antwortete das andere.

Konzentriert taxierten beide Meerschweinchen den Weihnachtsmann.

Schließlich meldete sich das eine erneut zu Wort. «Krass! Guck dir das an. Da steht *GERDA* auf der Nase.»

Wenn die Bibel klemmt

Ingrid Schäfer

Pfarrer Moosbauers ganzer Stolz ist seine Bibel, ein Familien-Erbstück von großem Wert. Mit den Buchdeckeln aus Holz, den kunstvollen Messingbeschlägen und dem satten Goldschnitt ist sie prächtig anzuschauen. Es vergeht kein Tag, ohne dass er darin blättert, sich an ihrer Schönheit erfreut und aus dem Inhalt Kraft und Trost schöpft.

Morgen ist der erste Advent. In dieser weihevollen Zeit liest Pfarrer Moosbauer seine Bibel mit ganz besonderer Andacht, vor allem die Weihnachtsgeschichte. Immer wieder findet er darin Anregungen für bewegende adventliche Predigten.

Leider ist der Advent aber auch die Zeit, in der er alle Jahre wieder mit seinem Küster einen Kampf ausfechten muss. Pfarrer Moosbauer ist ein schwer beweglicher konservativer Geist, der beharrlich an alten Traditionen festhält. Der Küster Florian, ein auffallend attraktiver und charmanter Mann, ist das genaue Gegenteil: geistig beweglich und offen für Neues. Nicht verwunderlich, dass er neben der ewigen «Stillen Nacht» und «O du fröhliche» immer wieder andere schöne Weisen vorschlägt, die den festlichen Gottesdiensten einen frischen Anstrich verleihen könnten. Ganz besonders liegt ihm das Lied «Heiligste Nacht! Finsternis weichet, es strahlet hienieden …» am Herzen, weil er damit die schönsten Erinnerungen an seine Kindheit verbindet.

Solche «revolutionären», weil neuen Gedanken mag Pfarrer Moosbauer gar nicht, und so wird die «Heiligste Nacht» des schönen Florian ebenso beharrlich abgelehnt, wie sie vorgeschlagen wird. In seinem tiefsten Inneren weiß der Pfarrer jedoch, dass seine Ablehnung auf Neid beruht. Mit seinem Engagement, seinem hilfsbereiten Wesen und nicht zuletzt seiner blendenden Erscheinung fliegen Florian die Herzen der Gemeinde zu. All diese Gaben hätte Pfarrer Moosbauer insgeheim auch gerne. Stattdessen erinnert er sich schmerzlich an seine frühe Kindheit, als Onkel Ludwig ihn gemustert und bemerkt hatte: «Nun ja, auch dem lieben Gott gelingen nicht alle Menschen!»

Obwohl er sich für diese Gefühle schämt, schafft Pfarrer Moosbauer es nicht, über seinen Schatten zu springen. Und so hat er die «Heiligste Nacht» auch diesmal wieder schroff abgelehnt, obwohl der schöne Florian am vierten Advent einen runden Geburtstag feiert und es für ihn kein schöneres Geschenk geben könnte. So traurig hat der schöne Florian bei der Absage heute dreingeblickt, dass den Pfarrer das schlechte Gewissen gestreift hat. Aber nur ganz kurz.

Es ist früh dunkel geworden an diesem ersten Advent. Der Frost malt überall seine Eisblumen auf die Fensterscheiben, und bauschige weiße Flocken sinken lautlos aus einem bleigrauen Himmel herab und decken alles zu.

Mit warmen Socken an den Füßen und einem großen Becher, randvoll mit dampfendem Glühwein, dessen würziger Duft den ganzen Raum füllt, lässt sich Pfarrer Moosbauer in seinem gemütlichen antiken Lehnstuhl nieder. Er möchte ein wenig in seiner geliebten Bibel schmökern und sein Herz mit weihnachtlichen Gedanken füllen.

In froher Erwartung greift er nach dem Buch und schlägt es auf. Das heißt – er will es aufschlagen, aber es geht nicht. Der Buchdeckel bewegt sich nicht, keinen Millimeter. Verblüfft zerrt und zieht, dreht und wendet, stemmt und ruckt der Pfarrer an den Deckeln, vergeblich. Es fühlt sich an, als würde eine unsichtbare Schraubzwinge Deckel und Blätter unerbittlich und unlösbar zusammenpressen. Die Bibel bleibt zu.

Pfarrer Moosbauers Verblüffung verwandelt sich zunächst in Ratlosigkeit, dann in Panik. Was, bei allen himmlischen Mächten, geht hier vor?

Fahrig greift er nach dem Glühweinbecher, nimmt einen großen Schluck und verbrennt sich fürchterlich den Mund. Mit einem unweihnachtlichen Fluch setzt er den Becher wieder ab. Dieser XXL-Becher war das Geschenk eines Gemeindemitglieds mit Sinn für Humor, denn auf dem weißen Porzellan steht in schnörkeliger Schrift: *Gott sieht alles!*

Nach einigen weiteren Versuchen, seine Bibel zu öffnen, gibt der Pfarrer auf. Was nun? Was tut man in einer bizarren Situation wie dieser? Der alte Johannes Batzer fällt ihm ein. Der Buchbinder aus dem Nachbarort kennt sich mit Büchern aus wie kein anderer – jedenfalls technisch. Aber was soll er ihm am Telefon sagen? «Hier ist ein Notfall, kommen Sie schnell! Meine Bibel klemmt!»? Innerhalb weniger Stunden würde er, der ehrwürdige Pfarrer Moosbauer, zum Gespött der ganzen Gemeinde.

Er versucht, sich zu beruhigen, und nimmt – diesmal ganz vorsichtig – einen weiteren Schluck Glühwein, dessen Wärme ihn innerlich wohlig durchströmt. Dabei bleibt sein Blick an der Aufschrift hängen: *Gott sieht alles!* Zum ersten Mal hat Pfarrer Moosbauer das Gefühl, dass diese fromme Aussage auch eine Drohung sein könnte.

Seine Bibel klemmt. Könnte es sein, dass Pfarrer Moosbauers oberster Dienstherr etwas gesehen hat, wofür dieser seinen Diener jetzt in dieser Form bestraft? Wahrlich, eine schlimmere Strafe kann es nicht geben! *Gott sieht alles!* Ja, wenn Pfarrer Moosbauer ehrlich zu sich selbst ist, weiß er genau, was Gott heute gesehen hat. Da braucht er nicht lange zu überlegen. Das traurige, enttäuschte Gesicht seines Küsters steht ihm deutlich vor Augen, als er ihm mit nicht sehr weihnachtlicher Nickeligkeit wieder einmal die «Heiligste Nacht!» verweigert hat. Dabei ist das doch nur ein Lied. Und noch dazu ein sehr schönes.

Pfarrer Moosbauer nimmt erneut einen Schluck aus dem Becher mit der schön geschriebenen Drohung drauf. *Gott sieht alles!* Ja, leider. Deshalb klemmt jetzt auch diese vermaledeite Bibel. Aber wenn er über seinen Schatten springt und ein freundliches Wort mit dem schönen Florian über ein gewisses Weihnachtslied wechselt – vielleicht entriegelt dann die göttliche Hand seine Bibel und macht sie wieder heile …?

Er trinkt den Glühwein aus, seufzt und starrt vorwurfsvoll seine prächtige Bibel an, diese Verräterin, die sich treulos und illoyal auf die Seite des schönen Florian geschlagen hat. Sie lässt ihm keine Wahl. Wenn sie morgen früh immer noch klemmt, weiß er, was er zu tun hat.

Der Gottesdienst am zweiten Adventsonntag wurde sehr festlich begangen. Der Chor und die Posaunenbläser haben die schönen Adventslieder vorgetragen, die der ebenso schöne Florian hat auswählen dürfen. Obwohl es Pfarrer Moosbauer schon ein wenig gefuchst hat, als einige seiner Schäfchen bemerkten: «Endlich mal was anderes als dieses ewige ‹Macht hoch die Tür!›. Das wurde aber auch Zeit!»

Man kann sich die maßlose Verblüffung des schönen Florian kaum vorstellen, als sich der Pfarrer vor einer Woche für seine Unfreundlichkeit entschuldigte («Jeder hat mal eine schlechte Phase!») und ihm vorschlug, nein, ihn eindringlich bat, in der ganzen kommenden Advents- und Weihnachtszeit seine musikalischen Ideen einzubringen. Selbstverständlich auch die «Heiligste Nacht!». Pfarrer Moosbauer bestand geradezu auf diesem Lied – für den überglücklichen Küster, der sich diese Wandlung vom Saulus zum Paulus nicht erklären konnte, ein wahres Weihnachtswunder. In seinem tiefsten Inneren schien ihm Pfarrer Moosbauer wohl doch viel verständnisvoller und gütiger zu sein, als er bisher angenommen hatte.

Direkt nach dem Gottesdienst düst der Pfarrer durch das Schneegestöber wie ein Pfeil nach Hause, lässt sich ganz außer Atem in seinen Lehnstuhl fallen und greift mit bange klopfendem Herzen nach seiner renitenten Bibel. Aber siehe da – sie öffnet sich beinahe von allein, so glatt und mühelos, als hätte sie noch nie geklemmt. Als wären ihr solche Ideen fremd.

Pfarrer Moosbauer stößt einen Seufzer der Erleichterung aus, der vermutlich bis auf die Straße zu hören ist. Dann macht er sich einen Glühwein (in der Kirche war es bitterkalt) und betrachtet nachdenklich den Becher.

Gott sieht alles!

In Zukunft weiß er, dass das wirklich stimmt.

Wie Ostereier,
nur anders

Margret Silvester

Warum sollte man so ein Weihnachtsfest nicht einfach mal auf neue Füße stellen? Was nicht bedeutet, dass der Weihnachtsbaum-Fuß verzichtbar wäre. Und ein Tannenbaum, der in ihm Platz findet. Und etwas Vegetarisches anstatt Kartoffelsalat mit Würstchen. Der eher schwache Protest von Fee, die sich nicht vorstellen konnte, ohne Fleisch am Weihnachtsabend überhaupt zu leben, blieb überstimmt auf der Strecke.

Was, wenn man die Bescherung mal nicht unter dem Weihnachtsbaum machen würde, sondern als Geschenkesuche, ähnlich wie die Suche nach Eiern zu Ostern? Diese Vorschläge stehen nun im Raum. Nicht gänzlich mit Traditionen brechen, nur ein wenig. Sodass es keinem wehtut. Luca und Fee, die ins Streitalter gewachsenen Zwillinge im Hause Hansen, suchen natürlich längst keine Ostereier mehr. Um den Tannenbaum gibt es Debatten.

«Auf keinen Fall soll ein weiterer Baum gekillt werden», meint Luca.

«Aber ein Baum, der ohnehin sein Leben ausgehaucht hat – wozu wäre er gestorben, wenn er seiner festlichen Bestimmung am Ende nicht zugeführt werden würde?» Fees Argument. Und der Tannenbaumverkäufer hat schließlich Familie und muss auch leben. Mit ein wenig Festlichkeit und nostalgischem Hintergrund, vor allem für die Eltern – damit sind alle einverstanden. Mama setzt außerdem ihren Wunsch nach weihnachtlicher Musik durch.

Es sollte nicht unerwähnt bleiben, dass das Wort «Schnitzeljagd» seine Tücken hat. Papa schlägt diese abenteuerliche Jagd durch die Wohnung vor, um an die Geschenke zu kommen. Ostereier hin oder her, das wäre ja nichts wirklich Neues, nur etwas zu verstecken. Die Zwillinge lassen sich darauf ein, nachdem Papa ihnen das Wort «Schnitzel» erklärt hat. Der Vortrag über Wortherkunft und die Möglichkeit, auch «Schnipsel» zu gebrauchen, zieht sich in die Länge, wie so oft, wenn Papa sein allumfassendes Wissen preisgibt. Die Zwillinge zeigen sich von ihrer nachsichtigen Seite und stimmen dem Vater zu.

Die Vorbereitungen sind trotz der neuen Vorstellungen in diesem Jahr nicht einfacher. Mama und Papa machen sich an das Abenteuer, aus der Wohnung eine Rätselbude zu machen. Es soll für die beiden Zwölfjährigen nicht zu leicht werden. Deshalb gibt es außer den unvermeidlichen Pfeilen und Windrosen, bei denen mal Nord und mal Süd ausgemalt ist, auch kleine gefaltete Zettel in Briefumschlägen. Kleine Rätsel, nicht zu schwer. Die Briefumschläge sind beschriftet mit den Namen der Zwillinge und der Eltern, manchmal auch *Mama* und *Papa*.

Luca und Fee tragen das Ihre dazu bei, nachdem sie sich – zwar Escape-Room-affin, aber noch ohne Schnitzeljagderfahrung – bei einer der vielen Suchmaschinen im Internet schlaugemacht haben.

Und dann ist Heiligabend. Eigentlich ist alles wie immer. Aus der Küche duftet es anders, aber durchaus lecker, und die Wohnung ist geschmückt wie all die Jahre zuvor. Warum soll die viele weihnachtliche und festliche Deko aus Jahren langer Familientradition auch in Kartons und Schachteln verstauben?

Die Kinder entdecken die lieb gewonnenen Figuren an Tannenzweigen, die, von Schnüren gehalten, an Türen und Fenstern baumeln. Und dann die Tanne! Wie jedes Jahr ist sie nicht nur mit roten Kerzen, sondern mit den alten Lebkuchenherzen geschmückt, die vor vielen Jahren ein Bäcker eigens für die Familie Hansen hergestellt hat. Die Lebkuchen haben mittlerweile eine Versteinerung erfahren und könnten durchaus archäologischen Wert haben. Sie kamen frisch zu Weihnachten ins Haus, als zur Familie noch der Hund Billy gehörte. Billy tat, was keiner sonst sich traute: Er stibitzte einen davon direkt aus dem Baum und verputzte ihn noch an Ort und Stelle. Soll mal einer behaupten, dass Hunde keine Lebkuchen fressen. Aber besser wäre, sie ließen es. Denn Billys Bauchweh hielt über mehrere Tage an – ob das vom Lebkuchen kam oder von den vielen anderen ungewohnten Leckereien, konnte nicht eindeutig geklärt werden. Billy ist schon lange im Hundehimmel, aber diese Geschichte gehört zum Weihnachtsfest. Alle Jahre wieder. Die nach dem Diebstahl verbliebenen Lebkuchen haben bis heute überlebt und vor Zugriffen geschützt ihre Form und Farbe beibehalten, mitsamt der weißen Zuckerguss-Verzierungen. Sie sind Ersatz für den Schnee, der schon so viele Jahre nur noch im Lied leise rieselt. Zwei, drei Flocken gab es bisher in diesem Jahr, und auch die sind schon wieder weg.

Hier mischt sich die Mutter ein: «Letztes Jahr hatten wir Schnee. Mehr als die Jahre zuvor.»

«Ach, das bisschen.»

«Na, immerhin blieb er für eine ganze Woche liegen.» Auch wenn Schnee Arbeit macht – das ist Spaß für die ganze Familie, egal welchen Alters – Schneemänner, Schneebälle, einseifen …

«Weißt du noch, Papa, als wir mit Schlitten und Fackeln durch den Park gefahren sind?»

«Gefahren? Ich habe euch gezogen – wie kann ich das vergessen? Drei Schlitten hintereinander mit der ganzen Bagage der Nachbarschaft – jedenfalls wird es die Tage keinen Schnee geben, das ist die Voraussage.» Papa hat die letzten Wettermeldungen gehört. «Und», setzt er hinzu, «ihr seid mir alle längst zu schwer.»

«Aber es war wirklich toll mit dir, kaum zu toppen.» Die Zwillinge sind sich einig. Sie schauen sich in der Wohnung um. Wo waren die Hinweise auf die «Schnipseljagd»?

«Erst wollen wir essen. *Die* Reihenfolge möchte ich jedenfalls beibehalten.» Davon lässt Mama sich auch in diesem Jahr nicht abbringen.

«Erst das Essen, dann das Vergnügen – sonst muss Weihnachten ausfallen.» Papa zwinkert mit einem Auge. Mama verzieht keine Miene.

Das Essen ist nicht der Reißer, finden die Zwillinge. «Das liegt nur daran, dass wir anderes gewohnt sind», sagt Papa. Das neue Menü hat die Eltern vor Herausforderungen gestellt, die dem sonstigen Stress der Vorweihnachtszeit in nichts nachstehen. Papa hat bei der Vorbereitung irgendwann aufgegeben und sich anderen «auch wichtigen» Dingen zugewandt. Wie jedes Jahr.

Nach dem Essen holt Mama einen Karton hinter dem Sofa hervor und öffnet ihn. Darin liegen sie, die vielversprechenden kleinen Briefumschläge, mit Namen und Ziffern versehen. Sie geben eine Reihenfolge an, wie den Zwillingen bald klar wird. Sie sehen sich an. Und was ist mit ihren eigenen «Schnitzeln»? Sie haben keine Reihenfolge geplant, sie haben auf kleinen Zetteln Hinweise für die Eltern notiert und sie versteckt.

Was sie nun in den Händen halten, lässt sie erstarren. Das ist ja wie Hausaufgaben …! Damit hatten sie wirklich nicht gerechnet.

Rätsel! Ohne deren Lösungen geht es nicht weiter – also nicht zu den Geschenken. Noch dazu haben sich die Kinder darauf eingelassen, sich für diesen Abend ihrer Handys zu entledigen (nein, auch nicht nur «mal ganz kurz» reinschauen). So gibt es für sie nicht die klitzekleinste Möglichkeit zu schummeln. Dabei wäre es so einfach – Rätselseiten in den Suchmaschinen aufrufen und: voilà, die Lösung!

Stattdessen müssen sich die beiden auf ihre eigene Kombinationsgabe verlassen, und das ist mühevoll: Ein Spion will in eine Stadt eindringen. Dafür muss er den Wachen am Stadttor die korrekte Parole nennen, die er leider noch nicht kennt. Er legt sich also hinter ein Gebüsch in der Nähe des Tores auf die Lauer und wartet. Kurz darauf kommt ein Händler mit einem Karren zum Tor und verlangt Einlass.

Der Wächter sagt: «Achtundzwanzig.»

Der Händler antwortet: «Vierzehn», und wird eingelassen.

Als Nächstes kommt ein junges Bauernmädchen.

Nun sagt der Wächter: «Acht.»

Das Mädchen erwidert: «Vier», und wird eingelassen.

Später steht ein Mönch vor den Stadttoren.

Der Wächter sagt: «Sechzehn.»

«Acht», antwortet der Mönch und wird eingelassen.

Der Spion glaubt nun zu wissen, worauf es ankommt, und stolziert mit einem breiten Lächeln vor die Stadttore.

Der Wächter verstellt ihm den Weg und sagt: «Zwölf.»

Der Spion erwidert: «Sechs», und will weiterlaufen, aber bevor er auch nur einen Schritt machen kann, zieht der Wächter sein Schwert und nimmt den Spion fest. Tja. Mit welcher Zahl wäre der Spion ohne Probleme eingelassen worden?

(Die richtige Lösung wäre «Fünf» gewesen: Nicht die Hälfte der Zahl war entscheidend, sondern die Anzahl der Buchstaben.)

Die Kinder fühlen sich aufs Glatteis geführt. Es juckt ihnen in den Fingern, das Handy zurate zu ziehen. «Ich muss mal eben auf Klo» ist noch die durchschaubarste Ausrede. Aber Schummeln wäre jetzt gar nicht fair, schließlich hatten sie selbst die Idee, Weihnachten einmal anders zu feiern. Zumindest lassen die beiden nicht unerwähnt, dass sie gnädiger seien und es den Eltern viel zu leicht gemacht hätten. Unisono fügen sie hinzu: «Na ja, ihr in eurem Alter rafft ja manches nicht mehr.»

Kurzweilig wird der Abend dennoch, auch wenn er länger wird als alle vorherigen Weihnachtsabende. Und lauter, spaßiger wird es auf jeden Fall, weil das Drumherum der Geschenkesuche einfach gute Laune macht. Die errätselten Geschenke machen gute Laune, das Rätselraten sowieso. Sogar die Aufgabe, ein Weihnachtsgedicht aufsagen zu müssen, bringt die Zwillinge nicht aus der Fassung. Es ist die letzte Nummer, die sie ziehen müssen, und der Weg zum Hauptgeschenk, das wie alle anderen Weihnachtsfeste auch unter dem Tannenbaum liegt.

«Machen wir nächstes Jahr wieder», so die überraschend einstimmige Meinung der Zwillinge.

«Werden wir sehen», ist die trockene Antwort des Vaters.

Fiete und
der Weihnachtsstern

Jörg Arndt

N a, was wünschst du dir in diesem Jahr zu Weihnachten?», fragte Karin ihren Enkel Fiete, während sie die kleine Holzkiste mit Scheren und Kleber auf den Wohnzimmertisch stellte.

«Einen Fußball», sagte der Fünfjährige eifrig. «Aber einen echten. Keinen bunten Plastikball für Babys. Ich will einen aus Leder. So wie in der Bundesliga!»

«Das ist ein guter Wunsch!» Karin musste lächeln und unterdrückte den Impuls, ihrem Enkel durch das volle dunkle Haar zu wuscheln. Er hasste das. «Was hältst du davon, wenn wir beide einen schönen Stern basteln? Den kannst du Mama zu Weihnachten schenken. Vielleicht hängt sie ihn sogar in den Weihnachtsbaum. Was meinst du?»

Fiete schüttelte traurig den Kopf. «Ich kann nicht so gut basteln», sagte er.

«Ach was, das bekommst du schon hin. Ich werde dir helfen. Schau mal, ich zeichne dir den Stern auf das Papier, dann brauchst du ihn nur noch auszuschneiden.» Karin reichte ihrem Enkel Pappe und Schere. «Fang ruhig schon mal an. Ich hole mir nur noch schnell einen Kaffee.»

Fiete nahm die Pappe in die Hand und betrachtete sie neugierig. Sie war geriffelt wie eine Cordhose. Die Linien, die Oma ihm aufgezeichnet hatte, waren alle schnurgerade. Das müsste er doch eigentlich hinbekommen. Die Wichtel auf der Tischdecke lächelten ihm ermutigend zu. Sie waren ebenfalls dabei, Weihnachtsgeschenke herzustellen, hantierten mit Sägen, Bohrern und Farbe, während ein kleines Engelsorchester ihnen aufspielte. Fiete liebte diese Decke.

«Vielleicht könnt ihr mir ein bisschen helfen», raunte er ihnen zu. Dann legte er seine Pappe direkt neben die Wichtelwerkstatt, setzte die Schere an und begann zu schneiden. Puh, ging das schwer. Entweder war die Schere stumpf oder die Pappe zu dick. Verbissen arbeitete Fiete sich vor. Endlich hatte er den ersten Zacken ausgeschnitten. Er nahm die Pappe hoch, drehte sie und entdeckte die Bescherung: Er hatte nicht nur durch die Pappe geschnitten, sondern auch durch die Tischdecke. Einem Engelchen hatte er glatt den Flügel abgetrennt und einem der Wichtel die Hand mit dem Hammer. Oh nein, was jetzt?

Schon kam seine Oma mit ihrem Kaffee zurück. Ohne lange nachzudenken, nahm Fiete die Tageszeitung, die neben Omas Sessel lag, und breitete sie über die zerstörte Stelle. Dann begann er mit dem zweiten Zacken.

«Oh, das ist gut. Wie ich sehe, hast du dir eine Zeitung untergelegt. Das hatte ich glatt vergessen. Nicht, dass die schöne Decke leidet.» Oma Karin stellte ihren Kaffeebecher auf einen Untersetzer und sah Fiete über die Schulter. «Toll machst du das!», lobte sie ihn. «Ich wusste, dass du das kannst.»

Am Ende hatte der Kleine einen schönen Stern gebastelt, doch es wollte keine rechte Stimmung aufkommen.

«Du wirst mir doch hoffentlich nicht noch krank vor Weihnachten?», murmelte Karin besorgt und legte ihrem Enkel die Hand auf die Stirn. Er war ungewöhnlich schweigsam, und nicht einmal die selbst gebackenen Kekse konnten ihm ein Lächeln abringen.

Auch im Kindergarten am nächsten Tag war Fietes Stimmung gedrückt. Die zerschnittene Decke lastete schwer auf seiner Seele. Bestimmt hatte Oma den Schaden schon entdeckt. Und was dann? Würde sie ihn immer noch als Enkel haben wollen?

Der Pastor kam in den Kindergarten. Das fröhliche Singen tat gut. «In der Weihnachtsbäckerei …»

Der Rabe Krah machte seine üblichen Späße – Fiete wusste natürlich längst, dass es nur eine Handpuppe war –, und dann kam das Kamishibai dran. Ein großer Holzkasten, in dem bunte Bildtafeln zu sehen waren, die der Pastor beim Erzählen nach und nach herauszog. Es ging um die Weihnachtsgeschichte. Alle hörten gespannt zu, auch wenn sie die Geschichte schon kannten. Sie war ja jedes Jahr gleich. Ein Bild zeigte Hirten auf dem Feld, die sich verwundert die Augen rieben und auf einen hellen Stern zeigten. Daneben waren Engel zu sehen. Sofort stand Fiete der durchgeschnittene Flügel von der Tischdecke vor Augen.

«Und der Engel sagte: ‹Freut euch, denn euch ist heute der Heiland geboren!›», erzählte der Pastor, «lauft schnell zum Stall, dann werdet ihr ihn sehen!»

«Was ist ein Heiland?», fragte Max.

«Der Heiland macht alles heil. Er bringt Frieden und Freude. Er ist der Grund, warum wir Weihnachten feiern», antwortete der Pastor. «Und ihr könnt mit ihm reden und ihm alles sagen, was euch bedrückt. Ihr werdet sehen: Jesus hilft!»

Diese Worte berührten Fiete, und mit aller Inbrunst betete er im Stillen: «Lieber Jesus, wenn du alles heil machen kannst, dann mach doch bitte Omas Tischdecke wieder heil! Amen.»

Immerhin fühlte er sich leichter danach.

Der Heilige Abend nahte. Beim Krippenspiel in der Kirche hörte Fiete die Worte noch einmal: «Freut euch, denn euch ist heute der Heiland geboren!» Er nahm es als gutes Zeichen. Aber ein bisschen bange war er schon. Heute Abend würde Oma Karin zu Besuch kommen.

Sie begrüßte ihn so liebevoll wie immer. Gern ließ Fiete sich von ihr in den Arm nehmen. Offensichtlich hatte der Heiland sein Gebet erhört.

Nach dem Essen wurden die Geschenke hereingebracht. Fiete machte große Augen: Statt in Geschenkpapier waren Omas Gaben in Stoff eingeschlagen, auf dem Wichtel zu sehen waren, wie sie in der himmlischen Werkstatt arbeiteten. Eines der Geschenke steckte in einer Stofftasche, auf der ein Orchester von Engeln musizierte. Groß und rund zeichnete sich darin ein Fußball ab.

Oma Karin lächelte verschmitzt in die Runde. «Fiete hat mich auf die Idee gebracht!», sagte sie. «Wiederverwendbarer Stoff ist doch viel besser für die Umwelt als dieses Geschenkpapier!»

Josef auf der Flucht

Albrecht Gralle

1978, ein paar Tage nach Weihnachten. Mitteleuropa wurde von einer Schneekatastrophe heimgesucht, wie ich sie vorher noch nie erlebt hatte. Es hörte einfach nicht auf zu schneien. Trotz Sand und Salzstreukommandos blieb die Autobahn unter einer weißen Decke versteckt. In den Städten sah man liegen gebliebene Autos, von denen zum Teil nur noch die Dächer aus dem Schnee herausragten.

Ich war mit dem Zug unterwegs nach Hamburg und wollte um achtzehn Uhr zu Hause sein, weil meine Frau und ich bei Freunden eingeladen waren. Ich saß in einem Sechser-Abteil direkt neben der Schiebetür und las in einem Buch.

Plötzlich wurde unsere Abteiltür mit einem Ruck geöffnet. Eine junge Frau beugte sich zu uns herein und fragte: «Kann mir jemand mit dem Kinderwagen beim Aussteigen helfen?»

Da ich direkt neben der Tür saß und mich die Dame gegenüber fragend anblickte, stand ich mit einem unhörbaren Seufzen auf, legte mein Buch aufgeklappt auf die Gepäckablage und folgte der jungen Mutter.

«Ich hab die Tür schon geöffnet», rief sie aufgeregt und

bedeutete mir auszusteigen. «Ich reiche Ihnen am besten den Kinderwagen herunter.»

«Gut», sagte ich und kletterte nach draußen auf den Bahnsteig. Da ich keinen Mantel angezogen hatte, zerrte der Schneewind an meinem Pullover. Meine Güte, dachte ich und musste aufpassen, nicht im Schnee zu versinken. Flüchtig las ich das Ortsschild: *Celle.*

Ich drehte mich um und packte den Kinderwagen mitsamt Kind, den mir die Mutter herunterreichte.

Gerade hatte ich ihn auf den Boden gestellt und wollte schnell zurück in den warmen Zug klettern, da fielen die Türen mit lautem Krachen ins Schloss, und die Räder setzten sich in Bewegung. Hinter dem Fensterglas sah ich das fassungslose Gesicht der Mutter, die mich mit weit aufgerissenen Augen anstarrte, etwas sagte und langsam mit dem davonfahrenden Zug aus meinem Blick verschwand.

Neben mir fing das Kind zu schreien an.

Ich traute meinen Augen nicht. Eben noch hatte ich warm und gemütlich in meinem Zugabteil gesessen, und jetzt, nur fünf Minuten später, stand ich ohne Mantel im tiefen Schnee auf dem Bahnsteig, der Wind fegte in meinen Pullover, und neben mir schrie ein Kind, das ich gar nicht kannte.

Ich schickte ein Stoßgebet zum Himmel für das Kind und mich, aber sicher war ich mir nicht, ob das Gebet seinen Weg durch die Wolkenmassen finden würde.

«Hallo!», hörte ich eine ärgerliche Männerstimme. «Gehen Sie sofort von den Schienen runter! Was machen Sie denn hier?» Das war offensichtlich ein Bahnhofsangestellter.

Und jetzt wurde es mir klar! Die aufgeregte Mutter hatte

versehentlich die Tür auf der falschen Seite des Zuges aufgemacht, weil der Schnee alles verdeckt hatte. Unser Manöver war gar nicht wahrgenommen worden, und der Zug, ohne zu warten, einfach wieder losgefahren. Ich wagte es nicht, mir vorzustellen, was bei der Durchfahrt eines Zugs aus der Gegenrichtung alles hätte passieren können.

Schnell griff ich den Kinderwagen, kletterte über die Schienen auf den Bahnsteig und nahm dort das Kind aus dem Wagen. Sein Gesicht war vom vielen Schreien und von der Kälte rot angelaufen. Um Ruhe bemüht versuchte ich, dem ärgerlichen Bahnbeamten meine Lage zu erklären.

Er schüttelte anfangs nur den Kopf, wurde dann jedoch einsichtiger und brachte uns in den warmen Aufenthaltsraum. Zwei Männer saßen nebeneinander und blickten erstaunt hoch, als ich mit dem Kind hereinkam. Inzwischen war ich mir fast sicher, dass das Kind ein Junge war.

Immer noch schrie das Kerlchen zum Herzerweichen. Er vermisste ganz offensichtlich die bekannte Stimme der Mutter. Nachdem ich die beiden Männer über die Situation aufgeklärt hatte, antwortete einer von ihnen nur trocken: «Noch nie so schnell zu einem Kind gekommen, was?»

Zum Glück hatte ich selbst einen zweijährigen Jungen, also nahm ich das Bündel auf den Arm und beruhigte es, während draußen der Schneesturm weitertobte und am Fenster rüttelte. Wie war ich froh, im Warmen zu sein! Nach ein paar Minuten öffnete sich die Tür, der Beamte kam herein, klopfte den Schnee von seinem Mantel und blickte uns mit einer Mischung aus Mitleid und Hoffnung an.

«So», sagte er, «ich habe den Zugführer eben über Funk erreicht und ihm die Sache geschildert. Er wird veranlassen, dass die Mutter mit Ihrem Gepäck», er deutete auf mich, «in Uelzen aussteigt. Das ist die nächste Station. Sie fahren mit dem Zug gleich dorthin. In Uelzen tauschen Sie Gepäck gegen Kind.» Er lachte. «Also so eine Art Tauschhandel.»

Ich nickte. Eine gute Lösung war das, ohne viel Aufwand.

Als der Zug nach einer halben Stunde endlich kam, war der Junge, dessen Namen ich nicht einmal kannte, in meinen Armen eingeschlafen. Ich fand schnell einen Platz in einem Abteil mit zwei älteren Damen. Sie waren fast zu Tränen gerührt, als ich meine Geschichte zum Besten gab. Nein, so etwas hätten sie noch nie gehört. Das sei einfach überwältigend. Und dann so kurz nach Weihnachten.

«Was hat denn Weihnachten damit zu tun?», fragte ich verständnislos.

«Wissen Sie», meinte die Dame im marineblauen Kostüm mir gegenüber, «mit Ihrem dunklen Vollbart und dem Kind auf dem Arm sehen Sie aus wie Josef auf der Flucht.»

«Aha», sagte ich und fügte hinzu: «Wobei uns die Maria wohl abhandengekommen ist.»

«Die werden Sie ja gleich treffen, sie wird sicher froh sein, endlich ihr Kind wiederzuhaben.»

Und das war sie auch. Sie entschuldigte sich tausendmal, während sie mir in Uelzen mein Gepäck, den Mantel und das Buch in die Hand drückte. Ich übergab ihr den Sohn samt Kinderwagen auf der richtigen Seite des Bahnsteigs und kletterte wieder in den warmen Zug.

Als wir losfuhren, beugte ich mich aus dem Abteilfenster und sah ihr hinterher. Sanft redete sie mit ihrem Sohn und war ganz vertieft.

Ich blickte nach oben in den dunklen Himmel und hatte den Eindruck, dass mein Stoßgebet angekommen war.

Mit einem Ruck schloss ich das Fenster, setzte mich auf

meinen Platz, holte mein Buch heraus und versuchte, die Stelle zu finden, an der ich aufgehört hatte zu lesen. Gemütlich lehnte ich mich zurück. Doch so ganz bei der Sache war ich nicht. Immer wieder stieg die Szene vor meinem inneren Auge hoch, wie ich auf den Gleisen stand, die Tür zuschlug und die Mutter davonschwebte. Mariä Himmelfahrt sozusagen.

Dabei fiel mir ein, dass ich vergessen hatte, sie nach dem Namen ihres Sohnes zu fragen. Und während ich gerade diesen letzten Satz tippe, fällt mir noch etwas ein:

Liebe Unbekannte! Wenn Sie zufällig diese Mutter von damals sind und diese Geschichte lesen, dann grüßen Sie Ihren inzwischen erwachsenen Sohn von Josef, der kurz nach Weihnachten mitten im Winter mit ihm ausgestiegen ist.

Es weihnachtet sehr

Martina Baumann

Stimmung will dieses Jahr einfach nicht aufkommen. Da helfen auch die geschmückten Weihnachtsbäume in den Straßen nicht. Mein Kopf ist randvoll mit Sorgen. Behördenkram, Handwerkertermine, Notfallpläne – keine Zeit für Besinnlichkeit. Ehrlich gesagt will ich auch gerade keine Zeit für das Fest haben. Bloß keine Zeit zum Nachdenken, um nicht zusammenzubrechen. Ich muss etwas tun. Hier ist noch so viel zu erledigen. Ich kann nicht ausfallen. Ausruhen – ohne bewohnbare Wohnung, wie soll das gehen?

So viele Wohnungen und Häuser in meiner Nachbarschaft sind dank der vielen freiwilligen Helfer im Rohbauzustand. Der Dreck ist raus, die Wände sind nackt und immer noch viel zu feucht, um weitermachen zu können. Das Warten nervt und frustriert. In der Weihnachtszeit geht es auch ums Warten, Vorbereiten auf die Geburt Jesu. Eine besinnliche Zeit soll das sein. Ich sinniere und grüble schon den ganzen Tag. Das Gedankenkarussell dreht sich immer schneller – viel zu schnell –, mir wird schlecht. Ich will aussteigen. Der Grübelei entfliehen kann ich nur durch körperliches Auspowern. Haben die Nachbarn noch Hilfe nötig, während ich darauf warte, dass die Bautrockner endlich abgeschaltet werden können?

An Weihnachten geht es auch ums Schenken – wenigstens Zeit und meine Arbeitskraft kann ich noch geben. Im Juli ist das ganze Tal abgesoffen, aber seitdem wurden wir in unermesslicher Weise beschenkt und unterstützt. Es ist Zeit, etwas zurückzugeben. Diese fantastische Hilfswelle, die über uns hereinbrach, unerwartet und überwältigend wie zuvor die Wasser- und Schlammmassen der Ahr. Ich weiß gar nicht, wo die vielen Menschen, die plötzlich da waren, herkamen, geschweige denn deren Namen. Für keine Drecksarbeit waren sie sich zu schade. Schleppten Schlamm und die Überreste unserer Habseligkeiten. Spendeten Trost, Essen und Getränke. Wärmten die Seele mit freundlichen Worten und den Körper mit Decken und Kleidung. Persönlich kann ich mich bei den meisten gar nicht bedanken, obwohl ich das gerne bei jedem Einzelnen täte.

Dankbarkeit durchflutet mich auch, wenn ich mir vor Augen halte, was hier bisher schon alles erreicht wurde. An guten Tagen sehe ich, dass Straßen wieder begehbar, Brücken errichtet, die Sperrmüll- und Schuttmassen verschwunden sind. Schwarze Tage, an denen einfach nichts vorwärtsgeht, der Frust überwiegt, der Wunsch, abzuhauen und alles hinzuschmeißen, übermächtig wird, gibt es jedoch reichlich.

Viele haben alles verloren, ich hatte Glück, wenigstens meine Wohnung kann wiederaufgebaut werden. Kurz vor den Feiertagen bin ich dann doch wieder einmal sprachlos und überwältigt, als eine Truppe von Klimatechnikern eine der gespendeten Einraumheizungen installiert. Wärme, endlich! Das Fest kann kommen. Der Tannenbaum wird aufgestellt, mit echten Kerzen, gebastelten Sternen, Schleifen und kleinen Äpfeln geschmückt. Die Nachbarschaft, Familie und Freunde werden sich im kerzenbeschienenen Rohbau um die Bierzeltgarnituren versammeln zu Heißgetränken, mitgebrachten Keksen und Leckereien. Gitarren und Trompeten, Akkordeons und Flöten sowie unser Gesang werden die dröhnenden Bautrockner übertönen. Bei dem Gedanken an das Weihnachtslied «Leise rieselt der Schnee» schaue ich frustriert in den Nieselregen. Es regnet schon wieder seit Tagen. Das Stakkato der Regentropfen auf den Scheiben und Abdeckungen geht mir unter die Haut, und mir stellen sich die Nackenhaare auf. Anspannung pur – ist da auch ein Rauschen zu hören?

Könnte es jetzt nicht wenigstens sanft schneien? Schneeflocken sind leise.

Frohe Weihnachten.

Best Christmas ever

Heike Weidlich

Ich trat aus dem Fahrstuhl, winkte Sandra vom Empfang zu und verließ das Gebäude. Endlich Urlaub! Keine nörgelnden Kunden, kein Chef und kein Kollege Lars, der bereits seit Wochen vor Vorfreude auf Weihnachten mit all seinen Verwandten ganz aus dem Häuschen war. Auch wenn Lars nicht nur Kollege, sondern auch ein wirklich guter Freund war – allein bei der Vorstellung eines Wohnzimmers voller Onkel und Tanten grauste es mir. Egal. Vor mir lagen zwei Wochen mit Micha, in denen wir endlich Zeit für uns haben würden. Ich atmete tief durch und machte mich auf den Weg: In zwanzig Minuten waren wir bei unserem Lieblingsitaliener verabredet.

Bereits während wir die Karte studierten, konnte Micha es kaum erwarten, mir «den absoluten Knaller» zu erzählen.

«Also, schieß los!», forderte ich ihn auf, nachdem der Kellner die Getränke serviert hatte.

«Stell dir vor», sagte Micha. «Letzte Woche war ich mit meinem Bruder in der Stadt. Das Reisebüro hat Lose für einen guten Zweck verkauft. Und – wir konnten es kaum fassen – Klaus hat den Hauptgewinn gezogen!»

«Gratuliere!» Ich musste ein Grinsen unterdrücken, da ich nicht annahm, dass bei unserem örtlichen Reisebüro ein nennenswerter Gewinn zu holen wäre.

Micha kam in Fahrt: «Klaus hat einen Kurzurlaub in einer Berghütte gewonnen. Über die Weihnachtsfeiertage. Der Wahnsinn! Und das Beste kommt erst noch!» Micha nahm einen Schluck Wein und machte ein geheimnisvolles Gesicht.

«Na, sag schon.» Ich hatte so langsam genug von seinem Bruder, den ich noch nicht einmal kannte, und wollte endlich zu meinen Plänen für unseren Urlaub kommen.

«Wir fahren alle mit», platzte Micha heraus.

«Wer ‹alle›?»

«Na, wir beide mit meiner ganzen Familie. Am Heiligen Abend geht's los.»

Mir klappte die Kinnlade herunter. «Wie bitte?»

«Wir haben die ganze Hütte für uns allein!»

Für uns allein? Seine gesamte Sippschaft würde da sein! In einem Zug leerte ich mein Weinglas. «Micha, weißt du …» Ich brach ab, bevor mir noch etwas rausrutschte, was er mir garantiert übel nehmen würde.

«Hab ich mir schon gedacht, dass es dir die Sprache verschlägt.» Micha lachte. «Mensch, ich freu mich so. Alle sind schon ganz gespannt darauf, dich endlich kennenzulernen.»

Ich konnte es nicht fassen. Aus der Traum von trauter Zweisamkeit. Ich würde die Feiertage mit einem Pulk wildfremder Menschen verbringen. In einer staubigen Holzhütte, wahrscheinlich ohne fließendes Wasser, dafür mit Plumpsklo. Auf einer Pritsche schlafen, Essen aus der Dose und als Höhepunkt im kalten Schnee herumstapfen, während sich fortwährend alle versichern würden, wie toll das sei. Ich hätte heulen können.

«Ist dir nicht gut?» Micha sah mich besorgt an.

«Ich glaub, ich krieg Migräne. Könntest du mich heimbringen?»

Micha schaute mich erstaunt an. «Ja, klar, ich zahl nur noch rasch. Du siehst tatsächlich etwas grün aus.»

Kein Wunder nach dieser Eröffnung!

Zum Abschied hob ich kraftlos die Hand und schloss die Wohnungstür. Dann kippte ich einen doppelten Schnaps und schleppte mich ins Bett. Doch obwohl ich mittlerweile ziemlich einen in der Krone hatte, konnte ich nicht einschlafen. Und so rief ich in meinem Elend Lars an. Ich jammerte und lamentierte über mein persönliches Unglück sowie über die Schlechtigkeit und Ungerechtigkeit der Welt im Allgemeinen. Während ich so in den Hörer schluchzte, wurde mir mit einem Mal bewusst, dass seitens Lars keinerlei Reaktion erfolgte und ich der Mailbox mein Leid geklagt hatte. Seufzend drehte ich mich um und zog die Decke über den Kopf. Konnten mich doch alle mal gernhaben.

Micha hupte. «Bist du fertig?», hörte ich ihn rufen. «Ich hol schon mal deine Tasche.»

«Mein Koffer steht im Flur.»

«Martina, wir fahren drei Tage in eine Berghütte und nicht drei Wochen nach New York.»

«Ich brauch das alles», knurrte ich und schob den Koffer vor die Tür.

«Na denn.» Micha wuchtete ihn ins Auto und fuhr los.

Missmutig starrte ich vor mich hin. Mir graute vor den kommenden Tagen, doch ich wollte es mir mit Micha nicht verderben. Sobald sich unsere Beziehung in sicheren Fahrwassern befand, würde ich solche Unternehmungen ganz schnell abstellen. So riss ich mich zusammen und maulte lediglich im Geiste weiter.

Als wir bei der Hütte ankamen, musste ich mein erstes vorschnelles Urteil jedoch revidieren. Es war keineswegs eine heruntergekommene Bretterbude, sondern ein ganz passables Blockhaus, das zudem äußerst romantisch auf einer Lichtung lag. Ringsherum standen hohe Tannen, und als wir aus dem Auto stiegen, begann es fein zu schneien.

Wir öffneten die Hüttentür, und ich betrat eine völlig unbekannte Welt.

Michas Mutter kam uns entgegen, gab ihrem Sohn einen Kuss auf die Wange, drückte mich mit einem Arm kurz an sich, während sie mit der anderen Hand die nackte Weihnachtsgans am Hals gepackt hielt. «Wie schön, dich endlich kennenzulernen, Martina!»

Klaus und seine Frau Britta schmückten mit tatkräftiger Hilfe ihrer Kinder den riesigen schiefen Weihnachtsbaum. «Hey, ihr beiden, prima, dass ihr es rechtzeitig vor dem Abendessen geschafft habt.»

Die Zwillinge Max und Luis sowie deren kleine Schwester Lea umringten uns und schrien wild durcheinander. Lachend schnappte sich Micha die Zwillinge und tobte mit ihnen durchs Wohnzimmer. Um das Chaos komplett zu machen, hüpfte ein kleiner weißer Pudel zwischen den Beinen der Kinder hin und her.

Wie sehr hatte ich mir als Kind ein Haustier gewünscht. «Das kommt gar nicht infrage» hatte ich jedes Mal als Antwort bekommen. «Was so ein Tier für einen Dreck macht, gar nicht zu reden von den Krankheiten, die durch diese Viecher eingeschleppt werden.»

Irgendwann fragte ich nicht mehr, zumal ich sowieso die meiste Zeit im Internat verbrachte. Oft auch die Weihnachtsferien, da sich meine Eltern ihrer hohen Arbeitsbelastung wegen «auch mal eine kleine Auszeit gönnen mussten». Meist in Form einer Fernreise, welche sich «nicht gelohnt hätte», hätten sie zum Schulanfang zurück sein müssen.

Wenn ich Weihnachten dann doch mal zu Hause verbrachte, herrschte stets eine merkwürdige Atmosphäre. Das ganze Haus wirkte nahezu steril, und es wurde alles vermieden, was Lärm oder Unordnung verursacht hätte. Durch den Heiligen Abend quälten wir uns, indem wir das Auspacken der Geschenke möglichst lange ausdehnten und uns anschließend stundenlang uralte Filme ansahen. Meistens war ich froh gewesen, wenn ich wieder abfahren konnte.

Lea riss mich aus meinen Gedanken, indem sie meine Hand packte und mich unter fröhlichem Geplapper Richtung Esstisch zog.

«Martina, setz dich doch zu uns!», forderte mich Michas Vater Peter auf und stellte mir Opa Franz und Tante Edda vor. Während wir uns sofort völlig zwanglos unterhielten, sah ich mich genauer um.

In jedem Winkel Chaos. Nichts war fertig. Es herrschte ein einziges Durcheinander. Kein Vergleich zu meinem perfekten Elternhaus. Trotzdem fühlte ich mich wohl und merkte, wie die Anspannung der letzten Tage von mir abfiel.

«Komm.» Edda stand auf und hakte sich bei mir unter. «Schauen wir mal, ob wir Maria ein wenig unter die Arme greifen können.»

«Dieses Schlitzohr von Metzger hat mir einen extra zähen Gummiadler mit bestimmt tausend Flugstunden angedreht», knurrte Michas Mutter, als wir die Küche betraten. «Aber die meisten von uns haben ja gute Zähne», grinste sie.

Ich konnte es kaum glauben. Meine Mutter wäre ausgerastet, wenn das Weihnachtsessen nicht perfekt gewesen wäre.

Zwei Stunden später saßen alle um den großen Tisch im Esszimmer und ließen sich das Festmahl schmecken. Obwohl die Gans tatsächlich ziemlich zäh, der Salat ein wenig zu sauer und die Kartoffeln etwas matschig geraten waren, aßen alle mit gutem Appetit und unterhielten sich angeregt.

Als die Kinder nach dem Essen eine Polonaise um den Esszimmertisch tanzten, schlossen sich sofort alle Erwachsenen an. Lachend ließen sich Franz und Edda nach ein paar Minuten in die Sessel sinken, die anderen nahmen sich Stühle oder setzten sich auf die Schaffelle auf dem Holzboden.

«Opa, liest du uns die Weihnachtsgeschichte vor?», fragte Luis.

Peter setzte seine Brille auf und begann, aus einem alten Buch vorzulesen. Natürlich kannte ich die Weihnachtsgeschichte, doch alles, was über das allgemeine Schulwissen hinausging, bezeichneten meine Eltern bestenfalls als nette Folklore. Es spielte bei uns keine Rolle. Als ich nun in dieser gemütlichen Runde Peters Stimme lauschte, hatte ich zum ersten Mal in meinem Leben das Gefühl, dass doch mehr hinter dieser Sache stecken könnte.

Bei der anschließenden Bescherung bekamen die Kinder die Spielsachen, die sie sich gewünscht hatten. Auch wenn diese keineswegs alle pädagogisch wertvoll waren, hatten sie einen Riesenspaß damit.

Später spielte Opa Franz auf einer kleinen Ziehharmonika alte Weihnachtslieder, und die meisten sangen, summten oder brummten mit. Ich dachte an die Konzertkarten, die ich für heute Abend besorgt hatte und die soeben verfallen waren. Doch es machte mir nichts aus. Denn obwohl nicht alle die richtigen Töne trafen, war das hier so schön – keine Sinfonie der Welt hätte schöner sein können.

Plötzlich vibrierte mein Handy. Unauffällig ging ich zum Fenster. *Fröhliche Weihnachten, Martina*, las ich auf dem Display. Dazu ein Foto von Lars mit seiner Familie.

Ich habe gerade erst Deine Nachricht abgehört und mache mir Sorgen. Ich hoffe, Du hockst nicht allein unterm Weihnachtsbaum. Ansonsten komm doch morgen zu uns. Wir würden uns freuen.

Micha war neben mich getreten. Er legte seinen Arm um mich, und zusammen sahen wir hinaus in die sternenklare Nacht. Der Mond schien, tauchte die Lichtung in ein eigentümliches Licht, und plötzlich verstand ich, was damit gemeint war, wenn von Weihnachten als dem Fest der Liebe und der Familie die Rede war.

Ich wandte mich um und nahm mit meiner Handykamera den schrägen, wild durcheinandergeschmückten Weihnachtsbaum, das im gesamten Raum verteilte Geschenkpapier, die herumliegenden Spielsachen und die ganze bunte Gesellschaft auf. Ich schrieb: *Danke, Lars. Keine Sorge: Best Christmas ever!,* und drückte auf Absenden.

Ein wundersames Weihnachtsfest

Sabine Niemann

23. Dezember 1946: Meine Mutter, meine Schwester und ich waren nach der Flucht auf der Insel Rügen auf einem ehemaligen Rittergut gelandet. Meinen beiden älteren Schwestern war die Flucht nach Westdeutschland geglückt. Auf dem Gut wurde uns dreien als Unterkunft ein kleines Zimmer zugewiesen. Eine Flüchtlingsfamilie aus Schlesien wohnte ebenfalls im Gutshaus. Küche und Toilette mussten wir teilen. Ein Bad gab es selbst im Außenbereich des Hauses nicht. Trotz aller Missstände freuten wir uns auf Weihnachten, denn ganz unverhofft bekamen wir einen kleinen Beutel mit Kartoffeln geschenkt: ein großer Schatz.

Wir saßen zusammen, als es plötzlich an der Zimmertür klopfte und zwei Damen um Einlass baten. Sie wollten sich aufwärmen und fragten, ob wir etwas Essbares übrig hätten. Für meine Mutter war es selbstverständlich, die Kartoffeln zu kochen und den Damen selbst gemachtes Rübenkraut dazu zu reichen. Etwas anderes hatten wir nicht.

Ich spüre noch heute das Entsetzen, als ich sah, wie sich eine der Damen die letzten Kartoffeln auf ihren Teller füllte. Aus der Traum von einem Weihnachtsessen. Damals sagte meine Mutter: «Immer wenn du denkst, es geht nicht mehr, kommt von irgendwo ein kleines Lichtlein her.»

Der Heiligabend kam, wir zogen die besten Sachen an, die uns geblieben waren. In einem Glas steckte ein Tannenzweig. Als Geschenke bekamen wir ausgeschnittene Puppen, gefertigt aus Zeitungspapier. In einem größeren Raum stand ein Klavier, meine Mutter spielte Weihnachtslieder, und gemeinsam mit der schlesischen Familie sangen wir die altbekannten Weisen.

Als wir in unser Zimmer zurückkehrten, wartete eine große Überraschung auf uns. Vor der Tür stand ein Topf mit einer köstlichen Hühnersuppe. Die Frau des ehemaligen Melkers hatte ein Huhn geschlachtet und uns etwas von der Suppe abgegeben. Muttis Worte hatten sich bewahrheitet. Selig löffelten wir die Suppe. Es war das schönste Weihnachtsfest seit unserer Flucht.

Weihnachtsgast

Rita Kusch

Mein Mann und ich arbeiten beide bei «Kirchens», und da ist die Weihnachtszeit eine besondere Herausforderung. Schließlich können wir kein Schild an die Kirchentür heften, auf dem steht: *An den Feiertagen geschlossen.* Es gibt viele Gottesdienste zu feiern, und wenn wir damit fertig sind, sind wir auch wirklich fertig. Deshalb ist es bei uns Sitte, dass zu uns kommen muss, wer mit uns Weihnachten feiern möchte, denn nach den vielen Aufgaben möchten wir es gerne gemütlich haben und nicht noch durch die Weltgeschichte fahren. Also haben wir am Heiligen Abend unsere beiden Familien zu Gast.

Das war auch in diesem Jahr wieder so. Es gab von allem reichlich, es schmeckte allen gut, und einige öffneten verstohlen den obersten Hosenknopf. Da klingelte es an der Tür, wie öfter mal. In einem Pfarrhaus ist damit immer zu rechnen, schließlich könnte jemand Hilfe benötigen, einsam sein oder sonstigen Kontakt zum himmlischen Bodenpersonal suchen.

Mein Mann und ich schauten uns an und überlegten kurz, wer zur Tür gehen sollte. «Be bu!», sagten wir beide, was mit leerem Mund «Geh du!» geheißen hätte. Weil mein

Mann einen Gottesdienst mehr gehalten hatte als ich, stand ich auf und öffnete. Draußen stand Günther, der Obdachlose aus unserem Ort. Wir mochten ihn gern. Im Sommer hatte er des Öfteren vorbeigeschaut, um sich durch Gartenarbeiten etwas hinzuzuverdienen.

«Fröhliche Weihnachten!», wünschte er mir und teilte mir mit, er hätte sich entschlossen, in diesem Jahr den Heiligen Abend bei uns zu verbringen. Mir blieb kurz die Luft weg.

Ich muss wohl etwas entsetzt geschaut haben. Bei aller Sympathie für Günther, das hatte mir gerade noch gefehlt. Da war dieser besondere Geruch, der ihn umgab, denn in dem Wald, in dem er schlief, gab es keine Dusche. Und wie hätte ich das meiner Schwiegermutter erklären sollen? Aber Günther wollte auch gar nicht hereinkommen, das sei ihm viel zu warm. Mit so vielen Menschen in einem Raum, nein, das würde er nicht aushalten. Er hätte da mehr an unseren Schuppen gedacht. Ein kleines Bäumchen habe er sich auch mitgebracht, Isomatte und Schlafsack habe er sowieso dabei. Na ja, und hungrig sei er natürlich auch.

Ich ging kurz zurück ins Esszimmer, um die Frage mit meinem Mann zu besprechen. Wir kamen überein, an diesem Heiligen Abend eine Ausnahme zu machen, denn normalerweise war der Schuppen tabu. Und es war ja Günther, der da fragte, auf ihn konnte man sich verlassen. Er würde kein Feuer machen und alles ordentlich hinterlassen. Also brachte ich ihm den Schlüssel und bat ihn, seine Sachen schon einmal rüberzubringen und dann in einigen Minuten etwas zu essen zu holen. Freudig stimmte er zu. Auf der Terrasse wartend besprach er sich noch mit unserem Gartenkater, die beiden kannten einander und hatten wohl ein ähnliches Schicksal, waren beide etwas menschenscheu, hatten ständig den gleichen Anzug an und waren immer hungrig.

Auf dem großen Teller türmten sich reichlich Fleisch und Gemüse, Kroketten und Soße, eben unser Weihnachtsmenü. Und sehr zu Günthers Freude stellte mein Mann eine Flasche Rotwein dazu.

Günther strahlte, das war für ihn ein großes Weihnachtsgeschenk. Und der Teller stand am nächsten Morgen mit einem Büschel Gras «abgewaschen» auf dem Gartentisch.

Das Geheimnis
im Schrank

Birgit Peters

D a stand er nun, groß und mächtig. Der alte Schrank hatte den Umzug aus meinem Elternhaus zu mir in den Flur unbeschadet überstanden. Ich glitt mit den Fingern sanft über die wunderschönen Holzschnitzereien. Die Holzwürmer, die einige Zeit im Schrank ihr Unwesen getrieben hatten, waren dank Mutters selbst hergestellter Spezialtinktur irgendwann geflüchtet. Die übrig gebliebenen Spuren hatten der Schönheit des Schranks nicht geschadet. Während ich behutsam das Holz mit Pflegemittel einrieb, dachte ich darüber nach, was dieses Möbelstück wohl alles über die vorigen Generationen erzählen könnte. Auch ich verband mit ihm ein prägendes Erlebnis meiner Kindheit. Versonnen schaute ich nach draußen. Die ersten Schneeflocken seit Jahren tanzten vom Himmel, und ich versank in meinen Erinnerungen …

Solange ich denken konnte, gab es diesen Schrank. Für uns Kinder war er immer der verbotene Schrank gewesen. Stets verschlossen und geheimnisumwittert. Mutter bewahrte dort all das auf, was sie vor unseren neugierigen Blicken verstecken wollte, ob es nun die frisch gebackenen Weihnachtsplätzchen waren oder auch das ein oder andere Geburtstagsgeschenk. Manchmal, wenn wir uns unbeobachtet wähnten, rüttelten wir erfolglos an den schweren Türen. Gerade in der Vorweihnachtszeit schlichen wir erwartungsvoll um den Schrank herum, und nachts träumten wir von verborgenen Schätzen.

Ich muss acht Jahre alt gewesen sein, als wir alle gemeinsam durch die festlich geschmückten Straßen meiner Heimatstadt bummelten. Die Luft war erfüllt vom Duft gebackener Mandeln, köstlicher Zuckerwatte und leckerer Bratwurst. Von den Karussells und Losbuden schwebte Weihnachtsmusik herüber. Vor einem Spielwarenladen blieben wir stehen, und ich drückte staunend meine Nase an der Scheibe platt. Was ich sah, verschlug mir fast den Atem. Ich beobachtete seltsame Fahrzeuge, die wie von Zauberhand angetrieben im Kreis fuhren, an der Tischkante haltmachten, umdrehten und eine andere Richtung einschlugen. Sie sahen aus wie Mondfahrzeuge, zumindest so, wie wir uns diese vorstellten. Die Weltraumforschung hatte nun also auch Einzug auf den Spielzeugmarkt gehalten.

Aufgeregt zerrte ich an der Hand meines Vaters. «So was wünsch ich mir! Das wäre toll!»

Schmunzelnd schaute er zu mir herunter. «Na, dann musst du ja noch ganz schön artig sein, wenn der Weihnachtsmann das bringen soll!»

Und Mutter ergänzte augenzwinkernd: «Hast du denn überhaupt schon einen Wunschzettel geschrieben?»

Ich schüttelte den Kopf. «Mach ich gleich, wenn wir zu Hause sind!»

Von da an dachte ich nur noch an das fantastische Auto. Damit würden mich alle Jungs in meiner Klasse beneiden.

Die Tage bis Weihnachten schienen dieses Jahr kein Ende zu nehmen. Meine Schwester und ich gaben uns die allergrößte Mühe, artig zu sein, was uns mehr oder weniger gelang. Unsere Ungeduld auf das Fest wuchs und machte uns ganz kribbelig.

Und dann kam der Tag, den ich bis heute nicht vergessen werde. Als ich von der Schule nach Hause kam, fiel mein Blick wie gewöhnlich auf den Schrank. Ein Blitz durchzuckte mich: der Schlüssel! Er steckte in der Tür! Mutter musste vergessen haben, ihn abzuziehen. Die Gelegenheit war günstig wie nie: die Eltern auf Arbeit. Die Schwester bei der Freundin …

Ich ließ den Ranzen fallen, warf hastig die Jacke daneben. Aufgeregt drehte ich den Schlüssel herum. Klackend sprang das Schloss auf.

Die Türen knarzten, als ich sie öffnete. Vor mir lagen vier große Fächer. Ganz oben kam ich nicht heran. Dort erblickte ich einige Dosen, sicher voller Plätzchen. Nicht wichtig. Ein Fach tiefer lag Baumschmuck, viel interessanter waren aber die unteren beiden Fächer: Sie waren vollgestopft mit großen und kleinen Kartons.

Mein Herz klopfte bis zum Hals. Inzwischen brach mir der Angstschweiß aus, ich tat Verbotenes. Zaghaft zog ich wahllos ein Päckchen hervor. Vorsichtig befreite ich es vom Packpapier. Eine Babypuppe sah mich vorwurfsvoll an. Sicher für meine Schwester, dachte ich und griff nach dem nächsten Karton. Und dann machte ich große Augen. Treffer. Da lag es – eingepackt in einem bunten Päckchen. Das Auto aus dem Spielzeugladen! Mein Herz hüpfte vor

Freude. Mein Weihnachtswunsch würde in Erfüllung gehen. Mutig nahm ich es in die Hand und begann sofort, damit zu spielen. Was für ein Spaß! Ich spielte und spielte. Doch plötzlich hielt ich inne. Waren da nicht Schritte vor der Tür zu hören? Panik stieg in mir auf. Hastig wickelte ich alles wieder ein. Ich hatte mir genau gemerkt, wie es gelegen hatte. Schnell schloss ich den Schrank und drückte die schwere Tür ran. Geschafft. Erleichtert atmete ich auf.

Die Haustür wurde geöffnet, meine ältere Schwester tänzelte vergnügt herein und musterte mich fragend: «Na, was machst du denn hier im kalten Flur?»

Ich spürte, wie mir das Blut in die Wangen schoss. Wahrscheinlich war ich schon puterrot. Nur Ruhe bewahren. «Ach nichts, ich bin auch eben erst gekommen», log ich.

Sie musterte mich skeptisch, gab sich aber damit zufrieden. Glück gehabt. Erleichtert atmete ich aus, schnappte meine Sachen und trottete in mein Zimmer.

Die letzten Tage bis Weihnachten verflogen im Nu, und mich plagte das schlechte Gewissen. Hoffentlich würde keiner merken, dass ich längst wusste, was unter dem Tannenbaum auf mich wartete. An Heiligabend ging es mir gar nicht gut. Mein Bauch grummelte. Hoffentlich ging alles schnell vorbei. Abends kam der Weihnachtsmann und drückte mir das wohlbekannte Paket in die Hand. Artig bedankte ich mich und stammelte ein Gedicht. Dann packte ich den Karton aus, und vor mir lag mein Auto aus dem Schaufenster. Ich freute mich, ja, aber die Freude war gespielt, denn meine wahre Freude war in den Tagen davor längst verpufft. Dieses Weihnachtsfest fühlte sich für mich nicht schön an.

Nie wieder schnüffelte ich später nach Verbotenem. Ich hatte mir selbst eine Lehre erteilt.

Ein Poltern an der Tür schreckte mich aus meiner Zeitreise. Jonas und Jana, meine beiden Enkel, stapften herein, über und über mit Schnee bedeckt.

«Omama, Omi, es schneit!» Aufgeregt liefen sie mir in die Arme und blieben dann abrupt stehen.

Jonas rief: «Aber das ist ja der Schrank von Uroma! Hat der Weihnachtsmann ihn hergezaubert?»

Ich zwinkerte ihm schmunzelnd zu und zog die beiden zärtlich in meine Arme.

Jonas kniete sich vor den Schrank und spähte neugierig hinein. «Guck mal, da hinten liegt was.»

Ich beugte mich zu ihm herunter, langte hinein und beförderte ein vergessenes Plätzchen zutage. Hart war es geworden, aber noch immer duftete es nach meiner Kindheit. Für einen kurzen Moment sah ich Mutter beim Backen vor mir und spürte, wie meine Augen feucht wurden. Ganz unbemerkt rollte eine einzelne Träne über meine Wange. Ich riss mich zusammen.

«Schnell, zieht die nassen Sachen aus, ich will euch eine Geschichte von Uromas Schrank erzählen.»

Wir gingen ins warme Wohnzimmer, machten es uns bei Kakao und Plätzchen nach Mutters Rezept gemütlich. Erwartungsvoll blickten die Kinder mich mit strahlenden Augen an.

Ich nahm einen tiefen Schluck Kakao und begann mit geheimnisvoller Stimme: «Es ist schon sehr lange her. Ich war auch einmal so klein wie ihr, ich glaube, so alt wie Jonas jetzt. Könnt ihr euch noch an Uromas Haus erinnern?»

Beide nickten. «Im Flur stand der alte Schrank, der jetzt bei mir steht. Eines Tages kurz vor Weihnachten war ich sehr neugierig ...» Und ich erzählte ihnen mein Geheimnis.

Irgendwann stand meine Tochter in der Tür, vollbepackt mit Paketen. Die Kinder sprangen ihr aufgeregt entgegen. «Mami, Mami! Omama hat uns von dem Schrank erzählt und dass der Weihnachtsmann dort manchmal schon Geschenke versteckt, weil er keinen Platz mehr in seiner Hütte hat.»

Meine Tochter schenkte mir einen wissenden Blick. «Ach ja, die alte Geschichte ...»

Bis heute werden in dem Schrank die Geschenke versteckt, und das wird immer so bleiben. Aber die Vorfreude verdirbt sich keiner mehr.

Oh, unser Blacky!

Edith Weber-Hebisch

Mit freudiger Spannung erwarteten wir Kinder immer den 6. Dezember, denn dann kam am Abend der Nikolaus zu uns. Meistens wurden an dem Tag Plätzchen gebacken, entsprechend viel gab es zu tun. Dann rührten Mama und Oma mehrere Teige an, um anschließend die verschiedensten Leckereien zu backen.

Wir Kleinen hatten dabei vielfältige Aufgaben, beispielsweise den Teig für das Spritzgebäck durch den Fleischwolf zu drehen oder Figuren aus dem Mürbeteig auszustechen und fertige Plätzchen mit heißer Schokolade zu bestreichen. Da waren zudem die Bleche mit Öl einzureiben, mit rohem Backwerk zu belegen, das dann schnell im heißen Ofen verschwand. Na, wie sah dann nach getaner Arbeit die Küche aus? Die musste nach diesen Tagen gründlich geputzt werden. Doch spätestens eine Woche vor Weihnachten blitzte alles wie neu – das war Ehrensache!

Wie erstaunte es uns, als plötzlich trotz der allseitigen Geschäftigkeit unsere Oma nicht mehr da war. Ja, wo war die bloß? Die Oma sei mal kurz bei ihrer Kusine, so Mamas knappe Antwort auf unsere Fragen.

Wieso ließ sie uns gerade jetzt im Stich? Sie war doch

sonst immer so zuverlässig. Es half nichts, unsere Oma war einfach weg, was auch immer sie dazu bewegt haben mochte. Ausgerechnet jetzt läutete es auch noch in unserem langen, dunklen Hausflur. Ach du liebe Zeit, das kannte ich viel zu gut. Es war der Nikolaus mit seiner Schelle! Wäre doch bloß die Oma hier, denn es wurde uns jetzt doch etwas mulmig!

Während wir aufgeregt in Gedanken schnell noch einmal das jeweils erlernte Gedicht aufsagten, öffnete sich auch schon die Küchentür. Herein kam eine dunkle Gestalt, deren Gesicht unter einem schwarzen Seidenstrumpf verborgen war. Sie rasselte mit einer Kette und hatte auf dem Rücken einen großen, braunen, prall gefüllten Sack. Die Stimme aber war sehr merkwürdig, denn der Nikolaus atmete seine Luft beim Sprechen nicht aus, sondern zog sie ein. Obwohl er furchterregend aussah, war er dennoch gütig. Wir Kinder sagten unser Gedicht auf und sangen unser geprobtes Weihnachtslied.

Auf die Frage, ob wir das Jahr über brav gewesen seien, antworteten wir natürlich mit «Ja!», wenn auch, ich muss es gestehen, mit schlechtem Gewissen.

Aber der Nikolaus gab sich mit unseren Antworten wie immer zufrieden und hinterfragte glücklicherweise nichts. Vielmehr fand er für jeden von uns mindestens einen Grund zum Lob. Dabei gab er allen Geschwistern eine große Weihnachtstüte mit einem Weihnachtsmann aus Schokolade sowie Mandarinen, Lebkuchen und Nüssen.

Nun wollte sich der Nikolaus wie jedes Jahr verabschieden, da stand unser sonst sehr ängstlicher Hund Blacky aus seiner Ecke auf und heftete sich an seine Fersen. Versuche vom Nikolaus und meiner Mama, den Hund davon abzuhalten, waren vergeblich – das Tier wich nicht von seiner Seite!

Der Nikolaus hatte aber noch einige Besuche zu machen und eilte aus dem Haus, in der Hoffnung, den Hund doch noch abschütteln zu können. Doch diese erfüllte sich nicht – neben dem Nikolaus lief ganz ruhig unser Blacky!

Wir liefen zur Haustür und sahen, wie aus dem Nachbarhaus die kleine Elfi schaute und wartete. Sie rief ihrer Mutter erstaunt zu: «Schau, da läuft doch der Blacky neben dem Nikolaus!»

Waren da nicht ein leises Flüstern, ein Flehen und Fluchen des Nikolaus und eindringliche Worte an den sonst so braven Hund zu hören? «Blacky, du blöder Hund, gehst du jetzt weg. Nun geh doch! Hau doch endlich ab nach Hause!»

Woher kannte er eigentlich den Namen unseres Hundes? Na klar! Der Nikolaus weiß einfach alles! Ähnelte das Flüstern nicht der Stimme meiner Oma? Es ist doch erstaunlich, wie viel man sich einbilden kann!

Alles Bitten und Flehen half nichts, der heilige Mann verschwand mit Hund im nächsten Haus, um weitere Kinder zu überraschen. Es dauerte dann noch eine geraume Zeit, ehe unsere Oma wieder in die Backstube kam, um weiter zu werkeln.

Unser Hund hatte wohl doch nicht so viel Gefallen am Nikolaus gefunden, obwohl wir Kinder schon befürchtet hatten, das Tier nie, nie wiederzusehen. Nein, zufälligerweise traf Blacky, alias Knecht Ruprecht, wieder mit der Oma bei uns ein. Hatten sich die beiden also unterwegs getroffen – welch ein Glück!

Wir Kinder jedenfalls hatten unserer Oma viel zu erzählen. Da konnte sie nur staunen.

Der Adventskalender

Joachim Gippert

D as fahle Licht des späten Dezembermorgens drang durch die zugezogenen Gardinen und erhellte nur spärlich das Zimmer. Bis auf die gedämpften Geräusche des Straßenverkehrs zwei Stockwerke tiefer herrschte in der Wohnung von Frau B. adventliche Stille. Dieser Morgen unterschied sich kaum von den anderen Arbeitstagen, wenn Frau Annemarie B. die Wohnung verließ, nachdem sie ihre beiden Katzen gefüttert hatte, die Wohnungstür mit einem zweifachen «Klick» abschloss und ihre Schritte im Treppenhaus verhallten.

Die Katzen standen noch eine Weile vor der verschlossenen Wohnungstür. Dann gaben sie die Hoffnung auf, dass Frau B. noch einmal zurückkehren würde, und trollten sich zu ihren Lieblingsschlafplätzen in einer Sofaecke.

Bis zu diesem Zeitpunkt war alles so wie sonst auch; wäre da nicht dieser geheimnisvolle Adventskalender gewesen, der neben dem Schreibtisch von Frau B. an einem Bücherregal befestigt war.

Es war keiner dieser traditionellen Kalender auf bunter Pappe, die mit idyllischen Winterlandschaften in romantisch-kitschigen Kleinstädten aufwarteten und bei denen sich hinter jedem zu öffnenden Türchen ein ebenso kitschig gezeichnetes Bildchen mit Teddy, Adventskerzen oder Tannenzweigen verbarg. Nein, der Adventskalender von Frau B., ein Geschenk ihres langjährigen Freundes Berthold, war sehr viel inhaltsreicher.

An einem roten Band aufgereiht hingen insgesamt – und das verwundert nicht – vierundzwanzig kleine rote, durchnummerierte Strümpfchen, die Nikolausstiefel darstellen sollten. Jeder war unterschiedlich prall gefüllt. An diesem Tag, dem Tag vor dem Fest des heiligen Nikolaus, waren die ersten fünf Strümpfchen bereits geleert, was darauf schließen lässt, dass sich Frau B. bis dahin gewissenhaft jeden Tag am überraschenden Inhalt der kleinen roten Stoffstrümpfe erfreute. Und so waren bisher zusammengekommen: zweimal Nüsse, zweimal Süßes zum Naschen und ein kleines Duft-Teelicht. Welches Fassungsvermögen diese kleinen Stoffbehältnisse doch besaßen!

Die Ereignisse, die dann am Morgen des fünften Dezember begannen, waren in der Tat bemerkenswert. Nur: Es hat sie niemand bemerkt.

Aber der Reihe nach.

Die Katzen hatten sich, wie schon erwähnt, auf ihre Schlafplätze zurückgezogen und dösten vor sich hin, als, zuerst kaum sichtbar, die lange rote Schnur des Adventskalenders in Bewegung geriet. Das Strümpfchen mit der Nummer 6 schlingerte und wackelte immer mehr, bis sich schließlich am oberen Rand eine kleine rote Zipfelmütze zeigte. Anschließend kam ein rosiges, pausbäckiges Gesicht zum Vorschein, und endlich schob und zog sich ein wohlgenährter kleiner, rot gekleideter Weihnachtsmann aus der engen Öffnung hinaus.

Erschöpft blieb die kleine Figur erst einmal auf der Kante des Bücherbretts sitzen. Ein Keuchen und Japsen war zu hören und ein leises «Das wäre geschafft».

Nachdem sich der kleine Kerl von der Anstrengung erholt hatte, sich aus dem Adventskalender zu befreien, richtete er sich mühsam auf. Das gelang ihm allerdings nur unzulänglich. Den Oberkörper weit nach vorne gebeugt und die Knie fast rechtwinklig eingeknickt, stützte er sich an einem Buch ab und wischte sich mit der Hand den Schweiß von der Stirn. Mühsam versuchte er zu laufen, was ihm nach einigen Minuten des Hin und Her auf dem Bücherbrett schon recht gut gelang, wenn man einmal von seiner stark gebeugten Haltung absah.

Er tastete sich an den Büchern entlang, versuchte, einige Titel zu entziffern (er stand gerade vor der Sammlung alter Krimis), und murmelte Unverständliches in seinen Bart. Dann ließ er sich wieder auf der Kante des Bretts nieder, musterte die vielen Strümpfchen an der roten Schnur und rief laut und vernehmlich: «Ist da noch jemand außer mir?»

Schneller, als zu erwarten war, kam eine Antwort aus der Gegend um die Nummer 19.

«Hier! Ich bin hier!»

Mühsam stand der kleine rote Weihnachtsmann wieder auf und machte sich, so schnell es ihm seine Körperhaltung erlaubte, auf den Weg Richtung Nummer 19. Was er da sah, irritierte ihn außerordentlich. Hinter dem Strümpfchen mit der Nummer 19 hing eine Gestalt, die allem Anschein nach zu groß für die kleine Socke war. Mit Geschenkband befestigt und in Cellophan verpackt hing dort ein Engel, was er sofort an den ausgebreiteten Flügeln erkannte.

«Helfen Sie mir bitte hoch und vor allen Dingen aus

dieser Folie heraus», rief der Engel, und der kleine Weihnachtsmann machte sich sofort an die Arbeit. Unter Aufbietung aller seiner Kräfte schaffte er es, den Engel auf das Bücherbrett hinaufzuziehen. Da lag er nun, der Engel, und sah recht blass aus. Fast schon kalkweiß am ganzen Körper.

«Luft, ich brauche Luft», stöhnte der Engel, und der Weihnachtsmann fing sofort an, die Folie rund um den Engel zu entfernen. Als das schließlich auch vollbracht war, standen beide sich zuerst eine kurze Weile atemlos gegenüber.

«Danke», sagte der Engel, «vielen herzlichen Dank für Ihre Hilfe. Es war doch auf Dauer sehr unbequem für mich.» Er neigte sich etwas nach vorne und deutete eine leichte Verbeugung an. «Und wenn ich mich auch vorstellen dürfte: Gabriela Wachs-Engel. Und wie heißen Sie?»

Der kleine Weihnachtsmann musterte Frau Wachs-Engel belustigt. «Dass Sie eine Frau sind, das hätte ich jetzt nicht vermutet ... Also, mein Name ist Klaus Kantenhocker, Weihnachtsmann, Nikolaus oder auch Santa Claus von Beruf. Und was machen Sie so?»

«Zugegeben, ich wirke zwar auf den ersten Blick etwas wenig weiblich, was meinen doch etwas kantigen Körper angeht, aber wichtig ist doch, wie man sich fühlt. Und deshalb noch einmal für Sie, kleiner Mann: Gabriela Wachs-Engel, Engelin von Beruf.»

Ob der nicht zu überhörenden Hochnäsigkeit von Frau Wachs-Engel musste Herr Kantenhocker nun doch etwas schmunzeln. Er hatte sich in der Vorweihnachtszeit jedoch vorgenommen, seiner Rolle als Friedensstifter gerecht zu werden, also ersparte er sich jede Erwiderung. Kleiner Mann, von wegen. Es war doch schließlich die innere Größe, die zählte.

Frau Wachs-Engel versuchte nun, ihre durch die lange Zeit der Folienverpackung steif gewordenen Flügel zu aktivieren. Schließlich schwangen diese ganz manierlich auf und ab, sie trat an den Rand des Bücherbretts, und mit einem «Maria, steh mir bei!» stürzte sie sich in die Tiefe.

Erschrocken hastete Herr Kantenhocker zum Rand des Bücherbretts. Er sah, wie Frau Wachs-Engel sich eine Etage tiefer gerade wieder aufrappelte. «Sind sie verletzt?», rief er sorgenvoll hinunter.

«Danke der Nachfrage. Ich bin nur etwas aus der Übung, was das Fliegen angeht. Komme gleich wieder zu Ihnen hoch.» Und sie ergänzte: «Meinen Sie eigentlich, dass außer uns beiden noch jemand in einem der Säckchen steckt, der lebt? Oder ist der Rest hier nur aus Schokolade, Marzipan und Nüssen?»

«Schauen Sie doch mal nach», antwortete Herr Kantenhocker. «Mit Ihren großen Flügeln kommen Sie von unten überall heran. Piksen Sie einfach alle Säckchen an. Ich war übrigens in der Sechs, und Eins bis Fünf sind ja schon leer. Probieren Sie es ab der Sieben.»

Überrascht stellte der kleine Weihnachtsmann fest, dass die Engelin seiner Aufforderung sofort nachkam. Mit ihren hoch aufgerichteten Flügeln stieß sie nach oben in die Sieben, dann die Acht, die Neun, und bei der Zehn hörte man jemanden leise sagen: «Lasst mich schlafen, ich träume gerade so schön.»

Verdutzt schauten sich Kantenhocker und Wachs-Engel über die beiden Bücherbrettetagen an. Hatte sich das nicht gerade wie eine Kinderstimme angehört?

«Wir müssen es befreien, schieben Sie von unten, ich ziehe von oben.» Beide machten sich sofort an die Arbeit. Kurz darauf hielt Herr Kantenhocker ein kleines blondes Mädchen in den Armen, das sich verschlafen die Augen rieb.

«Ich habe gerade so schön geträumt ... Warum hast du mich geweckt?»

Zum Glück landete Frau Wachs-Engel in diesem Augenblick neben den beiden. Als sie das kleine Mädchen in seinem dünnen blauen Sternenkleidchen sah, wurde ihr ganz warm ums Herz. «Kind, du musst doch frieren. Und wer bist du überhaupt?»

«Ich bin die Traumfee, und ich bringe allen schöne Träume, wenn ich neben ihrem Bett sitze. Wollen Sie es einmal ausprobieren? Aber nur, wenn Sie mir sagen, wer Sie beide sind.»

Man stellte sich also gegenseitig vor. Die Engelin übernahm sofort die Rolle der sorgenden Mutter, bedeckte die kleine Traumfee mit ihren wärmenden Flügeln und ließ es sogar zu, dass das kleine Mädchen sie mit «Gabi» anredete. Unterdessen machte sich Herr Kantenhocker daran, weiter den Adventskalender nach Lebendigem abzusuchen. Elf: drei Walnüsse; zwölf: ein kleines Marzipanbrot; dreizehn: ein Mini-Parfüm; vierzehn –

Fürchterliches Geschrei unterbrach ihn, als er in das vierzehnte Strümpfchen griff. Jemand schrie: «Ich will nicht gegessen werden! Nein, ich schmecke gar nicht, ich bin schon im Juni abgelaufen!»

«Beruhigen Sie sich.» Herr Kantenhocker versuchte, auf die kleine Gestalt einzureden. «Keiner will Ihnen etwas antun.» Er zog den sich sträubenden kleinen Schokoladennikolaus auf das Bücherbrett.

Mittlerweile war auch die Engelin mit ihrer Traumfee näher gekommen. Sorgenvoll betrachteten die drei den kleinen Schokoladenmann. «Wovor haben Sie solche Angst?», fragte schließlich die Wachs-Engelin. «Wir kommen alle aus dem Kalender, und wir freuen uns über unser Zusammenfinden.»

«Ich habe Angst, dass ich aufgegessen werde», schluchzte der Schokoladenmann, «das kann Ihnen dreien ja nicht passieren!»

Betroffen sahen sich die Traumfee, Frau Wachs-Engel und Herr Kantenhocker an. Daran hatten sie gar nicht gedacht! Welche Zukunft stand ihnen bevor, wenn Frau B. das jeweilige Strümpfchen leerte?

Da erbleichte Frau Wachs-Engel merklich und wurde noch weißer, als sie bereits schon war. «Verbrennen … Sie wird mich verbrennen … Ich ende als Fackel. Darum also habe ich diesen merkwürdigen Zopf oben auf dem Kopf. Das ist der Docht zum Anzünden.» Sie schlug verzweifelt die Flügel vors Gesicht.

Nur Herr Kantenhocker, der grundsätzlich allen Widrigkeiten des Lebens positiv gegenüberstand, blieb gelassen. «Wir müssen die Ruhe bewahren. Uns wird schon noch etwas einfallen.» An den Schokoladennikolaus gewandt fuhr er fort: «Das sind Traumfee und Gabriela Wachs-Engel, mein Name ist Klaus Kantenhocker, und wie heißen Sie?»

«Nikolaus Lindt mein Name. Aber Sie dürfen ruhig Nicki zu mir sagen.» Nicki zupfte verlegen an seinem Aluminiumumhang, der an einer Stelle schon etwas eingerissen war, sodass man seine braune Hautfarbe erkennen konnte. «Ich habe Angst, dass ich nur noch ein paar Tage zu leben habe … Zuerst beißen sie einem den Kopf ab.» Wieder begann er, bitterlich zu weinen, was Herrn Kantenhocker dazu veranlasste, Nicki in den Arm zu nehmen.

«Bevor wir uns überlegen, wie es weitergeht: Wir haben noch nicht alle Strümpfchen abgesucht. Vielleicht finden wir ja noch jemanden», seufzte Herr Kantenhocker und bückte sich zum Strümpfchen Nummer fünfzehn: drei Badekugeln; sechzehn: wieder drei Nüsse; siebzehn: kleine Schokoladentäfelchen; achtzehn: ein Schnarchsack ...

Hatte Herr Kantenhocker richtig gehört? Der Inhalt von Nummer achtzehn schnarchte tatsächlich. Kaum schüttelte er das Strümpfchen, hörte das Schnarchen auf. «Wenn hier jemand drin ist, dann möge er sich bitte zeigen!»

Da ertönte: «Ja, ja, komme schon.»

An der oberen Öffnung des Strümpfchens tauchten ein paar weiße plüschige Ohren auf, gefolgt von einem ebenso plüschigen weißen Kopf, einem kleinen roten Schal um einen kräftigen Hals, zwei weißen Ärmchen, einer weißen Brust und einem weißen Bauch – das war's. Erschrocken drängten sich die vier vor dem Strümpfchen zusammen. Dieses Wesen war nur halb vorhanden, es endete mit dem Bauchnabel.

«Nicht erschrecken, die Herrschaften», entgegnete die Gestalt, «mir fehlt nichts, ich bin so geboren!» Er hüpfte auf seinem Körperstumpf auf sie zu. «Gestatten», sagte er, «Bruno Bär, eigentlich ja sogar Eisbär. Ich bin Fingerpuppe von Beruf. Innen bin ich hohl.» Elegant hob er mit einer Hand sein Fell an der Vorderseite bis zum Hals. Tatsächlich: Der Eisbär war hohl. «Wichtig ist doch, dass man nicht hohl im Kopf ist!» Er grinste die anderen an.

«Willkommen im Club!», begrüßte ihn Herr Kantenhocker erleichtert und stellte Bruno die anderen vor.

Dieser schüttelte allen kräftig die Hand, und bei Frau Wachs-Engel feixte er: «Kennen Sie denn Ihren Namensvetter, Gabriel, den Erzengel? Soll ja ein ganz harter Bursche sein.»

Die Engelin errötete leicht. «Nicht persönlich. Aber ich würde ihn gern einmal kennenlernen.»

«So, Leute», drängte der Kantenhocker, der auch die letzten Beutelchen überprüft hatte, «wir sind wohl komplett, und es kommt niemand mehr hinzu. Jetzt sollten wir uns Gedanken über unsere Zukunft machen. Wer hat eine Idee? Oder sollen wir es zulassen, dass Nicki aufgegessen und Frau Wachs-Engel abgefackelt wird?»

Das wollte natürlich niemand. Doch Bruno hatte einen anderen Vorschlag. «Ich finde», sagte er, «wir sollten erst einmal etwas essen. Mit leerem Bauch kann ich nicht gut nachdenken. Einverstanden?»

Die anderen nickten. Schnell waren Schokotäfelchen herbeigeholt (aus der Siebzehn) und ein Champagnertrüffel (aus der Acht). Bis auf die kleine Traumfee taten sie sich an dem Champagnertrüffel gütlich, und als er verspeist war, waren alle satt und lustig. Die Zukunft sah auf einmal gar nicht mehr so düster aus.

Bruno wurde sogar so übermütig, dass er die dösenden Katzen mit Walnüssen bewarf, sodass diese, aus ihrem Schlaf aufgeschreckt, so lange mit den Geschossen Katz und Maus spielten, bis die Nüsse unter das Regal kullerten.

Herr Kantenhocker warf Bruno einen missbilligenden Blick zu. Er sah sich selbst in der Rolle des Hauptverantwortlichen der Gruppe und wollte die Sicherheitsfrage für seine kleine Schar gelöst wissen. Also steckten sie die Köpfe zusammen, diskutierten das eine, verwarfen das andere, und schließlich stimmten sie ab und hatten sich einstimmig für ein Vorgehen entschieden.

Kantenhocker, Bruno Eisbär und Traumfee brauchten keine Todesängste zu haben, da sie weder genießbar noch leicht entzündlich waren. Nicki und Gabriela – mittlerweile duzten sich alle – galt es hingegen zu schützen. Deshalb der Plan:

Die Traumfee sollte ihren Platz im Kalender mit Herrn Kantenhocker tauschen, sich jeden Abend an das Bett von Annemarie B. setzen und ihr schöne Träume bereiten, in denen sie immer satt war und nie Hunger oder Appetit auf Schokolade bekam. Zudem sollten die Träume im Sommer spielen, wenn man keine Kerzen anzündet, weil es grundsätzlich zu heiß ist.

Gabriela wurde als Nächstes der Docht abgebissen, was Bruno ganz alleine mit seinen scharfen Bärenzähnen erledigte. Dann wurde sie mit Geschenkband gut versteckt hinter der Vierundzwanzig befestigt, während Nicki in das Strümpfchen sollte. Begründung: Am Heiligen Abend brennen viele Kerzen, da muss nicht auch noch ein Engel angezündet werden, und: Süßes und Schokolade hat man meistens zu diesem Zeitpunkt auch schon über.

So waren also die Überlebenschancen für beide relativ groß.

Bruno sollte in die Dreiundzwanzig und Kantenhocker in die Zweiundzwanzig. So konnte man, sofern die Traumfee tagsüber immer wieder zu ihnen stieß, sich noch sechzehn Tage lang gemeinsam treffen.

Eine weitere Überlegung war, die leckeren Süßigkeiten in die Strümpfchen mit den höheren Zahlen umzupacken, damit sie gemeinsam speisen konnten. Kaum hatten sie alles umgeräumt, waren im Treppenhaus auch schon die Schritte von Annemarie B. zu hören. Bepackt mit Weihnachtsgeschenken kehrte sie von der Arbeit zurück nach Hause. Unter anderem hatte sie ein Geschenk für ihren alten Freund Berthold.

Als sich der Schlüssel im Schloss mit einem zweifachen «Klick» drehte, waren alle auf ihren neuen Plätzen im Adventskalender.

Was die fünf an den Tagen bis Weihnachten noch getrieben haben, wissen wir nicht. Ob Annemarie B. etwas auffiel, ist auch nicht bekannt. Zwar saugte sie am zehnten Dezember mit dem Staubsauger etliche Walnüsse unter dem Bücherregal auf, aber davon bemerkte sie außer einem Geräusch, das einem «Plopp, Plopp – Plopp» ähnelte, nichts. Dass die weiteren Strümpfchen manchmal nur sehr dürftig befüllt waren – nur mit einer Nuss, einem Schokotäfelchen oder einem Trüffel –, darüber machte sie sich ebenfalls keine Gedanken.

Lediglich eine Sache fand sie dann doch seltsam, führte es aber auf die Schusseligkeit ihres Freundes Berthold zurück: Am Morgen des vierzehnten Dezember fand sie in ihrem Adventskalender ein kleines Schächtelchen, sorgfältig verpackt, mit einem Aufkleber: *Juwelier Behrendt, Hauptstraße*. Auf dem beiliegenden Kärtchen stand:

Fröhliche Weihnachten wünscht Dir, liebe Annemarie,
Dein Dich liebender Berthold.

Was darf es sein?

Christel Kehl-Kochanek

O je, am Blumenstand drängen sich die Menschen. Natürlich – übermorgen ist der erste Advent. Kränze und Gestecke in allen Größen und Farben werden angeboten. Der leise rieselnde Schnee aus Lautsprechern und jetzt auch aus den Wolken des trüben Novemberhimmels könnten zur Vorweihnachtsstimmung beitragen, wenn da nicht die vielen gehetzten Menschen wären, die so schnell und so preiswert wie möglich ihren Einkauf erledigen wollen. Zu ihnen gehöre auch ich; denn trotz der Menschenschlange am Blumenstand möchte ich auf meinen Wochenend-Blumenstrauß nicht verzichten. Also einreihen und sich in Geduld üben!

Nach und nach rücke ich auf und sehe, dass der junge Verkäufer Mühe hat, den Kunden gelassen und freundlich zu begegnen. Er muss diesen Andrang offensichtlich alleine bewältigen. Seine Stirn ist gekraust, seine Bewegungen sind fahrig, über seine Lippen kommen nur knapp «Bitte?» und «Danke». Drei Kundinnen stehen noch vor mir, sodass ich das Angebot überblicken kann und mir mit Rücksicht auf meine «Nachkömmlinge» den Strauß gedanklich schon zusammenstelle. Wieder rücke ich auf. Vor mir sind jetzt nur noch eine ältere Dame und davor eine junge Frau mit schwarzen schulterlangen Haaren.

Der Verkäufer wendet sich ihr zu. «Rücken Sie auf! Jetzt sind Sie an der Reihe. Was darf es denn sein?» Plötzlich wirkt er weniger gestresst, lächelt und scheint es nicht mehr so eilig zu haben. Nun, einen kleinen Flirt hat er sich an diesem hektischen Vormittag gewiss verdient. «Tulpen?», höre ich ihn fragen. «Ja, sogar lilafarbene Blüten – etwas ganz Besonderes.» Die junge Frau zögert. Er wartet geduldig. «Lila ist zu dunkel, meinen Sie? Das ist kein Problem, wir können sie ja mit ein paar weißen mischen. Dann kommt die Farbe sehr schön zur Geltung – dazwischen etwas Lärchengrün – passend zu dieser Jahreszeit, und schon ist das ein ganz besonderer Strauß. Hat nicht jeder.»

«Lärche?», fragt sie. Er reicht ihr einen Zweig, sie greift danach und hält ihn einen Augenblick in der Hand. Offensichtlich kann sie sich mit der Idee anfreunden, denn sie nickt.

«Wie viel darf der Strauß denn kosten?»

Sie zieht einen Schein aus der Tasche. Er nimmt ihn entgegen, dankt und bindet einen üppigen Strauß aus zwölf lilafarbenen und drei weißen Tulpen, dazwischen das helle Grün der Lärche. Ich bin begeistert und wild entschlossen, mir so etwas auch zu gönnen.

«Papier oder Folie?»

Die junge Frau überlegt einen Augenblick. «Folie», antwortet sie dann bestimmt.

«Wird gemacht», sagt der Verkäufer, wickelt den Strauß in Folie und legt ihn ihr dankend in den Arm.

Mit einem leisen «Adieu» verabschiedet sie sich und geht langsam davon.

Einen Augenblick schaut er ihr nach, holt tief Luft und ruft: «Eine schöne Vorweihnachtszeit!»

Sie wendet sich lächelnd um und winkt ihm zu.

In dem Augenblick wird er von der Dame vor mir energisch angesprochen. «Na», sagt sie ärgerlich, «offensichtlich muss man jung und hübsch sein, um von Ihnen freundlich bedient zu werden.»

Erstaunt guckt er sie an. Dann schüttelt er den Kopf. «Ich weiß nicht. Blind war sie. Sie ist blind.»

Eine «zufällige»
Begegnung im Advent

Bernhard Bitterwolf

O je, selbst am Heiligen Abend hat die Hektik Oberhand!, denkt der bettelnde Obdachlose, der auf dem Boden vor einem Kaufhaus in einer kleinen oberschwäbischen Stadt kauert und die Menschen bei ihren Weihnachtseinkäufen beobachtet. Eine junge Mutter hetzt außer Atem mit Geschenktüten bepackt durch den Schneematsch an ihm vorbei und hat ihre etwa sechsjährige Tochter im Schlepptau. Das Kind sträubt sich gegen die Eile und Unruhe der Mutter, macht einen Seitenschritt hinaus auf die Straße – genau in dem Moment, als ein großer schwarzer Geländewagen rückwärts in die Parkbucht einbiegt. Der Fahrer kann das kleine Mädchen im Rückspiegel nicht sehen, aber der aufmerksame Bettler springt auf, hechtet auf das Kind zu und zieht es im letzten Augenblick zur Seite.

«Das hätte böse enden können!», flüstert er leise vor sich hin, als die junge Mutter mit schreckgeweiteten Augen ihr Kind in den Arm nimmt.

Tränen der Erleichterung stehen in ihren Augen, als sie sich dem ungepflegten Mann zuwendet. «Danke, vielen Dank! Sie haben gerade ein großes Unglück verhindert. Ich weiß gar nicht, wie ich heute alles meistern soll. Ich habe es zwar eilig, aber ich lade Sie gerne auf eine Tasse Kaffee ein. Als kleines Dankeschön sozusagen. Haben Sie Zeit?»

«Zeit habe ich nun wirklich im Überfluss», antwortet der Bettler und folgt mit gesenktem Blick der jungen Frau und ihrer Tochter in das Kaffeehaus nebenan. Es allein zu betreten würde er sich niemals trauen. Dort im Warmen vor einer Tasse dampfender Schokolade sitzend, kommen die drei ins Gespräch. Der Schreck ist verflogen, der Puls beruhigt sich, und das gegenseitige Vorstellen nimmt seinen Lauf.

«Ich muss heute noch viele Besorgungen machen», sagt die junge Mutter. «Mein Mann kann mir leider nicht helfen. Er ist seit seiner Kindheit blind, sitzt im Moment zu Hause und wartet auf uns. Ich bin heilfroh, dass Sie unserer kleinen Anna geholfen, ja, ihr vielleicht sogar das Leben gerettet haben!»

«Aber das ist doch wohl selbstverständlich», wehrt der Obdachlose die Dankesworte ab. «Ich kann gut verstehen, wie der kleinen Anna zumute ist. Funktionieren, weil es die Großen wollen, das war auch nie meine Sache. Dazu will ich Ihnen etwas erzählen – es ist schon länger her: Mein älterer Bruder und ich saßen auf dem Rücksitz des Familienautos und stritten. Wir fuhren mit unseren Eltern auf der Autobahn. Verärgert drehte sich Vater zu uns um, verlor dabei die Kontrolle über das Auto, und es kam zu einem schrecklichen Unfall. Meine Eltern überlebten den Crash nicht. Mein Bruder und ich verletzten uns schwer. Mich steckten die Behörden in ein Waisenhaus, und mein Bruder lag über Wochen wegen seiner Gesichtsverletzungen in einer Spezialklinik. Ich fühlte mich schrecklich schuldig, floh bei Nacht aus dem Waisenhaus und war zuletzt als Leichtmatrose auf allen sieben Weltmeeren unterwegs.»

«Und warum saßen Sie dann heute vor dem Kaufhaus auf dem Boden?», fragt die kleine Anna mit weit aufgerissenen Augen.

«Ach, Anna, nach so vielen Jahren in der Fremde bin ich nun auf der Suche nach meinen Wurzeln. Ich will das Grab meiner Eltern besuchen und meinen Bruder ausfindig machen, den ich seither nicht mehr gesehen habe. Leider ist mir das Geld ausgegangen. Ich lebe jetzt auf der Straße, was eigentlich nicht weiter schlimm ist. Auf der Straße kann ich meine Freiheit genießen, kann tun und lassen, was ich will. Nur wenn es so kalt ist wie heute …»

«Ich habe eine Idee», fällt ihm die junge Frau ins Wort. «Sie kommen einfach mit uns nach Hause. Mein Mann hat sicher nichts dagegen, und Sie können mir beim Aufstellen des Christbaums behilflich sein.»

«Au ja!», freut sich die kleine Anna.

Vater Alfons war schon in Sorge, weil seine beiden «Mädels» so lange in der Stadt geblieben sind. Als er aber von dem Beinahe-Unglück erfährt, bedankt er sich herzlich bei dem Obdachlosen, der sich mit dem Namen Charly vorstellt, bietet ihm an, ein Bad zu nehmen, und lädt ihn zum abendlichen Weihnachtsmahl ein.

Als die vier feierlich gestimmten Menschen nach Kartoffelsalat und Würstchen am mittlerweile prächtig geschmückten Christbaum stehen, fragt der Gast Anna und ihre Eltern: «Ich möchte mich so sehr bei Ihnen für die Gastfreundschaft bedanken. Darf ich vielleicht ein kleines Weihnachtslied singen?»

Anna, ihre Mutter und ihr Vater nicken aufmunternd. Mit rauer, ungeübter Stimme singt der sichtlich gerührte Mann:

«Dir, Herr, sei Dank für alles Leben,
für alles Leben, Dir, Herr, sei Dank!
Freude und Leid kommen aus Deiner Hand,
in Deiner Hand, Herr, liegt unser Leben!»

Schon bei den ersten Tönen hebt Vater Alfons den Kopf. Er hört andächtig zu, und sobald Charly fertig ist, fragt er aufgeregt seinen Gast: «Woher kennen Sie dieses Lied?»

Charly schaut sein Gegenüber stirnrunzelnd an. «Mein Vater war Tanzmusiker, hat sich ständig kleine Melodien ausgedacht. Diesen ganz einfachen Kanon haben wir zu Hause immer am Heiligen Abend gesungen. Gefällt er Ihnen etwa nicht?»

Alfons erbleicht. «Ganz im Gegenteil», stammelt er. «Sag mal, Charly, steht in Deinem Personalausweis als Geburtsname etwa Karl?»

«Ja, klar. Was sollte denn sonst dort stehen?»

Mit weit ausgebreiteten Armen geht Alfons auf seinen Gast zu. «Das darf doch nicht wahr sein! Mein Bruder! Ich habe meinen Bruder wieder!»

Mit Tränen in den Augen umarmen sich die verlorenen Brüder. Als sie sich wieder voneinander lösen, fragt Charly mit gesenktem Kopf: «Und du? Du bist blind?»

«Durch den Unfall habe ich das Augenlicht verloren, ja. Aber nicht mein Gedächtnis. An Vaters Lied kann ich mich gut erinnern. Du konntest früher schon nicht besonders schön singen.» Er lacht. «Aber über die Musik habe ich dich wiedererkannt! Herzlich willkommen zu Hause, Karl!»

Weihnachten in
der kleinen Straße

Andrea Hennecke

Klick. Auf ist die Tür. Quietsch. Ölen! Wieder vergessen. Bin drin. Klack. Tür zu. Taschenlampe an. Tipp,
tipp, tipp, knarz. Vierte Stufe, Werner. Du wolltest dran
denken. Die neunte macht auch Geräusche. Nicht drauf-
treten! Oben. Geschafft. Leise ins Wohnzimmer. Schön
warm hier. Wohin mit den Päckchen? Wohnzimmertisch?
Esszimmertisch? Letzteres. Quietsch. Oh nein, Susis Spielzeug. Luft anhalten! Da, ein Geräusch. Ganz ruhig, Werner,
ganz ruhig.

Gisela erwacht abrupt. Sie lauscht angestrengt. Schwingt
die Beine aus dem Bett. Bleibt auf der Bettkante sitzen.
«Hast du das auch gehört, Susi? Da ist jemand im Haus.»
Ihr Herz schlägt so laut und schnell, dass sie das Pochen im
Ohr hört.

Leise erhebt sie sich, schlüpft in ihre roten Puschen und
greift unter das Bett. Sie zieht ein Beil hervor, ihre Waf-
fe gegen Einbrecher. Sie nimmt die Taschenlampe vom
Nachttisch und knipst sie an. «Komm, Susi, lass uns nachsehen, was da los ist.»

Langsam schleicht Gisela Stufe für Stufe die Treppe hinunter, Susi dicht an ihrer Seite. Sie arbeiten sich bis zur Küchentür vor. Es gelingt Gisela, sie leise zu öffnen. Hausherrin und Katze schleichen durch die Küche. Da, ein Lichtkegel. Jetzt heißt es mutig sein. Gisela reißt die Tür zum Wohnzimmer auf. Gleichzeitig hebt sie den Arm und schwingt das Küchenbeil, um es auf das Haupt des Einbrechers sausen zu lassen. «Wer ist da?», ruft sie jetzt doch etwas ängstlich.

Lichtkegel trifft Lichtkegel.

«Ich bin es, dein Nachbar», ist da eine Stimme zu hören.

«Werner, du? Was um Himmels willen machst du nachts in meinem Wohnzimmer?»

«Christkind spielen.»

«Was soll das heißen? Warte, ich mach erst mal Licht.» Gisela taxiert Werner und sagt dann, an ihre Katze gewandt: «Früher sah das Christkind schicker aus. Da trug es noch keinen grauen Jogginganzug.»

Susi schaut ihr Frauchen an, läuft zu dem vermeintlichen Dieb und streift ihm um die Beine.

Werner nimmt die Katze auf den Arm und streichelt sie. «Einen Engel habe ich mir auch anders vorgestellt», sagt er. «In meiner Fantasie trägt er zwar auch ein weißes Kleid, hat aber goldene Flügel und einen Heiligenschein. Auf keinen Fall sieht er aus wie ein beilschwingender Racheengel.»

«Hör nicht auf den Einbrecher, Susi. Also, warum erschreckst du deine Nachbarin nachts fast zu Tode?»

Werner zeigt auf den Esstisch. «Der böse Nachbar hat dir Geschenke gebracht. Brigitte und ich haben doch einen Schlüssel von dir und wollten dir heimlich, still und leise etwas hinstellen, weil du es sonst nicht annehmen würdest.

Wir wissen ja, dass du für Weihnachten nichts mehr übrig hast, seit Roland nicht mehr da ist.»

Die Worte treffen. Gisela spürt einen Stich im Herzen. Weil sie sich aber nichts anmerken lassen will, sagt sie etwas schroff: «An ‹still und leise› musst du noch arbeiten. Danke, dass ihr an mich gedacht habt.» Verlegen schaut sie auf ihre rot bepuschten Füße. Plötzlich wird ihr bewusst, dass sie in einem weißen Flanellnachthemd vor ihrem Nachbarn steht. Jetzt fühlt sie sich noch unbehaglicher. «Mir ist kalt. Ich ziehe mir schnell etwas über. Ruf deine Frau an, sie soll kommen. Überlegt euch, was ihr trinken wollt, Kakao mit Rum oder Glühwein.»

Als Gisela zurückkehrt, ist Brigitte schon da. Sie hat den Weg über die Terrasse gewählt. «Wir nehmen Kakao mit Rum», sagt sie fröhlich.

«Dazu passen die leckeren selbst gebackenen Kekse, die ihr mitgebracht habt», antwortet Gisela.

Als die drei beim dritten Kakao angekommen sind, hat Gisela sich genug Mut angetrunken, um zu sagen, was ihr an Weihnachten wirklich fehlt.

«Ich danke euch für all die schönen Sachen. Aber wisst ihr, was mir an Weihnachten wirklich wichtig ist? Menschen, mit denen ich zusammen sein kann, mit denen ich reden, essen und trinken, singen, weinen und lachen kann. Viele, die allein leben, haben Familie. Sie sehen ihre Kinder, Enkelkinder und Geschwister an den Feiertagen. Ich habe das alles nicht. Ich spüre dann umso mehr, dass ich allein bin. Darum mag ich Weihnachten nicht mehr. So wie mir geht es vielen da draußen. Für uns wäre Weihnachten, wenn wir irgendwo dabei sein dürften. Leider ist es ein Familienfest, und an Heiligabend bleibt die Nächstenliebe vor der Tür.»

Brigitte hat Tränen in den Augen und nimmt Gisela in den Arm. «Du hast recht. Kurz vor dem Fest ist jeder so beschäftigt, dass nur wenige an die denken, die wirklich ganz allein sind.»

Es geht auf vier Uhr zu, als sich die kleine Gesellschaft auflöst und jeder sich in sein Bett begibt.

Am späten Vormittag des Heiligabends sieht Gisela, wie ihre zwei Weihnachtswichtel das Auto bepacken, um zu ihren Kindern zu fahren. Was sie nicht weiß: Sie haben vorher mit den Nachbarn in der kleinen Straße telefoniert. Und so ist sie sehr überrascht, als sie von Erika aus dem ersten Haus der Reihe einen Anruf erhält. Ihre Nachbarin lädt sie spontan ein, den Heiligabend mit ihr und ihrem Mann Heinz zu verbringen. Obwohl sie sich freut, lehnt Gisela die Einladung ab, weil sie nicht will, dass ihre Nachbarn sich verpflichtet fühlen. Sie kann sich denken, wer für die Einladung verantwortlich ist.

In der kleinen Straße kennt jeder jeden. Seit dem letzten Sommerfest duzen sich alle. Gisela will kein Mitleid, das lässt ihr Stolz nicht zu. Als letztes Gegenargument wirft sie Susi in die Waagschale, die sie nicht allein lassen will. Als Erika auch Susi mit einlädt, sagt sie schließlich zu.

Es wird ein sehr harmonischer Heiligabend zu viert.

Am ersten Weihnachtstag erlebt Gisela eine weitere Überraschung. Die Nachbarn links von ihr laden sie zum Nachmittagskaffee ein. Hildegard duldet keinen Widerspruch. Sie ist resolut und meint, in ihrer großen Familie würde eine Person mehr gar nicht auffallen.

Am zweiten Feiertag sind ihre Einbrecher-Nachbarn wieder da. Sie haben viel zu erzählen. So geschieht es zum ersten Mal, seit Roland nicht mehr bei ihr ist, dass Gisela Weihnachten keinen Tag ganz allein verbringen muss.

«Nächstes Jahr kommt ihr aber ganz offiziell nicht zu einer nachtschlafenden Zeit zu mir, damit ich keinen Herzinfarkt bekomme», sagt Gisela lachend.

«Dann kann ich dich ja nicht mehr in deinem weißen Nachthemd mit den roten Puschen bewundern», entgegnet Werner frech.

«An deiner Stelle wäre ich vorsichtig. Wer als Christkind im grauen Jogginganzug herumläuft, muss damit rechnen, dass ihn ein Beil trifft.»

Für die Einladungen zu Weihnachten bedankt sich Gisela an Silvester. Wer Zeit und Lust hat, feiert mit ihr ins neue Jahr.

Alle spüren, dass in der kleinen Straße etwas Neues begonnen hat.

Nie wieder soll es geschehen, dass jemand, der allein lebt, an den Feiertagen allein bleibt.

O himmlischer Kartoffelsalat!

Martina Tischlinger

M anchmal wünschte ich, ich wäre unser Hund. Wenn Hermann den Kopf schräg legt und seine Stirn in Falten wirft, weiß ich, unser Basset möchte sein Fressen haben. Prompt fülle ich seinen Hundenapf. Kennen Sie noch den knuddeligen, aber völlig temperamentlosen Hund von Inspektor Columbo? So einer ist Hermann. Mit seiner Hundemimik erinnert er mich, unter uns gesagt, auch ein wenig an Tante Frieda. Nur runzelt die Siebzigjährige nicht die Stirn, wenn ihr der Magen knurrt. Meist signalisiert sie damit, dass sie mit etwas nicht einverstanden ist. Vorzugsweise mit mir, ihrem Lieblingsneffen. Aber zurück zu unserem Hund. Hat Hermann schlechte Laune, starrt er mich mit seinen dunklen Augen an, sodass ich automatisch ein schlechtes Gewissen bekomme.

Obwohl, das mit dem furchteinflößenden Blick beherrscht vor allem meine Frau – nicht nur der Hund, um bei der Wahrheit zu bleiben. Und gerade eben habe ich den gefürchteten Blick mit einer leichtsinnigen Aussage bei ihr provoziert, auf die sie prompt kontert.

«Den besten Kartoffelsalat gab es nun einmal bei meiner

Großmutter. Er war einfach himmlisch! Und genau nach ihrem Rezept mache ich ihn schon immer, nur so schmeckt er zu unseren traditionellen Weihnachtswürstchen, da brauchen wir gar nicht zu diskutieren!», beendet Renate unseren recht einseitigen Gedankenaustausch.

Ach, was sind wir doch für beneidenswerte Menschen, die sich mit keinen schlimmeren Tragödien zu plagen haben als mit Kartoffelsalat! Aber, da werden Sie mir sicher zustimmen, nichts *ist* schlimmer, als wenn der Haussegen schief hängt wie ein Kuhschwanz. Von daher sollte ich wohl besser nicht weiter auf dem Kartoffelsalat an Heiligabend herumhacken.

Renate zieht die Nase hoch und wischt sich die Augenwinkel. Die Tränen vergießt sie nicht meinetwegen, sondern wegen der Zwiebeln für «Omas Himmlischen», die sie gerade auf einem Küchenbrett würfelt und anschließend unter den Salat rührt, jenen als Beilage zum Kasseler, heute am dritten Advent.

Und da liegt auch schon der Knackpunkt. Nicht für jedermanns Geschmack gehören in einen Kartoffelsalat Zwiebeln, aber sehr wohl Mayonnaise! Meine Liebste indes behauptet, wenn man die Kartoffeln darin ertränkt, verkrampfe sich ihre Gallenblase. Und eine Frau mit Gallenkoliken an Weihnachten, du liebe Zeit, die wünscht sich kein Ehemann.

Es ist natürlich nicht von der Hand zu weisen, das ganze Jahr hindurch meckert keiner über den Zwiebel-Kartoffelsalat, weder ich noch eines unserer drei reizenden Kinder. Nicht zu den Fischstäbchen, den Wiener Schnitzeln oder sonstigen Leckereien. Aber dieses Weihnachten kommt ein seltener Gast zu uns zu Besuch: eben Tante Frieda. Sie erinnern sich? Die mit den vorwurfsvollen Falten im Gesicht. Und damit sitze ich zwischen zwei Stühlen. Denn in Tante Friedas Kartoffelsalat gehört seit jeher mehr Wumms, mehr als nur Essig und Zwiebeln.

«Außerdem müssen noch saure Gurkenstückchen und Speckwürfel an die Marinade!», begehre ich nun doch auf und mache mich schnell fort aus der Küche. Denn meine Frau muss immer das letzte Wort haben. Und fast bin ich schneller, als ich die Treppe hinuntergehe.

«Mach nicht wieder so einen Lärm! Was treibst du eigentlich seit Tagen dort unten?», ruft sie mir nach und hackt weiter rhythmisch Zwiebeln. Was ich ignoriere, ich verkrümele mich in unseren Hobbykeller, wo ich an dem Weihnachtsgeschenk für meine Frau werkele.

Es soll ein Gewürzregal werden, und an meinem Plan halte ich noch immer wacker fest. Ich bin nicht ganz glücklich, vielleicht ist das ein Meter lange Gestell doch ein bisschen wuchtig. Aber wer will von mir Präzisionsarbeit verlangen, ich schreibe Kolumnen für ein wissenschaftliches Magazin und bin kein Schreiner. Doch das Hämmern und Sägen befreit so wunderbar von den kleinen Alltagsärgernissen.

Mit dem Hammer dresche ich auf den Nagel ein. Wie kann man sich bloß wegen eines simplen Kartoffelsalats in die Wolle kriegen? Aus dem Radio wünscht sich Bing Crosby mit Schmusestimme «White Christmas», doch schenkt man dem Wetterbericht Glauben, träumen Bing und ich vergeblich davon. Dennoch stimmt mich sein Lied milde.

Wenn ich so darüber nachdenke, glaube ich immer mehr, dass unser Kartoffelsalat-Disput gar nichts mit Zwiebeln oder Mayonnaise zu tun hat, sondern auf etwas Grundsätzlichem fußt: wer am Ende seinen Kopf durchsetzt. Renate oder ich.

Würde ich das Sagen am Herd haben, könnte ich über den Weihnachtskartoffelsalat entscheiden. Aber meine Frau gibt nur ungern das Küchenzepter aus der Hand.

Weihnachten rückt immer näher. Der Christbaum steht bereits in einem Ständer und streckt, wenn auch noch ungeschmückt, seine grünen Arme ins Wohnzimmer. Mein Gewürzregal wächst und gedeiht. Ich werde es wohl an die Wand dübeln müssen, so «stabil» ist es mir geraten. Noch immer liegt mir der Kartoffelsalat schwer im Magen. Und so wage ich einen Vorstoß bei Renate.

«Warum gönnen wir ihr nicht die kleine Freude? Überleg doch mal, es könnte das letzte Weihnachten mit Tante Frieda sein.» Ich versuche es mit Diplomatie. Doch sie und ich wissen, Tantchen ist fit wie ein Turnschuh.

Ich lege den Kopf schief. Krause die Stirn. Renate seufzt aus vollem Herzen: «Na, von mir aus, ich lasse die Gürkchen zu!», lenkt sie ein. Hermann sei Dank.

Wenn ich Glück habe, tragen die sauren Gurken zu einem harmonischen Weihnachtsfest bei. Denn nichts würde es mir mehr verderben, als wenn sich die beiden Damen über den mit Tannengrün und flackernden Kerzen gedeckten Tisch giftige Blicke und spitze Kommentare zuwerfen. Da bin ich wie Hermann. Ich mag es friedlich und gemütlich. Bin zufrieden, wenn mein Napf gefüllt ist und ich mich aufs Ohr hauen darf.

Die Ärmel hochgekrempelt, lasse ich den Pinsel schwingen. Ich lackiere und pfeife zu «Morgen kommt der Weihnachtsmann» aus dem Radio. Nur noch ein paar Feinschliffe an meinem hölzernen Prachtstück, und er kann wirklich kommen, der Bursche mit der roten Mütze. Aber ich kann Ihnen sagen, vor Schreck verschlucke ich meine schrägen Töne, als jäh meine Frau im Türrahmen zu meiner Werkstätte steht.

«Wozu brauchen wir noch einen Schuhschrank?», fragt sie verblüfft, und ich versuche, nicht gleich eingeschnappt wie eine Leberwurst zu sein.

Renate wird verlegen. «Ich unsensible Kröte. Das ist mein Weihnachtsgeschenk, nicht wahr?» Tränen steigen ihr in die Augen. Und dieses Mal sind es nicht die Zwiebeln. «Wie albern wir doch sind. Uns wegen des Kartoffelsalats zu streiten. Schließlich ist es doch das Fest der Liebe!», strahlt sie mich an.

«Und der Geschenke», füge ich hinzu, und dann erstarren wir zu Eis.

Wir haben kein Weihnachtsgeschenk für Tante Frieda!

Auf die Schnelle ein 08/15-Präsent zu besorgen ist völlig indiskutabel – aber morgen früh reist sie schon an! Mutlos lasse ich den Pinsel in den Farbeimer sinken. Dass meine Frau da noch kichern kann?

«Was hältst du hiervon?», grinst sie und streckt den Finger aus.

Es hilft ja nichts. Ich stimme ihrem Vorschlag zu. Doch das kann ich jetzt schon versichern, sehr wehmütig werde ich Abschied von meiner windschiefen Holzkonstruktion nehmen – in die nie und nimmer die unzähligen Pumps und Sandaletten meiner Frau gepasst hätten.

Verdächtig beschwingt verlässt Renate den Keller, und ich höre sie murmeln: «Nimm es nicht so schwer, Tante Frieda, du hast ja ein großes Haus und jede Menge Platz dafür. Und weißt du was? Dafür kriegst du nun sogar Mayo an den Kartoffelsalat!»

Da sag noch einmal wer, an Weihnachten würden keine Wunder geschehen!

Schokolade

Johannes Smeets

Es war so ein trüber Donnerstagmorgen im Dezember 1945. Kein Frost, kein Schnee. Nur ein leichter Nieselregen wehte gegen die maroden Fenster unseres Klassenzimmers. Die talentierten Künstler aus unserer Klasse hatten aus farbigem Papier ein paar große und kleine Adventssterne geschnitten und sie mal mehr, mal weniger liebevoll auf die Scheiben geklebt. Doch der trübe Donnerstagmorgen schien sich von diesen kunstvollen Vorboten des weihnachtlichen Lichterfestes nicht beeindrucken zu lassen. Auch unser alter Lehrer, der schon im Ersten Weltkrieg als Soldat für das Vaterland hatte kämpfen müssen, war vom Weltenschmerz erfasst, erlebte nicht seinen besten Tag und langweilte uns mit seinem wenig abwechslungsreichen Unterricht.

Das Wetter, der Unterricht, das Leben überhaupt – alles an diesem Morgen war freudlos. Mädchen, in die man sich zumindest etwas hätte verlieben können, waren fernab in einer anderen Schule. Es schien sich alles gegen uns verbündet zu haben, und so gab es aus dieser Tristesse kein Entrinnen.

Die Schulspeisung kam wie immer kurz vor der großen

Pause. In einem nahen Kloster wurde für uns gekocht. Eine Spende der Quäker. Zwei Klassenkameraden mussten den großen Suppenkübel dort abholen und die Suppe verteilen. Fade war sie, aus Erbsmehl, nur unser fürsorglicher Lehrer pries sie pflichtgetreu als leckere und wertvolle Erbsensuppe. Ein Verfallsdatum gab es wohl damals noch nicht.

Die große Pause, vom Hausmeister mit einer mächtigen Glocke von Hand angeläutet, erlöste uns aus dem tristen Einerlei und weckte verborgene Energien. Obwohl es noch ein wenig nieselte, strömten die Schüler aller Klassen ohne viel Geschrei, Stoßen und Schubsen zum Frischlufttanken in den Hof. Ich war bei den Letzten, die den Pausenhof erreichten, und merkte gleich, dass sich etwas ereignet haben musste oder ein besonderes Ereignis bevorstand. Eine riesige Traube hatte sich gebildet, wild wurde gestikuliert, und man redete heftig aufeinander ein. Grund war eine Nachricht, die sich wie ein Lauffeuer verbreitet hatte, und diese Nachricht schien ebenso fantastisch wie unglaubwürdig zu sein.

Alle schrien jetzt wild durcheinander. In der Mitte der Traube stand ein Schüler aus der Parallelklasse, dessen Großvater an der Schule arbeitete. Der Junge musste sich beschimpfen lassen. Er lüge, er erzähle den größten Unsinn, und es schien, als wollten die Schreier ihn vor lauter Hoffnung und Erwartung herausfordern, seine Aussage noch klarer zu machen und zu begründen: Zehn Tafeln Schokolade bekäme jeder Schüler heute! Zehn Tafeln für jeden von uns, für jeden Schüler?! Das war nicht zu begreifen, das konnte nicht wahr sein! Wo sollte eine solche Menge Schokolade denn herkommen? Wer hätte sie ins Schulhaus tragen können? Die gesamte Menge für alle Schüler, das ließe sich sogar bei schlechter Mathenote erahnen, war unvorstellbar. Ein böses Gerücht! So klang es aus vielen Kehlen. Ich schlich hinüber zu den Achtklässlern und fragte aufgeregt bei ihnen nach. Vielleicht hatten sie die schweren Schachteln mit der riesigen Menge an Schokolade ins Haus tragen müssen. Doch die zeigten mir den Vogel und ließen sich nicht weiter stören.

Bis zum Ende der Pause wurde noch heftig diskutiert, und erst im Klassenzimmer kehrte langsam wieder Ruhe ein. Inzwischen hatte unser Lehrer kurz zur Türe hereingeschaut und erklärt, wir mögen uns bitte still verhalten, er müsse noch etwas erledigen, was nicht dazu beitrug, uns zu beruhigen. Als es dann klopfte, saßen wir wie gebannt und voller Hoffnung und Erwartung. Doch herein kam ein Schüler aus einer anderen Klasse, der unseren Lehrer suchte.

«Wenn der aus der 5a uns veräppelt hat, dann wird er was erleben.» Wild entschlossen zeigten sich unsere Stärksten, dem vermeintlichen Falschmelder gleich nach Schulschluss eine gehörige Tracht Prügel zu verpassen, als sich die Klassenzimmertüre öffnete und angeführt von unserem Lehrer einige Schüler der achten Klasse vier große Schachteln ins Klassenzimmer trugen. Zunächst war es mucksmäuschenstill, und mit großen Augen und weit aufgerissenen Mündern wurde die Karawane bestaunt, bevor ein unbeschreibliches Freudengeheul ausbrach. Es war die Schokolade. Sollte jeder Schüler tatsächlich zehn Tafeln bekommen? *Zehn* Tafeln – unglaublich! Doch es war kein Traum. Deutlich hatte unser Lehrer verkündet: «Ein Geschenk von ...» Die Herkunft dieses großartigen Weihnachtsgeschenks ging im allgemeinen Tumult unter.

Jeder holte nun vorne am Pult wie bei der Suppenausgabe seine Tafeln ab. Schnell ließ ich sie in meinen Schulranzen verschwinden, nichts anderes erwartend als das Unterrichtsende. Denn dieser Schokoladensegen musste ein Irrtum sein. Vielleicht hatten es die Lehrer nur falsch verstanden, und jeder sollte nur eine Tafel erhalten? Der Rektor hörte nicht mehr so gut, das wussten wir vom Musikunterricht. Meine Zweifel blieben, zehn Tafeln, es war so außergewöhnlich, dass es nicht wahr sein konnte.

So lief ich nach Schulschluss direkt nach Hause und versteckte meine zehn Tafeln Schokolade unter einem Holzstapel im Stall, fest dazu entschlossen, sie nie wieder herzugeben. Sollten wir sie am nächsten Tag zurückgeben müssen, würde ich erklären, sie einfach nicht mehr gefunden zu haben.

Doch wir durften sie tatsächlich behalten. Und so brach dann viele Tage später am Heiligen Abend der Weihnachtsteller unter der Schokoladenlast schier zusammen. Ein erstes, friedliches und glückliches Weihnachtsfest nach vielen Kriegsjahren mit reichlich Entbehrungen.

Der Weihnachtsbaum

Peter Warnecke

Wer kennt das nicht. Die Vorweihnachtszeit vergeht wieder einmal viel zu schnell, und ratzfatz steht Weihnachten vor der Tür. Sind alle Geschenke besorgt? Sind die Kekse gebacken? Ist die Weihnachtsgans bestellt? Und warum haben wir noch keinen Weihnachtsbaum??

Schon in den vorigen Jahren überkam mich dieser Gedanke jeweils erst am letzten Samstag vor Heiligabend. Was immer den Vorteil hatte, dass das Prachtstück im kleinen Nadelwald «unseres» Tannenbaumverkäufers morgens noch voll «im Saft» stand und sich nicht schon im Vorfeld seiner grünen Nadeln entledigte. Die Größe des Baumes nahm in den letzten Jahren dabei kontinuierlich zu, was eindeutig auf das mangelnde Angebot im Schlussverkauf zurückzuführen war. Meine Frau hatte bereits mehrmals gegen die ausladenden, sorgsam von mir ausgesuchten Exemplare protestiert und mir auch dieses Mal eindringlich eingeschärft, bloß nicht wieder mit so einem «Mammutbaum» zu erscheinen.

Ihre gut gemeinten Worte noch im Ohr, packte ich die Bauhandschuhe und die Seile für den Transport in den Kofferraum und fuhr mit den Kindern, wie jedes Jahr, zu der schnuckeligen Nadelbaumplantage. Der Besitzer war bereits mit seiner Säge bewaffnet und winkte uns zu. Er hatte bisher noch immer einen Baum für uns parat gehabt und würde uns auch dieses Jahr sicherlich nicht enttäuschen.

Die Auswahl bei den vor Wochen noch üppigen Beständen war in den letzten Tagen allerdings stark zurückgegangen. Gemeinsam stiefelten wir durch die weite Lichtung, in der nur noch die Stümpfe der bereits abgesäbelten Bäume aus der Erde ragten. Im hinteren Teil des Reviers jedoch strahlte uns eine herrliche Tanne entgegen. Sie war wunderbar gleichmäßig gewachsen, hatte die richtige Größe mit einer kerzengeraden Spitze und einen perfekten Zweigenkranz im unteren Bereich. Eigentlich hatte sie nur einen einzigen Makel: Sie war, markiert durch einen Bindfaden, für einen anderen reserviert und damit für uns unerreichbar.

So blieb uns aufgrund unseres zeitorientierten Einkaufsverhaltens nur die Wahl einer der übrig gebliebenen mickrigen Kümmertannen, die selbst in einem Blumentopf überleben würden und damit den Anforderungen meiner Frau im vollsten Umfang entsprachen. Doch mal ehrlich, sollte ich uns so ein Grünzeug in die gute Stube stellen?

Ganz hinten in der Ecke ragte noch ein Baum heraus, der im Vergleich ziemlich ansehnlich war. Zugegeben, er war recht stattlich. Aber wirkte er zwischen den «Übriggebliebenen» nicht tatsächlich größer, als er wirklich war?

Zudem redete mir der Verkäufer gut zu. «Wenn man ein großes Wohnzimmer hätte, würde es vielleicht gehen.»

Ein großes Wohnzimmer? Das hatten wir! Der Baum passte meiner Vorstellung nach sehr gut in die Weihnachtsecke. Vorsichtshalber ließ ich die Meinung der Kinder in die Entscheidung einfließen.

«Wer ist für diesen Baum?»

Sofort schnellten alle Arme in die Höhe, auch die des Tannenbaumverkäufers.

«Prima, einstimmig.» Ich freute mich. Damit war es entschieden. Ein Handschlag besiegelte den Handel. Schon wurde die Säge geschwungen, das gute Stück mit den Bauhandschuhen zum Auto getragen und mit den Seilen auf dem Dach fest verzurrt.

Während der Autofahrt muss der Baum gewachsen sein. Er kam mir auf einmal viel größer vor als auf dem Feld. Und er schien immer weiter zu wachsen, je kleiner und beengter die Räumlichkeiten um ihn herum wurden. Das Einzige, was an unserem Wohnzimmer jetzt noch groß war, war der Baum. Er war so mächtig, dass es sich anfühlte, als hätten wir einen Wald im Haus.

Meine Frau reagierte entsprechend: nicht gerade euphorisch. «Wenn man dich schon einmal alleine lässt. Das war das letzte Mal mit einem Weihnachtsbaum. Das nächste Mal feiern wir ohne.»

«Aber natürlich, mein Schatz, ganz, wie du willst.»

Jetzt ist wieder ein Jahr vergangen. Zugegeben, der Baum war so gewaltig, dass es selbst für mich wie eine Befreiung war, als er uns nach der Weihnachtszeit wieder verließ.

Neulich ließ meine Frau noch einmal deutlich durchblicken, dass dieses Jahr ein Weihnachtsbaum nicht zur Debatte steht. Und dass ich mich in dieser Angelegenheit nicht von den Kindern einwickeln lassen soll.

«Natürlich nicht, mein Schatz. Das ist doch klar. Nach dem Chaos im letzten Jahr. Wer will das schon?»

Und dann ist wieder Samstag, der letzte vor Weihnachten. Ich muss nur noch die Kinder vom Bahnhof abholen. Warum haben wir eigentlich noch keinen Weihnachtsbaum?, denke ich.

Vorsichtshalber packe ich noch schnell die Bauhandschuhe und die Seile in den Kofferraum.

Weihnachtsblume

Christian Metzner

Als es am Heiligen Abend an ihrer Haustür klopfte, lächelte die sechsundachtzigjährige Margarethe, weil sie wusste, was gleich geschehen würde. Sie wohnte in einem beschaulichen Dorf im Sauerland, das an diesem Tag unter einer dicken Schneedecke lag. Sie hatte ihr bestes Kleid angezogen, ging langsam zur Haustür und öffnete. Ihre Tochter Christine und ihre Enkelin Lena traten ein und überreichten ihr ein kleines, kunstvoll verpacktes Geschenk mit den Worten: «Es soll wachsen, dir Freude bereiten und dich immer daran erinnern, dass Weihnachten für Hoffnung, für Liebe und für Frieden steht.»

Vorsichtig öffnete Margarethe das Päckchen, darin lag ein dunkelgrünes, samtiges Blatt mit einem kurzen Stiel. Sie nahm es heraus, pflanzte es sogleich ein und stellte es auf das Fensterbrett. Draußen sah sie die Schneeflocken fallen. Für einen Moment schloss sie die Augen und sah die kaputte Fensterscheibe von damals, zahllose Scherben lagen am Boden. Als sie die Augen wieder öffnete, betrachtete sie das kleine Blatt vor sich und dachte an den 24. Dezember 1944. Sie war acht Jahre alt gewesen, und der sinnlose, furchtbare Krieg hatte nicht vor ihrem Heimatdorf haltgemacht.

Um die Mittagszeit war in der Nähe ihres Elternhauses eine Bombe explodiert. Als sie mit ihrer Mutter aus dem Luftschutzkeller nach Hause gekommen war, betraten sie das verwüstete Wohnzimmer. Entsetzt sahen sie das von der Druckwelle zerstörte Fenster. Mit Tränen im Gesicht standen sie vor der am Boden liegenden Stehlampe, der Schirm war zerbrochen. Der Schrank war umgekippt, überall lagen Scherben von Tellern, Tassen und Gläsern. Margarethe bückte sich, nahm eine Scherbe des Lieblingstellers ihrer Großmutter in die Hand, da fiel ihr Blick auf die zerfetzten Usambaraveilchen. So wundervoll hatten sie noch am Morgen geblüht, nun lagen sie zwischen abgebrochenen Tischbeinen und Teilen der Deckenlampe auf dem Teppich. Margarethe sackte in sich zusammen und begann zu weinen.

Ihr Vater hatte ihr und der Mutter am Tag seiner letzten Abreise die Usambaraveilchen überreicht und gesagt, die Blumen sollten sie jeden Morgen aufs Neue an ihn erinnern, bis er wiederkomme. Wenige Minuten später war ein Militärlastwagen gekommen, der die Soldaten der Umgebung zur Front abholte. Ein Feldwebel brüllte: «Aufsitzen!», ihr Vater und ein Nachbar kletterten auf die Pritsche, während der Wagen startete und mit lautem Dröhnen die Anhöhe vor ihrem Haus hochfuhr. Der Motor heulte auf, als der Fahrer herunterschaltete, und ihr Vater winkte unter der Plane hervor, er hielt seine Tränen zurück. Margarethe und ihre Mutter winkten ihm immer noch, auch als der Wagen längst nicht mehr zu sehen und zu hören war.

Seine Hand war das Letzte, was Margarethe von ihrem Vater sah, kurze Zeit später war er gefallen. Anderen Familien im Dorf war es nicht besser ergangen, alle Männer waren im Krieg geblieben. Wenige Tage vor Weihnachten waren vier junge Männer am selben Tag an der Front gestorben, weil die skrupellose Naziführung sie mit Tausenden anderen noch in die sinnlose Ardennenschlacht geschickt hatte.

Margarethe wischte ihre Tränen mit dem Ärmel ab, da ging ein Lächeln über das Gesicht ihrer Mutter. Sie legte den Arm um sie und sagte, dass die beiden Blumen nicht zerstört seien, das sehe nur so aus. «Usambaraveilchen sind ein kleines Wunder. Wenn man jedes einzelne Blatt in die Erde pflanzt, so wachsen schon bald neue Blumen und daraus Hunderte andere Blumen. Selbst Krieg und Zerstörung können daran nichts ändern.»

Ebenso wenig konnte der sinnlose Krieg dem Weihnachtsfest etwas anhaben. Überall auf den Straßen im Dorf lagen Schutt und Asche, aber die Menschen feierten, auch wenn sie als Festmahl nicht mehr hatten als ein Stück Brot mit etwas Margarine. Andere hatten ein paar Pellkartoffeln mit einer Prise Salz, vielleicht noch einen Malzkaffee dazu. An Weihnachtsgeschenke war gar nicht zu denken, die Menschen konnten nur noch das Allernötigste kaufen. Sie waren ja froh, wenn sie zum Fest wenigstens ein paar Kohlen oder etwas Brennholz besaßen, um die Stube zu heizen. Noch nicht einmal weihnachtliches Geläut gab es, weil man die Kirchenglocken abgeholt hatte, um daraus Kanonen zu gießen. Aber jeder, der im Krieg geblieben war, hatte noch Kinder, Brüder, Schwestern oder andere Verwandte, und die würden weiter Weihnachten feiern und Weihnachtslieder singen und dadurch die Botschaft des Festes in die Welt tragen.

Nach der Christmette in der vollen, zugigen, kleinen Kirche stapfte Margarethe mit ihrer Mutter durch den Schnee, und sie blieben vor einem großen Haus stehen. Margarethe zog am Messinggriff der langen Klingelstange, die Glocke im Innern schepperte. Kurz darauf wurde die schwere massive Holztür geöffnet, die Scharniere quietschten dabei laut, und gelbliches Licht drang nach draußen. Eine ältere, nicht immer freundliche Nachbarin blickte erstaunt drein. Da standen im fahlen Schein Mutter und Tochter in ihren besten Festkleidern und Mänteln und lächelten.

Margarethe nahm eine kleine verpackte Schachtel mit ihrem Kinderhändchen aus dem Sack und überreichte sie schüchtern. Margarethes Mutter sagte, dass aus dem Blatt im Innern eine schöne Blume wachsen würde, die sie immer an die Botschaft des Weihnachtsfestes erinnern würde: Hoffnung, Liebe und Frieden auf Erden. Da lächelte auch die Nachbarin freundlich und nahm das Schächtelchen entgegen. Und so gingen die beiden von Haus zu Haus und überreichten noch viele dieser kleinen Schachteln.

Am Christfest 1945, der ersten Friedensweihnacht, ging Margarethe erneut mit ihrer Mutter durch das Dorf, und sie verteilten wieder Blätter. Das wiederholten sie danach jedes Jahr. Es wurde zu einer lieb gewonnenen Weihnachtstradition im Ort. Alle Blätter, die sie Jahr für Jahr verteilten, waren Ableger der beiden Usambaraveilchen des Jahres 1944. Nach dem Tod ihrer Mutter nahm Margarethe ihre Tochter auf diese Gänge mit. Als ihr das Gehen immer schwerer fiel, führte ihre Tochter mit der Enkelin den Brauch fort.

Margarethe erschrak, als sie an der Seite angetippt wurde. Es war ihre Tochter Christine, die ihr den Mantel reichte. Minutenlang hatte Margarethe wohl alles um sich herum vergessen, so sehr war sie in Gedanken an früher versunken gewesen.

«Ach ja, der Mantel», dachte sie und zog ihn an, während ihre Enkelin den Gehstock aus dem Flur holte. Heute würde sie noch einmal mitgehen, so beschwerlich es auch sein würde. Sie würde noch einmal durch den Schnee stapfen und von Tür zu Tür gehen und klingeln. Im Frühjahr war in Europa wieder ein furchtbarer Krieg ausgebrochen, und viele Kriegsflüchtlinge waren in ihr Dorf gekommen, Frauen, die ihre Männer, und Kinder, die ihre Väter verloren hatten. Auch ältere Menschen waren darunter, die von einem Tag auf den anderen ihre Heimat verlassen und Hals über Kopf hatten fliehen müssen. Margarethe würde sie an diesem Heiligen Abend alle besuchen und ihnen ein weihnachtlich verpacktes, kleines, dunkelgrünes, samtiges Blatt überreichen. Und sie würde ihnen vom Heiligabend des Jahres 1944 erzählen und von den Weihnachtsblumen. Die Kinderhand von einst, die damals Päckchen aus dem Sack genommen hatte, war nun faltig, trug Altersflecken und zitterte ein wenig. Aber sie würde heute wieder kleine Pakete halten.

Die Lebkuchen
meiner Oma

Bernhard Ziegelmeyer

Als Kind war ich oft bei meiner Oma zu Hause, einer lieben alten Dame mit langem weißem Haar, das sie immer zu einem Dutt zusammengebunden trug. Fast jeden Wunsch erfüllte sie mir, so manches bekam ich von ihr, was mir zu Hause niemals vergönnt war.

Vor dem Abendbrot schickte sie mich zum Metzger, um hundert Gramm Salami zu kaufen. Eine Wurst, die es bei uns zu Hause nie gab. Sie war zu teuer, und das Haushaltsgeld meiner Mutter musste gut eingeteilt werden, um die vielen hungrigen Mäuler am Tisch zu stopfen. Da war es schon etwas Besonderes, wenn es eine Scheibe Wurst gab, verteilt auf mehrere Stück Brot. Ganz anders bei meiner Oma: eine Scheibe Wurst für ein Stück Brot – ein Hochgenuss!

Schon als kleiner Junge fuhr ich allein mit dem Zug zu meiner Oma in die Stadt. Anfangs holte mich mein Opa vom Bahnsteig ab, und im Winter brachte er mich abends wieder hin, setzte mich in den Zug und wartete, bis er abgefahren war. Ab dem siebten Lebensjahr war ich selbstständig genug, den Weg zu finden.

Viele Erinnerungen sind mir von den Weihnachtstagen geblieben. Vielleicht ist es der Geruch nach Lebkuchen, der die Gedanken an die Zeit meiner Kindheit am meisten weckt.

Mit Beginn der Adventszeit backte meine Oma die ersten Plätzchen. Lebkuchen mit viel Honig, Zitronat und Orangeat, gemahlenen Nüssen und Mandeln, und natürlich brauchte sie viel Mehl. Beim Backen durfte ich ihr bei allem behilflich sein, bis sie eines Tages feststellte, dass die Dosen mit Zitronat und Orangeat nur noch zur Hälfte gefüllt waren. Daraufhin wurden Opa und ich aus der Küche verbannt, und statt den süßen Teig auszurollen, gingen wir spazieren. Vorbei war es mit der Nascherei in der Backstube!

Wir liefen in den nahen Wildpark. Mein Opa kannte alle Tiere mit Namen, die meisten kamen zu seiner Begrüßung an den Zaun, um ihre Streicheleinheiten abzuholen.

Mit Einbruch der Dunkelheit machten wir uns auf den Heimweg. Schon im Hausflur empfing uns der zuckersüße Duft der Weihnachtsbäckerei. In einer Wolke aus Pfeffernuss- und Karamellaroma stiegen wir die wenigen Stufen bis zur Eingangstür hinauf. Schnell rannte ich in die Küche, in der Hoffnung, vielleicht das eine oder andere Gebäck zu erhaschen. Doch statt der Plätzchen und Lebkuchen fand ich den Tisch bereits zum Abendbrot gedeckt. Die Enttäuschung stand mir ins Gesicht geschrieben.

Eine Woche später war ich wieder zu Besuch. In einem unbeobachteten Moment machte ich mich auf die Suche nach den Köstlichkeiten. Ganz oben auf dem Schrank im ungeheizten Schlafzimmer entdeckte ich die Lebkuchen, die in verzierten Blechdosen ihren Reifeprozess durchlebten. Ein Stuhl reichte nicht aus, um an sie heranzukommen. Ich benötigte eine Leiter. Die stand nebenan in der Toilette. Leise schlich ich mich aus dem Zimmer.

«Was machst du denn in meinem Schlafzimmer?», vernahm ich die Stimme meiner Oma.

Ich erschrak fürchterlich. Erwischt, dachte ich, aber meine Oma lächelte.

«Wolltest du einen der Lebkuchen stibitzen?»

Mit hochrotem Kopf gestand ich meine nicht vollendete Tat.

«Ich hole dir einen, aber nur einen, und den musst du aufessen.»

Langsam stieg sie die Leiter hoch, öffnete eine der Dosen und entnahm ihr eines der begehrten Küchlein. Mit verschmitztem Lächeln sagte sie: «Ich hoffe, er schmeckt dir.»

Gierig biss ich hinein. Aber nein, beißen war nicht möglich. Der Lebkuchen war hart wie Stein.

«Ja», sagte meine Oma und erhob ihren Zeigefinger. «Mein lieber Junge. Lebkuchen müssen reifen, sie brauchen Zeit, bis man sie genießen kann. Das wird eben erst Weihnachten möglich sein.»

Beschämt sah ich meine Oma an.

«Mein lieber Bub», fuhr sie fort, «du musst lernen zu warten. Denn, und das kannst du dir merken: Wer nicht warten kann, der kann auch nichts erwarten!»

Mit dem harten Lebkuchen in der Hand verließ ich mit schamroten Wangen das Schlafzimmer meiner Großeltern.

Kristella, die kleine Weihnachtshexe

Liane Belas

Während der Adventszeit hatte die Weihnachtshexe Kristella alle Hände voll zu tun, denn sie war eine Gehilfin des Weihnachtsmannes. Ihre Aufgabe war es, dafür zu sorgen, dass die Menschen und Tiere jedes Jahr aufs Neue den Zauber der Weihnachtszeit erlebten. Seit sie denken konnte, wohnte sie im Wunderwald in ihrem Hexenhäuschen direkt neben der dicken Eiche.

Eines Tages sah sie aus dem Fenster und sagte zu ihrer Schneeeule Kitty: «Wir müssen aufbrechen, um zu sehen, ob noch jemand Weihnachtsmagie braucht.»

Die Eule krächzte: «Wie gut, dass du nicht auf einem Besen reisen musst.»

Kristella schmunzelte. Ja, Weihnachtshexen fliegen auf Schneeeulen. Das ist Tradition und viel bequemer.

Da klopfte es ans Fenster. *Tok, tok, tok.* Herr Eichhorn, der in der Spitze der Eiche wohnte, rief aufgeregt: «Mach auf, kleine Hexe!»

Eilig öffnete Kristella und fragte: «Was gibt es so Wichtiges, Herr Eichhorn?»

«Feiern wir nicht zusammen mit Frau Kaninchen, Familie Maus und Herrn Bär Weihnachten? Heute ist Heiligabend.» Herr Eichhorn legte seinen Kopf schief.

«Aber natürlich!», antwortete Kristella. «Wir machen es wie jedes Jahr: mit einem Weihnachtsbaum, einem Festessen und fröhlichen Weihnachtsliedern.»

Herr Eichhorn seufzte. «Aber du hast uns keine Einladung geschickt!»

Die kleine Hexe schlug die Hand vor den Mund. «Ach du filziger Pantoffel, die habe ich ganz vergessen. Sag bitte allen Bescheid, dass sie heute Abend kommen sollen.»

Herr Eichhorn freute sich. «Mache ich! Bis später!» Dann verschwand er blitzschnell zwischen den Ästen der Eiche.

Flink zog Kristella ihre warme Jacke und die Handschuhe an, setzte sich die Mütze auf die roten Locken und schnappte sich ihren Zauberstab. Draußen war es eisig kalt. Eule Kitty gluckste: «Hoffentlich bringst du nicht wieder die Zaubersprüche durcheinander.»

Die Hexe antwortete: «Ich habe geübt!» Dann kreiste sie ihren Stab in der Luft und flüsterte: «Klix, klax. Zauberstab so magisch fein, mach mich passend eulenklein.»

Flugs schrumpfte sie auf Puppengröße, hüpfte auf den Rücken der Schneeeule und kicherte: «Auf zur Weihnachtsmission. Damit es für alle ein schönes Fest wird.»

Kitty breitete ihre Schwingen aus, und sie stiegen hinauf in die Lüfte. Im Dörfchen Tannenhausen angekommen, flogen sie durch die Straßen und schauten, ob die Menschen gut mit den Weihnachtsvorbereitungen vorankamen. Als sie an Haus Nummer 29 in der Glockenstraße vorbeiflogen, sahen sie die Kinder Mia und Paul in der Küche. Mia, die Größere von beiden, holte ein Blech mit Plätzchen aus dem Ofen. Doch was war das? Die Naschereien waren verbrannt!

Kristella rief: «Auwei Knoblauchbrei, alles hinüber! Da muss ich schnell helfen.»

Unbemerkt landete sie mit Kitty auf der Fensterbank, zückte ihren Zauberstab und murmelte: «Klix, klax. Lichterkette, Lichterglanz, macht die Plätzchen wieder ganz.» Aber nichts geschah. Die Süßigkeiten blieben kohlrabenschwarz. «Verflixt, was ist das?», schimpfte sie.

Die Eule krächzte: «Falscher Zauberspruch!»

«Ich würde die Zaubersprüche nicht durcheinanderbringen, wenn die Zeit zwischen den Weihnachtsfesten nicht so lange wäre», murrte Kristella. Schnell sagte sie: «Klix, klax. Lichterbaum und Lichterschein, macht die Plätzchen wieder fein!»

Im Nu lagen auf dem Blech goldgelbe Nussplätzchen, die herrlich dufteten.

Paul schaute Mia fragend an. Die stutzte, blickte zum Fenster und sah dort eine weiße Eule davonfliegen. «Das ist Weihnachtsmagie! Genau wie in unserer Adventsgeschichte mit der Schneeeule», erklärte sie aufgeregt.

Eilig probierten die zwei ihre Plätzchen und klatschten sich vor Freude ab, denn sie schmeckten nussig und nach Weihnachten.

Im Haus des Bäckermeisters Knusperbrot waren die Kinder Lina und Julian dabei, den Weihnachtsbaum zu schmücken. Die Mutter war in der Backstube, um die Pfeffermännchen zu holen. Die Kinder hatten bereits ein paar rote und goldene Kugeln an die unteren Äste des Baumes gehängt. Julian, der große Bruder von Lina, holte sich einen Stuhl und kletterte hinauf, um einen Schneemann weiter oben zu befestigen. Plötzlich verlor er das Gleichgewicht und stützte sich an den Ästen der Tanne ab. Daraufhin geriet der Baum ins Wanken und fiel um. Lina sprang zur Seite, Julian hüpfte vom Stuhl und rief: «Oje, wie gut, dass Mama nicht da ist!»

«Jetzt hilft nur noch Zauberei», seufzte Lina. Schnell stellten sie den Baum wieder auf und kehrten die Scherben zusammen.

Kristella, die alles gesehen hatte, rief: «Ei, du dicke Bohne.» Kitty glitt lautlos auf die Fensterbank, und die kleine Hexe stellte fest: «Es muss sofort ein großer Weihnachtszauber her!» Sie zog ihren Zauberstab aus der Tasche. «Klix, klax. Weihnachtsbraten, Weihnachtsglück, bring neuen Baumschmuck schnell zurück», flüsterte sie. Daraufhin wirbelten Würstchen, Zwiebeln, Nudeln und Streuselkuchen um die Baumspitze.

Lina und Julian sahen sich zuerst verdutzt an, dann lachten sie laut, und Julian giggelte: «Ist das Christbaumfutterschmuck? So etwas Lustiges habe ich noch nie gesehen.»

Kristella erschrak und verbesserte sich schnell: «Klix, klax. Weihnachtsglück und Weihnachtsstern, bring neuen Baumschmuck her von fern.» Sofort verwandelten sich die Speisen in Weihnachtsschmuck aus bunten Nussknackern, Lokomotiven und Schneemännern. Langsam schwebten sie zusammen mit den Kugeln und Lichterketten aus den Kartons auf dem Boden in die Äste des Baumes.

Verblüfft fragte Lina: «Was war das? Tannenschmücken, hoppladihopp, im Rentiergalopp?»

Julian klatschte in die Hände. «Das ist Weihnachtszauber! Wie in der Geschichte, die Mama uns vorgelesen hat!»

Lina schaute die Tanne an. «Echter Weihnachtszauber!», murmelte sie. Ihr Bruder schnappte sich ihre Hand, und sie tanzten vor Freude um den Baum.

Bevor Kristella und Kitty weiterflogen, knurrte die Eule: «Das ging gerade noch mal gut. Du musst dich im nächsten Jahr besser vorbereiten.»

«Bei so viel Zauberei in der Weihnachtszeit kann das passieren», verteidigte sich die kleine Hexe.

Unterwegs kamen sie am Silbersee vorbei, auf dem Kinder Schlittschuh liefen. Auf den Wiesen und Wegen lag fast kein Schnee mehr. Er war weggeschmolzen, bevor die eisige Kälte kam und den See zufrieren ließ. Die Weihnachtshexe landete mit Kitty auf einem der oberen Äste einer Tanne. Nacheinander kamen die Kinder ans Ufer und wechselten die Schlittschuhe gegen ihre Winterstiefel. Ein Mädchen sagte: «Schade, dass es nicht schneit. Es wäre schön, nach der Kirche im tiefen Schnee zur Bescherung heimzugehen.»

Ein kleines Kerlchen lachte. «Und dabei eine Schneeballschlacht machen, das wäre ein Spaß!»

Ein größerer Junge aber meinte: «Daraus wird nichts. In den Nachrichten haben sie gesagt, dass in den nächsten Tagen kein Schnee fällt!»

Als Kristella das hörte, flüsterte sie Kitty zu: «Ich kann nicht zulassen, dass die Kinder traurig sind. Ich habe zwar noch nie Schnee herbeigehext, aber das kann nicht so schwer sein! Ich muss es versuchen. Lass uns schnell nach Hause fliegen, und ich lerne den Schneezauber!»

Die Eule flog los. «Deine Schwester Winnie ist die Wetterhexe! Sie ist dafür zuständig», ermahnte sie Kristella.

Die antwortete: «Aber sie ist noch in den Bergen unterwegs, und deshalb muss ich für den Schnee sorgen. Weihnachten mit Schnee ist wundervoll.»

Zu Hause angekommen sprang sie von Kittys Rücken, kreiste den Zauberstab und murmelte: «Klix, klax. Zauberstab, du bist famos, mach mich wieder hexengroß.» Sofort stand sie in alter Größe in ihrer Stube. Eilig holte sie ihr Zauberbuch und lernte den Schneezauber. Dann trat sie vor die Tür, schwang ihren Zauberstab, schaute hinauf zu den Wolken und rief: «Klix, klax. Weites Wolkenmeer mit Schneekristallen, lass sie jetzt herniederfallen.»

Im nächsten Augenblick schwebten dicke Schneeflocken zur Erde hinab. Es wurden immer mehr, und in kurzer Zeit war alles in eine weiße Schneedecke gehüllt.

«Schnie, Schna, Schnee, juhee», brummte Herr Bär fröhlich und stapfte auf das Hexenhaus zu. Er hatte eine Tanne dabei. «Es schneit, Hexlein! Da werden sich auch die Menschenkinder freuen. Und hier ist unser Weihnachtsbaum.»

Kristella, die vergnügt in den Flocken umhertanzte, umarmte ihn. «Wunderbar, lieber Herr Bär! Hereinspaziert.»

Drinnen begrüßte Herr Bär die Schneeeule. «Hallo, Kitty, deine Freundin Frau Kaninchen kommt gleich mit Familie Maus und Herrn Eichhorn!»

Die kleine Hexe holte rasch den Weihnachtsschmuck aus ihrem Schrank, da kamen auch schon die anderen Gäste zur Tür herein und riefen: «Fröhliche Weihnachten.»

Die Mäusekinder piepten: «Juhu, morgen können wir Schlitten fahren!»

Frau Kaninchen erklärte stolz: «Und ich werde mit Kitty einen Schneemann bauen.»

Zusammen schmückten sie den Baum. Da flog unerwartet die Tür auf, und Kristellas Schwester, Wetterhexe Winnie, schneite herein. «Frohe Weihnachten allerseits. Mein Schwesterlein hat Schnee herbeigezaubert, das ist großartig!», rief sie.

Nachdem der Baum festlich geschmückt war, packte jeder seine mitgebrachten Speisen aus. Familie Maus hatte würziges Roggenbrot dabei. Frau Kaninchen feine Möhrensuppe. Herr Eichhorn hatte einen Nusskuchen gebacken. Kristella stellte leckeren Gemüseauflauf auf den Tisch, Herr Bär packte Honigplätzchen aus, und Winnie hatte süße Säfte im Gepäck. Sie setzten sich um den Tisch und begannen zu essen. Es schmeckte köstlich, und sie schlugen sich die Bäuche voll.

Als alle satt waren, sangen sie Weihnachtslieder, und die Mäusekinder begannen zu tanzen. Plötzlich klapperte es im Kamin, und heraus purzelten Geschenke, für jeden ein Karton. Freudestrahlend öffneten sie nacheinander ihre Präsente. Als die Weihnachtshexe an der Reihe war, strahlte sie über das ganze Gesicht. Sie hielt eine Schneekugel in den Händen, in der eine kleine Hexe auf einer Schneeeule im Flockenwirbel über ein Wäldchen flog. Daran hing ein Zettelchen, auf dem stand:

Frohe Weihnachten, liebe Kristella, und vielen Dank für Deinen Weihnachtszauber! Der Weihnachtsmann.

Unser Weihnachtsfest

Heiderose Reichelt

N ein!», schreit das kleine Mädchen, als der Vater die Säge ansetzt. Und noch einmal kläglich: «Nein. Das darfst du nicht tun. Der Baum fällt dann um und ist tot.» Es fängt zu weinen an. «Papa, bitte, tu das nicht.»

Der Vater dreht sich um und sieht in das tränenüberströmte Gesicht seiner kleinen Tochter. «Aber Tina, du hattest dir doch einen Baum aus dem Wald gewünscht, und wir haben diesen gemeinsam mit dem Förster ausgesucht. Das ist jetzt unser Weihnachtsbaum.» Er nimmt seine Tochter in den Arm.

Doch Tina ist untröstlich und schluchzt.

Der Vater legt die Säge auf die Erde. «Freust du dich denn nicht darauf, nachher zu Hause den Baum gemeinsam mit Mutter und deinem Bruder zu schmücken? Und wenn abends im Dunkeln die Kerzen leuchten, die Kugeln glitzern und es die Bescherung gibt. Das ist doch wunderschön.»

«Ja, das stimmt», sagt Tina zögerlich und schnieft, «aber der Baum darf trotzdem nicht sterben.»

Der Vater putzt ihr die Nase. «Und was machen wir nun? Mutter und Jonas warten zu Hause auf uns und den Baum.»

Tina schaut ihn mit aufgerissenen Augen an und zuckt hilflos die Schultern. Er drückt sie fest und streichelt ihr Haar. Dann setzt er sich mit ihr in den Schnee. Neben ihm liegt noch immer die Säge. Und vor ihnen steht die Tanne.

«Wir trinken jetzt erst einmal einen Becher heißen Tee und essen ein paar Lebkuchen, die uns Mutter eingepackt hat. Und dabei überlegen wir weiter.»

Tina nickt. Lehnt sich an ihren Vater, spürt seine Wärme und fühlt sich geborgen. «Papa», sagt sie nach einer Weile des Schweigens, «weißt du was? Ich habe eine schöne Idee. Wir überraschen Mutti und Jonas.» Der Vater sieht sie fragend an. «Ja, du weißt doch, Weihnachten ist ein Fest voller Überraschungen.» Und sie flüstert ihm etwas ins Ohr, als ob ihnen jemand zuhören könnte. Geheimnisse werden ja immer ganz leise erzählt.

Der Vater stutzt zunächst. Doch dann schmunzelt er: «Tina, was bist du für ein gescheites Mädchen.» Er drückt sie an sich. «Genau so machen wir es. Und nun ab nach Hause. Da wird Mutter aber Augen machen.» Nun lachen beide, und Tina hüpft vor Freude im Schnee.

Der Vater packt die restliche Verpflegung zurück in den Rucksack, nimmt die Säge und seine Tochter, und sie stapfen vergnügt durch den verschneiten Wald nach Hause.

Dort werden sie schon ungeduldig erwartet, denn es ist inzwischen Nachmittag geworden. «Da seid ihr ja endlich», sagt die Mutter, «aber wo habt ihr den Baum? Wir müssen ihn doch noch aufstellen und schmücken.» Sie schaut sich um.

Der Vater und Tina sehen sich an und lachen. «Das ist unser Geheimnis», sagt Tina und fügt bestimmt hinzu: «Mama, du spielst jetzt am besten mit Jonas noch eine halbe Stunde Klavier. Papa und ich haben etwas sehr Wichtiges zu tun.»

Die Mutter sieht Tinas strahlende Augen und fragt nicht weiter nach. Wenig später ertönen Weihnachtslieder, vierhändig gespielt. Tina und ihr Vater haben jetzt ganz viel zu tun, denn es wird ja bald dunkel.

Als sie schließlich mit ihren Vorbereitungen fertig sind, steht draußen vor der Haustür der alte Holzschlitten, bepackt mit einem großen Picknickkorb, einem Jutesack und einer Kiste. Alles prall gefüllt. Und dazu eine alte große Stalllaterne, weil es ja bald dunkel wird.

Sie rufen die Mutter und Jonas, sagen ihnen, dass sie sich warm anziehen sollen. Und los geht es.

Jonas ist genauso verdutzt und sprachlos wie seine Mutter, denn sie wissen immer noch nicht, wie es an diesem Heiligen Abend weitergeht. Der Vater zieht mit Jonas den Schlitten, die Mutter läuft mit Tina hinterher. Weil Fragen zwecklos sind, ist es ein stiller Zug in den Wald.

Schließlich sind sie an der Stelle angekommen, an der mittags schon Tina mit ihrem Vater war. Sie sehen ihre Spuren im Schnee. Tina packt die Kiste aus: Tannenzapfen, Hirsekolben, Meisenknödel, Speckstückchen, Hagebutten, Äpfel und Kerzen. Und sie beginnt, die Tanne damit zu schmücken. Sofort packt ihr Bruder mit an.

Die Mutter begreift nun endlich, als der Vater den Picknickkorb mit Kartoffelsalat, Würstchen, Thermoskannen voller Tee und Punsch ausgepackt hat, was an diesem Heiligabend anders sein wird. Er zündet die mitgebrachten Kerzen an und entfacht ein kleines Lagerfeuer mit Holzscheiten, einige Meter entfernt von ihrer Tanne, damit kein Brand entstehen kann. Daran wärmen sie sich die Hände.

Sie singen das Lied von der stillen Nacht und «O Tannenbaum». Tina und Jonas sagen ihre Gedichte auf, die sie in den vergangenen Wochen gelernt haben. Der Vater erzählt die Weihnachtsgeschichte etwas verkürzt. Danach greift er in den Jutesack und gibt jedem sein Geschenkpäckchen. Die Kinder sind sehr glücklich. Und die Eltern natürlich auch.

Schließlich trinken sie heißen Tee und Punsch. Der Kartoffelsalat schmeckt sehr lecker, die Würstchen spießen sie auf Stöckchen und erwärmen sie über dem kleinen Feuer.

«Was für ein außergewöhnlich schönes Weihnachtsfest ist das», sagt die Mutter ganz ergriffen. Und nicht nur die Augen der Kinder strahlen im Licht der Kerzen.

Als sie am ersten Weihnachtsfeiertag wieder zu ihrem Tannenbaum gehen, entdecken sie ganz viele Spuren im Schnee, von Rehen und Hasen, von Wildschweinen und vielleicht auch von Eichhörnchen und Waldmäusen. In ihrer Tanne sitzen zwitschernd die Meisen und knabbern an den Hirsekolben, Knödeln und Äpfeln.

Und eines ist gewiss, auch im nächsten Jahr werden sie wieder das Weihnachtsfest mit ihrem Baum im Wald feiern. Denn Tina hat ihn gerettet.

Liebe auf den
ersten Blick

Iris Pahlke

Es war ein trüber Samstag vor dem zweiten Advent, Anfang der Neunzigerjahre. Ich war dreiundzwanzig und gerade dabei, mir meine erste eigene Wohnung einzurichten. Gemeinsam mit meiner Freundin ging ich durch ein Möbelhaus. Was war das für ein Laden, ein Geschäft, mit vielen schönen Massivholzmöbeln. Wie herrlich war es, sich die Schaufenster anzuschauen. Wir waren begeistert, wussten gar nicht, wohin wir zuerst gucken sollten. So ließen wir uns Zeit und fuhren mit dem Fahrstuhl bis in die oberste Etage.

Ich freute mich sehr auf dieses Schauen und Träumen. Die meisten der Einrichtungsgegenstände bewegten sich preislich auf einem für meine Verhältnisse gehobenen Niveau. Aber Schauen kostet nichts, und es tut der Seele so gut.

Mit dem, was mich dann im obersten Stockwerk erwartete, hatte ich allerdings nicht gerechnet.

Dort angekommen, öffnete sich die Fahrstuhltür. Ich trat hinaus, und da sah ich ihn! Ich blieb abrupt stehen, ich war sprachlos, ich war sofort «verliebt».

Ja, anders lässt es sich nicht sagen. Ich wusste sofort: Den will ich! Der soll zu mir gehören! So schön war er, wie er da direkt neben mir stand. So unglaublich schön. Ich war überrascht, dass ich plötzlich so empfand. Ich musste die ganze Zeit hinschauen, es ging nicht anders. Auch meine Freundin bemerkte, dass da gerade etwas mit mir geschah. In diesem Moment sah ich nichts anderes mehr, ich hörte nichts mehr, ich sah nur ihn.

Ihn, diesen einmalig wunderschönen Schaukelstuhl.

Dieses schöne gelaugte Holz, diesen interessant gemusterten Stoff an der Rückenlehne, der Sitzfläche und den Armlehnen. Ein unglaublich harmonischer Gesamteindruck, der mich tief beeindruckte. Ich war erfüllt, ich war beseelt, dieser Schaukelstuhl war ein Traum. Ein unerfüllbarer Traum?

Ich weiß nicht, wie lange ich regungslos dastand.

Dann hatte ich plötzlich den erschreckenden Gedanken, dass dieses Möbelstück eventuell nur zu Dekorationszwecken ausgestellt war. Ich ging um den Schaukelstuhl herum und entdeckte zu meiner Erleichterung ein Preisetikett. Dieser Stuhl war tatsächlich käuflich. Bei genauerem Hinsehen jedoch erschrak ich. Der Preis war jenseits meiner Möglichkeiten. Da war guter Rat teuer.

Wir überlegten noch vor Ort, kamen aber zu keinem Ergebnis. Erschwerend kam hinzu, dass ich nur ein kleines Auto fuhr, den Schaukelstuhl dort hineinzubekommen erschien uns unmöglich. Dass ich mich dann auf Anraten eines Verkäufers probeweise in den Schaukelstuhl setzen sollte, machte alles noch schlimmer. Schweren Herzens riss ich mich irgendwann los, und wir zogen weiter. Aber den anderen Möbeln mochte ich an diesem Tag keine Aufmerksamkeit mehr schenken.

Während unserer Rückfahrt sprachen wir nur noch von diesem Schaukelstuhl. Irgendeinen Weg musste es doch geben, dass dieses Möbelstück zu mir kam. Aber es ging einfach nicht. Der Preis und die anfallenden Lieferkosten, es war nicht machbar.

Als ich zu Hause bei meinen Eltern ankam, berichtete ich in aller Ausführlichkeit von den Erlebnissen des Vormittags. Am Abend sprachen wir dann nochmals über diesen Schaukelstuhl. Inzwischen hatten meine Eltern mit meinen Großeltern gesprochen und teilten mir freudig mit, dass sie sich gemeinsam an den Kosten für den Schaukelstuhl beteiligen wollten, als Weihnachtsgeschenk für mich!

Was war ich glücklich und dankbar. Nun wurde mein Wunsch doch noch wahr!

Am folgenden Montag, als ich schon bei der Arbeit war, telefonierte meine Mutter mit dem Möbelhaus, um alles abzuklären. Ich konnte meinen Feierabend kaum erwarten, deswegen rief ich meine Mutter in der Mittagspause an, um mich zu erkundigen, wie das Gespräch verlaufen war.

Ich fiel aus allen Wolken, als sie mir von dem Telefonat des Vormittags berichtete: Der Schaukelstuhl war verkauft! Ein Ehepaar hatte ihn erworben und sofort mitgenommen. Ich war erschrocken, ich war traurig, ich war enttäuscht. Ich hatte den Stuhl in Gedanken schon in meiner Wohnung platziert, hatte mich schon darin sitzen gesehen. Und jetzt sollte das alles nicht wahr werden, jetzt sollte dieser Traum tatsächlich ausgeträumt sein? In dieses Möbelhaus wollte ich nicht mehr fahren, mir reichte es vorerst.

Was waren das für trübselige Wochen bis zum Weihnachtsfest. Das Wetter tat sein Übriges: Nieselregen und

Nebel, von schönem Winterwetter weit und breit keine Spur.

Kurz vor Heiligabend hatte ich das Schlimmste überstanden und mich damit abgefunden, dass der Schaukelstuhl nun woanders stand. Es sollte halt nicht sein. Deswegen nahm ich mir vor, unverzagt nach vorne zu schauen.

Den Heiligen Abend verbrachten wir traditionsmäßig mit den Großeltern in meinem Elternhaus. Es war ein schöner Nachmittag, und die Bescherung am frühen Abend verlief besinnlich. Aber in dem Moment, als meine Mutter zu mir sagte, ich solle doch mal hinter den Vorhang schauen, stockte mir der Atem.

Da stand er, da stand er tatsächlich, der Schaukelstuhl aus dem Möbelhaus!

Ich war so überrascht, so überwältigt, ich habe vor Freude und Dankbarkeit geweint. Meine Mutter und mein Vater waren also das Ehepaar, das den Stuhl gekauft hatte. Sie hatten sich überlegt, mich am Heiligen Abend damit zu überraschen.

Und diese Überraschung war ihnen gelungen!

Inzwischen sind dreißig Jahre vergangen. Diese «Liebe» hat gehalten. Der Schaukelstuhl hat einige Umzüge miterlebt, in ihm wurden zwei Kinder gestillt, stundenlange Telefonate geführt, etliche Besucher haben darin Platz genommen.

Und ich freue mich heute noch immer und bin sehr dankbar, dass dieser Wunsch tatsächlich wahr wurde!

Weihnachts-
vorbereitungen

Dietmar Sehn

Tausend kleine Dinge fehlten früher bekanntlich im Osten unseres Landes. Ich, der Alfred, meistens nur Alf genannt, denke heute an die Zeit mit ironischem Augenzwinkern und will darüber einmal plaudern, wie wir trotz aller Hürden an Mangelprodukte gelangten.

Unser Büro lag an der Hauptstraße, und wir Sesselfurzer konnten die Warenlieferungen des Tante-Emma-Ladens und des Fleischermeisters namens Würstel genau beobachten. Besonders zu Fest- und Feiertagen und natürlich in den Adventswochen lugten wir mehr als sonst aus den Fenstern, um unsere Weihnachtsvorbereitungen mit delikaten Dingen zu bereichern.

Trafen beispielsweise kubanische Apfelsinen ein, begann die Jagd. Wir stürzten nicht alle auf einmal los, da wäre das Büro leer gewesen. «Wir», das waren zwei Kollegen und drei Kolleginnen, einschließlich der Büroleiterin Inge. Alles musste seine Ordnung haben, deshalb erarbeiteten wir eine akkurate Einkaufsreihenfolge, von der Nummer eins bis zur Nummer fünf.

Waren die Südfrüchte – außen grün, innen strohig und

voller Kerne – bei Nummer vier ausverkauft, hatte Nummer fünf leider das Nachsehen. Wir aber waren eine ausgezeichnete sozialistische Brigade. Beim nächsten besonderen Verkauf von – sagen wir mal – Wal- oder Erdnüssen, Rosinen oder Zitronat durfte dann die Nummer fünf die Nummer eins sein, und so herrschte unter uns Kollegen immer eine tadellose Hilfsbereitschaft.

Tante Emma, also die Verkäuferin, die in Wirklichkeit Anna hieß, kannte ihre Pappenheimer. Ungeachtet dessen zogen wir unsere Taktik durch, das hieß: alle schön der Reihe nach. Wir wussten, dass Emma, also Anna, einige Produkte im Lager geheim hielt – für ihre Stammkunden, die erst gegen fünf Uhr nachmittags Feierabend hatten. Diese bekamen dann klammheimlich eine geheimnisvolle Tüte zugeschoben. Manchmal ahnten ihre Kunden gar nicht, was sich im bunten Dederon-Beutel verbarg. Zu Hause angekommen, erschraken sie mitunter. «Fidels Rache», also die Kuba-Orangen, gehörten nicht zu den leckersten Früchten.

Die gleiche Zeremonie spielte sich beim Fleischermeister Würstel ab. Wir kauften meistens die Filetstücke wie Zunge oder Lendchen. Der kräftige, etwas fleischige Mittvierziger strahlte immer wie eine Fettbemme. Ich entdeckte in seinem runden Gesicht mehrere Lachfältchen. Würstel kannte seine Kunden persönlich und sprach alle freundlich mit «Du» an.

Wir Büroleute waren ihm bestens bekannt, und er plauderte gerne ein paar Worte, schäkerte mit Inge und den anderen Frauen. Wir fanden, unsere Chefin bekam auch immer ein größeres Wurstpaket. Sie fand den Mann cool, aber Würstel wollte sie nicht heißen.

Der Fleischer riss sogar politische Witze. Einer ist mir noch in Erinnerung. «Fragt ein kleiner Bub den Vati: ‹Was sind Menschenschlangen?› Der Vater antwortet: ‹Menschen, die sich hintereinander anstellen, um Bananen zu kaufen!› Der Junge fragt: ‹Und was sind Bananen?›»» Würstels Witze betrafen aber auch die Leberwurst, hier ein Beispiel. «Treffen sich zwei Leberwürste auf einem Baum. Schubst die eine die andere herunter. Welche war der Schubser? Die Grobe!»

Fleischer Würstel feixte über seine eigenen Witze am meisten, auch wenn er den Scherz schon hundertmal erzählte hatte. Ich sehe ihn noch vor mir – mit seinem herzlichen Lachen und der bekleckerten Fleischerschürze. Beim Kundengespräch lobte er zudem seine selbst geräucherten Leberwürste über alle Maßen, und tatsächlich, sie schmeckten ausgezeichnet. Mitunter dufteten unsere Diensträume nach Leberwurst.

Doch dieser Schlawiner verbarg geschickt seine Spezialitäten. Wir durchschauten ihn nie so richtig. Seine besten Stücke verheimlichte er uns oder verscherbelte die Sahnehäubchen erst nach Ladenschluss. Doch da saßen wir bereits zu Hause, versorgten die Kinder oder bedienten die Waschmaschine. Ich bin mir gewiss, Fleischer Würstel heimste bei seinen heimlichen Schmuggeleien zusätzliche Knete ein und pflegte Freundschaftsbeziehungen unter dem Motto: Hilfst du mir, helfe ich dir. Würstel besaß ein schickes Wochenendgrundstück und ein Nobelauto, einen sowjetischen Wolga.

Neben dem Metzgerladen befand sich ein großer leerer Platz. Dorthin strömten die Leute zu Weihnachten. Denn hier befand sich die Verkaufsfläche der Weihnachtsbäume.

Die Menschen lauerten auf die Lieferung und stürmten dann zu dem Haufen, und das große Wühlen begann. Jeder suchte nach dem schönsten Baum, keiner wollte einen Krüppel. Ich hatte immer das Pech, eine mickrige Pflanze zu erwischen. Eine Nordmanntanne zu ergattern war sowieso illusorisch. Am Heiligabend lachten dann Oma, Opa, meine Frau und die Kinder über die schiefe Kiefer oder Fichte, je nachdem, was gerade im Angebot war. Doch über die feinen Speisen staunten die Großeltern. Es fehlte rein gar nichts. Meine Frau und viele andere Werktätige hatten ähnliche Einkaufserfolge wie ich zu verbuchen.

Am nächsten Tag, also dem ersten Weihnachtsfeiertag, aßen wir bei den Großeltern genüsslich den Gänsebraten, die Klöße und das Aprikosenkompott. Die Rentner zogen schließlich ebenfalls von Geschäft zu Geschäft und pflegten ihre Beziehungen bei Hinz und Kunz. Ja, Beziehungen sind eben das A und O im Leben.

Im Zeitraum zwischen Weihnachten und Neujahr nahmen Büroleute Resturlaub, um gestärkt in das neue Jahr zu schreiten. Wir räumten den Adventskranz beiseite, und diverses Weihnachtszeug landete in Kartons. Als zu Jahresanfang auf der Hauptstraße Bauarbeiter in einem leer stehenden Laden herumwerkelten, staunten wir nicht schlecht. Unsere Neugierde war riesengroß. Sonst stand in der Zeitung jeder Kokolores, diesmal war das nicht der Fall. Wir sahen immer wieder durch die Fenster, und die Handwerker winkten uns mit einem verschmitzten Lächeln zu. Am ersten März eröffnete das «Geschäft für das Kunstgewerbe», gleich neben dem Tante-Emma-Laden. Wir aus dem Büro, also Inge, Gerda, Michaela, Klaus und ich, der Alfred – so, jetzt kennen Sie alle Namen –, stürmten natürlich sofort los, um Engelchen, Nussknacker und Räuchermänner zu kaufen. Bald war ja wieder Weihnachten!

Wir griffen beim umfangreichen Eröffnungsangebot kräftig zu. Nur Klaus entpuppte sich als Weihnachtsmuffel. Er war es auch, der auf Kuba-Apfelsinen, hiesige Äpfel und Weihnachtsfiguren verzichtete. Weiß der Teufel, warum! Ansonsten herrschte überwiegend Freude, kurz vor Ostern ein schönes weihnachtliches Exemplar erworben zu haben. So horteten wir schon zu Frühlingsbeginn hübsche Geschenke für das Weihnachtsfest.

Noch heute stehen auf meiner Kommode die reizenden Figuren, umrahmt von einer zauberhaften Stufenpyramide. Zwar fehlt dem Nussknacker ein Arm, dem Räuchermann die Pfeife, dem Schneemann der Schlitten und dem Engelchen ein Flügel, das ist mir aber egal. Ich denke gern zurück. In meine Nase dringt dabei noch der Wohlgeruch der geräucherten Leberwurst und der gummiartigen kernigen Kuba-Apfelsinen. Spuren seltsamer Dinge bleiben einfach ein Leben lang im Gedächtnis. Gegen Erinnerungen ist kein Kraut gewachsen.

Der Holzschnitzer

Stephan Wilhelm

W as wäre Weihnachten ohne Erzgebirge, was wäre das Erzgebirge ohne Weihnachten? Beides wäre wohl um vieles ärmer. Was heute Brauchtumspflege heißt, war vor nicht gar zu langer Zeit Alltag und Notwendigkeit. Wenn es früh dunkel oder draußen zu kalt wurde, um zu arbeiten, oder wenn es im Erzgebirge im November schon schneite, dann entstanden dort die beliebten und begehrten Holzfiguren, ohne die auch heute die Weihnachtszeit kaum vorstellbar wäre.

Wie viele andere, so rückte dann auch der Lammer-Karl den Küchentisch ans Fenster, machte die Schnitzmesser schön scharf und legte das Holz bereit, das er das Jahr über gesammelt hatte. Daraus sollten durch seine Zauberhände Bergmänner und Engel, Krippenfiguren und Spanbäumchen, Weihnachtsmänner und vieles andere entstehen. Pyramiden fertigte er nur auf Anfrage an, und wenn er viel Zeit hatte, stellte er Engel-Kapellen her. Auf diese filigranen Meisterwerke verstand er sich besonders gut. Seine Frau behauptete, dass seine Gesichtszüge aus dem gleichen Holz geschnitzt seien wie die Manneln, die er herstellte, weil sein Gesicht oft keine Regung verrate. Er hätte sein Gesicht lediglich als markant beschrieben. Auch wenn seine Figur leicht untersetzt war, war er kräftig, sein leicht ergrautes Haar wirkte oft zerzaust. Dafür konnte er nichts. Er war zufrieden mit sich.

Wie üblich saß er tagsüber wieder einmal an seinem Tisch und schnitzte gerade einen Kurrendesänger, als er draußen den kleinen Jungen stehen sah. Er kannte ihn, es war einer vom Jäger-Albrecht. Arme Leute, fast zwei Hände voll Kinder. Lammer tat so, als hätte er den Kleinen nicht bemerkt, schaute aus den Augenwinkeln hinaus und arbeitete weiter. «Nach was guckt der denn bloß?», überlegte er. Flink schnitt das Messer Späne aus dem Holz, und nach wenigen Handgriffen waren schon die Konturen einer Gestalt zu erkennen. Im Fenster standen fertige Figuren, und eine davon musste es dem Kleinen angetan haben. Immer wenn er an dem Haus in der Dorfstraße vorbeikam, blieb er stehen und sah sich die Manneln an. Dabei bekam er große, leuchtende Augen, biss sich nach einer Weile auf die Unterlippe und lief rasch weiter.

Lammer wollte es wissen. Er stellte die Figuren an einen anderen Platz und beobachtete, wohin das Kind schaute, sobald es am Fenster erschien. Als er zu wissen glaubte, welche Figur es ihm angetan hatte, entfernte er sie. Und richtig! Beim nächsten Besuch guckte der Junge suchend das Fenster ab und ging dann sichtlich traurig weiter. Die dicke Bommelmütze schien ihm dabei noch tiefer über den Augen zu sitzen als sonst.

So verging die Adventszeit. Der Lammer-Karl saß am Fenster und schnitzte, hin und wieder kam jemand hinein und kaufte ihm eine Schnitzerei ab. So konnte er sich ein paar Groschen verdienen, besonders sonntags, wenn die

Leute mit der Eisenbahn aus der Stadt kamen – mit der Bimmelbahn, wie die kleine Dampflok mit den drei Wagen hier oben genannt wurde. Fasziniert schauten sie zu, wie unter den geschickten Händen des Meisters die großen und kleinen kunstvoll herausgearbeiteten Figuren entstanden. Seine Frau Luzie war dafür zuständig, sie anzumalen.

Viele im Ort stellten solche Holzarbeiten her. Manche schnitzten Spielzeug, andere boten gedrechselte Dinge zum Verkauf. Die Steiger-Brüder boten sogar Glasbläserei an. *Glasmanufaktur* hatten sie sich ans Haus mit den teuren Öfen und Geräten geschrieben.

Als endlich Heiligabend war, verpasste Lammer einem Nachtwächter nachmittags noch eine Hellebarde, während seine Frau am Ofen hantierte. Dann kehrte er die Späne zusammen und schüttete sie in den Kohlenkasten. Die meisten Stücke waren verkauft, außer denen im Fenster. Die waren unverkäuflich. Wenn ein Städter trotzdem noch einmal nach der einen oder anderen Figur fragte, sagte schon Lammers unbewegliche Miene, dass es nichts zu verhandeln gab.

Mit dem Kleinen vom Jäger-Albrecht hatte er in den letzten Tagen noch ein paarmal das Spiel mit den Manneln gespielt. Jetzt wusste er genau, was dem Buben so gut gefiel. Und da stand er auch schon und guckte mit großen Augen ins Fenster, während es kräftig schneite. Der Lammer-Karl winkte mit der Hand, er möge hereinkommen.

«Wie heißte denn?»

«Ich bin der Bertl», antwortete der Kleine.

«Ach ja, der Bertl biste – gefalln dir die Manneln?»

«Ja!»

«Unn was gefällt'n dir am besten?»

Der Kleine zeigte mit der Hand zum Fenster: «Das dort.» Und seine Augen begannen wieder zu leuchten.

«Was denn?»

«Nu dort, das graue Pferdl mit dem großen Kopp.»

«Ach das», tat der Holzschnitzer überrascht, «das iss doch 'n Esel. Sag mal, willst'n Stück Stolln essen?»

Der Junge nickte. «Luzie», rief der Lammer-Karl seiner Frau zu, «nimm'm doch mal mit unn gib dem Bubn 'n Stück Stolln.»

Als der Bertl wieder aus der Kammer kam, gab ihm der Lammer-Karl eine verschnürte Schachtel und sagte: «Die nimmste mit, unn wenn ihr Bescherung habt, dann packst'se aus.»

(Woll-)Weiße Weihnacht

Laura Herter

Wir schreiben den Winter des Jahres 1962. Einer der kältesten seit langer Zeit. Das Land liegt unter einer dicken Decke aus Schnee. Seit Wochen. Selbst mehrere Tage strahlenden Sonnenscheins vermögen nichts an der Schneeschicht zu ändern, die undurchdringlich den Boden bedeckt. Die Bäume in Wald und Feld ächzen unter den Schneemassen. Auch das Dach der kleinen Holzhütte, das notdürftig mit alten Ziegelsteinen abgedichtet wurde, scheint sich unter dem Gewicht zu biegen. Hin und wieder fließt ein Rinnsal geschmolzenen Schnees durch die Ziegel mitten in sein Wohnzimmer. Eine alte Milchkanne dient ihm als Auffangbehälter. Monoton tropft das Wasser vom Dach und landet mit einem dumpfen «Plopp» in der Kanne. Je nach Witterung muss diese alle paar Stunden geleert werden. Nachts, wenn Ole schläft, stellt er sich einen Wecker, um den Zeitpunkt nicht zu verpassen, an dem die Kanne bis zum oberen Rand gefüllt ist.

Elektrizität gibt es in der Hütte nicht. Eine alte Petroleumlampe und natürlich Kerzen dienen ihm als Lichtquelle. An die Dunkelheit in Herbst und Winter hat Ole sich in all den Jahren, in denen er schon hier lebt, gewöhnt. Er kennt jeden Winkel der Hütte wie seine Westentasche. Aber das ist auch nicht schwer, denn sie besteht lediglich aus einem Raum mit einer kleinen Kochnische, einem Tisch mit Stühlen sowie seinem Bett. Die Toilette, sofern man den windschiefen Holzverschlag als solche bezeichnen kann, befindet sich hinter dem Gebäude.

Auch wenn die Einrichtung recht spartanisch anmuten mag: Ole liebt sein Zuhause. Und obwohl seine Frau schon vor vielen Jahren gestorben ist und er hier seitdem alleine wohnt, fühlt er sich geborgen. Denn er ist in allerbester Gesellschaft: Vor seiner Hütte befindet sich eine große Wiese voller Obstbäume, auf der die ihm Anvertrauten stehen. Sie haben vier Beine, einen Kopf, ein kurzes unbewolltes Schwänzchen und tragen einen Allwettermantel aus weicher Wolle – nicht gewöhnlich weiß, sondern braun oder schwarz.

Ole ist Schäfer in der dritten Generation. Schon sein Vater und Großvater sind diesem Beruf nachgegangen. Für Ole aber ist es mehr als das, das Schäferdasein ist seine Berufung. Die Tiere sind sein Leben. Er ist Schäfer aus Leidenschaft, und das Hüten liegt ihm im Blut. Und doch: Etwas fehlt ihm manchmal. Dann wünscht er Menschen um sich herum, gerade in der Weihnachtszeit.

Wie aus weiter Ferne leuchten die Lichter des Dorfs durch die Dunkelheit. Hin und wieder trägt der Wind über einen Kilometer weit Geräusche des dortigen Lebens herüber. Nur gelegentlich verirrt sich ein Mensch in den Wald. Meist sind es Familien mit Kindern, die sich die Schafe ansehen wollen. Aber sobald sich die neugierigen Zweibeiner dem Zaun nähern, werden sie von ihren Eltern zurückgerufen. «Geht nicht zu weit zur Hütte, Kinder. Das ist gefährlich.» Was genau an ihm gefährlich sein soll, weiß Ole nicht. Er besitzt keinen Spiegel, aber sein Bart ist über die Jahre immer länger geworden und mag inzwischen etwas furchteinflößend wirken.

Da er niemandem einen Schrecken einjagen möchte, bleibt Ole also lieber allein. Wenn er sich zu einsam fühlt, gesellt er sich zu seinen Schafen. «Skudden» nennt sich die alte Rasse. Die wolligen Vierbeiner zählen zu den kleinsten Schafen überhaupt. Die Tiere sind sehr agil und liebenswert. Nur dank eines Zoos, der einen kleinen Bestand erhalten hat, konnten sie vor dem Aussterben bewahrt werden. Für Ole sind die anspruchslosen robusten Tiere eine wahre Freude. Im Sommer sitzt er manchmal stundenlang auf der Wiese und sieht seinen Schützlingen beim Grasen zu.

Ole besitzt zehn Schafe. Diese sind der Restbestand seines Vaters. Da er inzwischen zu alt ist, um die Schäferei gewerblich weiterzuführen, begnügt er sich damit, die Rasse aus Liebe zu den Tieren zu erhalten. Er hat nur schwarze und braune Schafe, aber Ole wünscht sich insgeheim, eines Tages ein weißes Lamm zu ziehen. Nicht für sich, nein – für solche Spielereien fühlt er sich zu alt –, sondern für das kleine Mädchen mit den braunen Zöpfen, das fast täglich hinter dem Zaun steht und seinen Schafen dabei zusieht, wie sie unermüdlich Gras fressen.

Hinter den kleinen gardinenverhangenen Fenstern hat Ole sie schon oft beobachtet. Manchmal steht sie da stundenlang. Sie kommt bei jedem Wetter. Einmal öffnete er leise die Tür seiner Hütte, um dem Kind ein Glas Milch anzubieten, denn das Mädchen sah sehr dünn aus. Aber kaum hatte sie Ole kommen hören, verschwand sie auch schon in den Tiefen des Waldes. Mithilfe seiner schon recht betagten Border-Collie-Dame Skadi hat Ole versucht, die Spur des Mädchens aufzunehmen, jedoch erfolglos. Diese schien sich schon nach wenigen Metern im Nichts zu verlieren.

Der Name Skadi kommt übrigens aus der nordischen Mythologie und ist der Name der Göttin der Jagd und des Winters. Und Skadi macht ihrem Namen alle Ehre: Sie ist flink wie ein Wiesel und versteht es, sich lautlos anzupirschen. Die Arbeit mit den Schafen vollführt sie trotz ihres hohen Alters noch wie ein Junghund. Schnee macht ihr dabei gar nichts aus. Sie versteht es, bei jeglicher Witterung die Fährte ihrer Herde aufzunehmen, und hat bisher jedes Schaf wieder zu seiner Herde zurückgebracht – egal, wie gut es sich versteckt oder wohin es sich verlaufen hat. Aber bei dem kleinen Mädchen scheint ihr gutes Gespür sie im Stich zu lassen.

Nachdem das Mädchen sich so schreckhaft zeigte, bleibt Ole lieber am Fenster sitzen und lugt nur vorsichtig hinter den Gardinen hervor, wenn es wieder am Zaun steht. Nun sind bereits einige Tage vergangen, seit Ole sie zuletzt gesehen hat. Es ist kälter geworden. Und da das Mädchen stets nur leicht bekleidet war, stellt Ole die Vermutung auf, dass sie bei diesem Wetter lieber zu Hause bleibt. Sie scheint aus ärmlichen Verhältnissen zu kommen, so wie er selbst auch. Dass sie die Tiere nicht mehr besucht, macht Ole etwas traurig, denn er hat sich an die Besuche des Mädchens gewöhnt. Was sie den Schafen zuflüstert, wenn sie sich hingebungsvoll mit ihnen unterhält, weiß er nicht. Manchmal steckt sie auch etwas durch den Zaun. Jedenfalls kommen seine scheuen Tiere jedes Mal bereitwillig herangetrabt, wenn das Mädchen in Sicht ist.

Es ist der Morgen des 24. Dezember, als Ole den provisorischen Stall seiner Schafe noch bei Dunkelheit betritt. Der kleine lehmverkleidete Raum ist mit einer dicken Schicht aus Stroh ausgelegt. In weißen Wolken steigt der Atem der Schafe über ihren Köpfen empor. Die klirrende Kälte hat sich an die alten Fensterscheiben gesetzt und bildet dort wunderschöne Eiskristalle. Träge liegen die Schafe im Stroh und schauen Ole erwartungsvoll an. Doch schon nach kurzer Zeit haben sie gemerkt, dass er nichts Leckeres für sie dabeihat, also bleiben sie liegen. Nur das mahlende Geräusch durchbricht die Stille, wenn sie das Stroh in ihren Mäulern zerkleinern. Alles scheint in Ordnung.

Gerade will Ole sich zur Tür umdrehen und im Schein seiner Petroleumlampe nach draußen gehen, da fällt ihm auf, dass eines seiner Schafe abseits der Herde liegt. Es ist die dicke Selma. Verwundert hebt Ole eine Augenbraue. Es sieht aus, als habe sie in den letzten Tagen noch mehr zugenommen. Nun gut, vielleicht hatte Ole ihr etwas zu viel Hafer gegeben, weil sie doch so zahm ist. Sei's drum. Selma scheint trotz des dicken Bauchs fit zu sein und schaut Ole aus ihren dunklen wachsamen Augen aufmerksam an. Erleichtert verlässt er den Stall. Es besteht kein Grund zur Sorge.

Für Ole ist der 24. Dezember ein Tag wie jeder andere. Er muss arbeiten. Sein Tag beginnt in den frühen Morgenstunden und endet nach Sonnenuntergang. Die täglich anfallenden Aufgaben werden für ihn immer anstrengender, denn seine körperlichen Kräfte beginnen langsam nachzulassen. Der Zaun muss noch gesteckt und die Fläche für die Schafe vergrößert werden, und das unter deutlich erschwerten Bedingungen: Der stark gefrorene Boden macht es fast unmöglich, die Metallspitzen in die Erde zu rammen. Stundenlang in der Kälte Zäune zu stecken kostet Ole viel Kraft. Wenn er damit fertig ist, muss er die Tiere noch mit Heu, Stroh und Wasser versorgen. Es dauert lange, bis er all seine Arbeiten erledigt hat.

Es ist schon dunkel, als Ole mit steif gefrorenen Fingern seine Hütte betritt und sich einen Tee macht. Er zündet die rote Kerze auf dem Holztisch an und sucht in den Küchenschränken nach der Kekstüte, die die Frau des Försters ihm vor wenigen Tagen vorbeigebracht hat. Als er sie gefunden hat und das rote Band öffnet, verströmen die Plätzchen einen weihnachtlichen Duft. Sorgsam legt Ole sie auf einen Teller. Er wird sie viele Tage aufbewahren und genießen. Während er mit einer Tasse Tee in der Hand am Tisch sitzt, schweift sein Blick nach draußen, wo Eiszapfen vor den Fenstern hängen. Es schneit, und die dicken weißen Flocken werden vom Wind durch die Gegend gewirbelt. Ole hängt seinen Gedanken nach, plant die nächsten Tage, rechnet Futterrationen durch, läuft Zaunlängen ab und spielt Weidewechsel durch, als er plötzlich durch ein zaghaftes Klopfen an der Tür aus seinen Überlegungen gerissen wird.

Verwundert dreht er sich um. Hat es gerade geklopft, oder hat er sich das nur eingebildet? Vielleicht ist auch nur ein eisiger Tannenzapfen gegen die Tür gewirbelt worden. Es klopft erneut. Leise und vorsichtig.

Ole schlurft zur Tür. Seit Langem hat er keinen Besuch mehr bekommen. Und gerade heute, am Heiligen Abend, sollte sich das ändern? Er öffnet die Tür einen Spalt, gerade so weit, dass er im Halbdunkel die Konturen jenes kleinen Menschen erkennen kann, der da steht. Es ist das Mädchen mit den Zöpfen.

Mit großen verängstigten Augen schaut sie Ole an. Sie ist für dieses eisige Wetter viel zu dünn gekleidet. Über ihrem Wollkleid trägt sie auch heute keine Jacke. Nur ihr Kopf wird von einer Bommelmütze bedeckt. Ihre Finger leuchten rot vor Kälte. Als Ole sie hereinbitten will, dreht sie sich um und läuft davon. Gerade möchte Ole die Tür wieder schließen, als ihn ein Quietschen der alten rostigen Stalltür aufhorchen lässt: Ist das Mädchen in den Stall gelaufen? Schnell zieht er sich zwei dicke Wollpullover über und nimmt seinen Hut vom Haken. Vorsichtigen Schrittes passiert er den teils spiegelglatten unebenen Steinweg zum Stall. Er öffnet die schwere Holztür.

Seine Augen müssen sich erst an das Dunkel gewöhnen. Er sieht sich nach allen Seiten um. Von dem Mädchen keine Spur.

Wachsam läuft er mit seiner Lampe die enge Stallgasse entlang, als er einen Zipfel ihres blauen Strickkleides hinter einem Holzpfosten hervorlugen sieht. Sie hat sich auf den Boden gekniet, und zwar genau in die Ecke, wo Selma zu Oles Verwunderung noch immer liegt. In dem Wirrwarr aus schwarzer Wolle und blauem Kleid entdeckt Ole ein weißes Zipfelchen. Was er zunächst für ein Taschentuch hält, entpuppt sich als kleines weißes Schwänzchen. Es wedelt munter von links nach rechts. Wie kann das nur sein?

Freudestrahlend sieht das Mädchen Ole an. Er kann ihre roten Wangen in der Dunkelheit leuchten sehen. «Satu», sagt das Mädchen. Ole weiß nicht, ob das ihr Name ist oder der Name, den sie für das weiße Lämmchen gewählt hat. Aber das spielt auch keine Rolle. Satu kennt er aus dem Finnischen. Es heißt «Märchen». Wie im Märchen ist die Geburt des weißen Lämmchens allemal. Selma leckt erschöpft ihr Junges und lässt es die warme Milch trinken, die es zum Start ins Leben unbedingt braucht.

Ole fragt das Mädchen, ob es auch ein Glas Milch trinken möchte. Sie scheint nachzudenken. Dann aber nimmt Ole ein leichtes Nicken wahr. Freudig läuft er in die Hütte, um eine seiner alten Porzellantassen aus dem Schrank zu holen und sie mit warmer Milch zu füllen.

Mit gierigen Schlucken trinkt das Kind.

Unterdessen ist das Lamm vom Trinken müde geworden. Es hat die Augen geschlossen und sich in das Wollkleid seiner Mutter gekuschelt. Sein Atem geht leise und regelmäßig. Ole sieht, dass auch dem kleinen Mädchen die Augen schwer werden. Kein Wunder nach einem so aufregenden Tag. Ihr Kopf sinkt langsam auf das Stroh. Ole zieht einen seiner Wollpullover über den Kopf und deckt das Kind damit zu.

Wie auch immer dieses kleine Mädchen den Mut gefasst hat, heute bei ihm zu klopfen. Wie auch immer es sein konnte, dass Selma jetzt ein Lamm gebar. Fest steht: Das Mädchen und Ole haben ihr Weihnachtswunder erlebt. Und für beide war es sicher das schönste Weihnachten seit Langem.

Ole ist sich sicher, dass er das kleine Mädchen heute nicht zum letzten Mal gesehen hat.

Der Walnussbaum

Anni Wollrath

Als sie aufstand, war etwas anders als sonst. Sie blickte aus dem Fenster. Es hatte in der Nacht geschneit. «Ach, ist das schön.» Claudia freute sich. Alles wirkte so geheimnisvoll und friedlich.

Nun war ihr Mann bei der Arbeit, und ihre Kinder waren in der Schule – für Claudia konnte das Plätzchenbacken beginnen. Denn am Abend sollte in der Straße das große Weihnachtsplätzchen-Treffen der Nachbarschaft stattfinden wie jedes Jahr im Advent. Gesucht wurden dabei die leckersten Plätzchen, die in dieser Straße gebacken wurden. Die Straße hieß «Zum Unterdorf» und bestand aus zehn Häusern. Der ganze Rest vom Dorf hieß Oberdorf, hier gab es vier Straßen und siebenundzwanzig Häuser.

Claudia, ihr Mann Norbert und die Kinder Lenni und Luci feierten das zweite Mal mit. Hier im Dorf war Claudia groß geworden. Inzwischen lebte sie mit ihrer eigenen Familie wieder hier, und alle vier waren herzlich in die Dorfgemeinschaft aufgenommen worden. Claudia freute sich über alte Bräuche und die, die neu hinzugekommen waren. Sie freute sich darüber, dass hier, in «ihrem» Dorf, jeder für jeden da war und alle zusammenhielten. Na ja, meistens jedenfalls.

Die beste Plätzchenbäckerin war Luise Brüberg. Sie hätte den Wettbewerb locker gewonnen, aber sie reiste jedes Jahr zu dieser Zeit nach Berlin und besuchte ihre Tochter. «Ach was», sagte sie, «das geht auch ohne mich.» Dafür wurden alle Kinder, die im Unterdorf wohnten, am Nikolaustag von «ihrer» Tante Luise reichlich mit leckeren Plätzchen beschenkt. Sehr zur Freude einiger Väter, die heimlich aus den Tüten ihrer Kinder naschten.

Claudia war keine gute Bäckerin. Die einzigen Plätzchen, die ihr stets gelangen, waren Walnussplätzchen. Wie schön war es daher, dass auf ihrem Grundstück ein Walnussbaum stand. Seine starken Äste hielten eine Schaukel für Kinder und Verliebte, die Blätter schützten vor Sonne und Wind, und man konnte sich unter ihm verstecken, wenn die Mutter zum Essen rief. Zum Dank warf der Baum im Herbst Claudia seine Früchte vor die Füße. Sie konnte gar nicht so viel auflesen, wie zu Boden fiel. Auch die Nachbarn nahmen sich, was sie brauchten. In den frühen Morgenstunden konnte man beobachten, wer sich als Erstes seine Taschen füllte. Frau Maier war übrigens die Eifrigste. «Ich möchte wissen, wo sie die vielen Nüsse verkauft», überlegte Frau Müller ein ums andere Mal mit listigem Lächeln.

Nun, es war genug für alle da. Normalerweise.

Nur in diesem Jahr, da hatte der Walnussbaum Claudia im Stich gelassen. Es gab keine Nüsse. «Was backe ich denn jetzt?», überlegte sie an diesem wichtigen Morgen. Sie zog den dicken Wintermantel an, fegte den Schnee vom Auto, fuhr zum Supermarkt und erfuhr, dass es in diesem Jahr keine Walnüsse zu kaufen gab, weil einfach keine gewachsen waren. Und so ersetzte Claudia die Zutat kurzerhand und dekorierte das fertige Gebäck mit Haselnüssen.

«Trägst du bitte die Teller mit den Plätzchen?», fragte sie am Abend ihren Mann. Lenni und Luci halfen ebenfalls, und gemeinsam trugen sie stolz das gelungene Werk ihrer Mutter zum Weihnachtsfest der Nachbarschaft. Sie stellten es deutlich sichtbar in der Mitte des Tischs auf. Der war gedeckt mit Nougatplätzchen, Lebkuchenschaukelpferden, Zimtsternen, Marzipankugeln, Heidesand, Pfefferkuchen – einfach mit allem, was das Herz begehrte. Als jemand den Deckel des großen Topfs anhob, zog den Anwesenden der Duft von würzigem Punsch in die Nasen.

Dann wurde gefeiert, gegessen und gelobt, von allen Tellern probiert, und es wurden Trinksprüche ausgebracht. «Komm, Norbert, nimm noch ein Schlückchen», rief jemand. «Prost!» Und: «Trink! Dann rutscht es besser!» Die Gespräche kamen in Gang, man erfuhr, was sich Neues ereignet hatte.

Frau Maier und Frau Müller, die sich nicht grün waren, näherten sich langsam an.

«Na, was hast du denn gebacken?»

«Vanillekipferl», lautete die Antwort.

«Ach so, die kleinen Plätzchen da hinten sind von dir?»

Frau Müller war pikiert, dass Frau Maier ihre Kipferl als gewöhnliche Plätzchen bezeichnete.

«Die leckeren Walnussplätzchen sind von mir», erklärte Frau Maier stolz.

Alle horchten auf.

«Wo hast du denn Walnüsse her?»

«Na», antwortete Frau Maier, «von hier.» Mit dem Kinn zeigte sie zum Walnussbaum in Claudias Garten. «Unter dem Baum lagen genug. Man darf sich eben fürs Bücken nicht zu fein sein.» Sie schaute Beifall heischend in die Runde.

«Die Plätzchen schmecken nach Seife!», meldete sich da der Großvater von Frau Maier.

Frau Maiers Gesicht verdüsterte sich. «Da hört ihr es. Unser Opa wird langsam abständig!»

Claudia musste lächeln – abständig, das botanische Fachwort für absterbend, hatte Frau Maier ganz selbstverständlich benutzt.

«Nein, nein», rief jemand höflich dazwischen, «Ihre Plätzchen sind sehr lecker.»

Claudia schaute Norbert fragend an. «An unserem Baum waren doch in diesem Jahr gar keine Nüsse?!»

«Stimmt.» Norbert lächelte verschmitzt. «Aber darunter lagen schon welche.»

Sie schaute ihren Mann verständnislos an. «Wie meinst du das?»

«Vielleicht erinnerst du dich an das große Paket Waschpulver, das wir mal auf den alten Schrank im Heizungskeller gestellt haben?»

«Ja, dunkel», erwiderte Claudia. «Das ist doch fast drei Jahre her!» Dann fiel ihr etwas ein. «Auf den Schrank hatte ich ganz viele Nüsse zum Trocknen gelegt.» Sie zuckte mit den Schultern. «Ich kann mich aber kaum erinnern. Wo sind die vielen Nüsse hingekommen?»

Da erzählte Norbert, dass er im Sommer seine nassen Schuhe auf den Schrank gestellt hatte. Dabei waren die Walnüsse zusammen mit dem Waschpulver hinter den Schrank gefallen.

«Ich habe dir doch erzählt, dass ich den Keller aufgeräumt habe. Erinnerst du dich? Das ist fünf Wochen her. Ich habe den Schrank nach vorn gezogen, das Waschpulver und die Walnüsse zusammengekehrt und alles unterm Nussbaum verstreut. Ich dachte mir, dort seien die Nüsse am besten aufgehoben, für die Vögel – als Leckerli. Aber denen haben sie nicht geschmeckt. Als es dann anfing zu regnen, hat's ein bisschen geschäumt unterm Baum. Dafür waren die Nüsse zum richtigen Zeitpunkt blitzblank und wie neu.»

Claudia lachte. «Jetzt verstehe ich! Und Frau Maier war die Einzige, die es bemerkt hat.»

«Sieht ganz danach aus!»

«Darf ich mir auch ein Walnussplätzchen nehmen?» Norbert schaute Frau Maier fragend an.

«Bitte.» Sie reichte ihm die Schale.

«Mmm», lobte Norbert. «Das ist erstaunlich, was Ihnen da gelungen ist.»

«Die schmecken nach Seife», beharrte der Opa und verzog das Gesicht.

«Nein, nein», flüsterte Norbert ihm ins Ohr, «nach Waschpulver. Aber nicht weitersagen.»

«Lasst uns auf unsere gute Nachbarschaft trinken», rief jemand. «Und auf ein frohes Weihnachtsfest.»

Weihnachtsmenü –
mal anders

Georg K. Berres

Dieses Jahr», verkündete Mutter energisch, «gibt es kein langweiliges Käsefondue zu Weihnachten, dieses Jahr koch ich ganz was Feines.»

Mutter hatte keine Kochsendung im Fernsehen ausgelassen und sich einige spezielle Rezepte aus dem Internet heruntergeladen. «Dieses Jahr kommt Wild auf den Tisch», erklärte sie, «Hirschrücken mit Pfifferlingen und Kürbisrösti.»

Die Erste, die sich meldete, war Tante Marlene. «Was willst du kochen?», fragte sie streng am Telefon. Und als sie erfuhr, was es geben sollte, fuhr sie Mutter gleich an: «Hirsch geht gar nicht, Schätzchen, den hab ich noch nie gegessen, und das werde ich in diesem Leben auch nicht tun. Denk dir was anderes aus.»

Mutter war zunächst enttäuscht, aber so schnell ließ sie sich nicht entmutigen. Sie wühlte in ihren Rezepten, bis feststand: Es würde Karpfen in Mandelkruste mit Paprikagemüse geben.

Der Nächste, der anrief, war Onkel Max. «Fisch?» Er stöhnte. «Ich vertrage keinen Fisch. Keinen Karpfen, keine

Seezunge, keinen Matjes. Bedaure, wenn ihr Weihnachten Fisch essen wollt, dann feiert ohne mich.»

Ohne Verwandtschaft ging es natürlich nicht, schließlich war Weihnachten das Fest der Familie. Also schaute Mutter noch einmal in ihre Rezeptesammlung, sortierte hin und her und sagte schließlich: «Was haltet ihr von Putensteaks mit Spinat-Gorgonzola-Sauce?»

«Geflügel – davon bin ich überhaupt kein Fan», moserte Onkel Herbert, «schon wegen dieser gefährlichen kleinen Knöchelchen. Pute? Nein danke.»

Mutter suchte weiter. Souverän legte sie nach – und ein neues Rezept vor: «Ich mache Schinkenbraten. Aber mit Feigenfüllung, das ist dann was Besonderes. Schinken stellt doch wohl kein Problem dar, Schinken mag jeder.»

Tante Anne-Katrin protestierte. «Ich bin Vegetarierin, Corinna! Schon jahrelang. Seit diesem großen Gammel-fleisch-Skandal weigere ich mich, den kleinsten Bissen Fleisch oder Wurst zu mir zu nehmen. Weißt du das nicht?»

Wortreich entschuldigte Mutter sich. Dass sie daran nicht gedacht hatte … Und dann verfiel sie in Schweigen.

«Soll ich dir helfen, einen neuen Menüvorschlag zu finden?», fragte ihre Tochter Lena.

Mutter winkte ab. «Lass mal, Kind», sagte sie.

«Aber es muss Weihnachten doch was zu essen geben!», verlangte Lena mit Nachdruck. «Ich will nicht hungern.»

«Keine Sorge», antwortete Mutter, «Es wird etwas Schönes geben.»

«Was denn?»

«Na, was es immer gibt. Käsefondue.»

«Aber die neue Freundin von Karlheinz ist doch laktose-intolerant», fiel Lena ein, «und die verträgt keinen Käse!»

Da schrie Mutter laut auf und weinte. Sie war kaum zu beruhigen.

Am Ende ging die Familie zu Weihnachten in ein Restaurant, wo jeder sich sein eigenes, ganz spezielles Gericht aussuchen konnte.

Hellere Weihnachten

Lara Voelker

Ich werde vom Duft nach Plätzchen und Kaffee geweckt. Mein Bett umhüllt eine frostige Kühle, weswegen ich es kaum wage, einen Zeh aus der Decke zu strecken. Nach einer kurzen Zeit gewinnt jedoch die Sehnsucht nach dem duftenden Heißgetränk, und ich schlüpfe in Windeseile in den dicken Pullover, den ich in weiser Voraussicht neben mein Bett gelegt habe. Während ich in Richtung Küche laufe, steigt mir der Geruch nach frischen Keksen immer intensiver in die Nase, und mit ihm breitet sich ein wohliges Glücksgefühl in mir aus. Als ich in die Küche trete, überreicht mir meine Mutter eine Tasse Kaffee und folgt mir mit einem Teller bunter Plätzchen in der Hand in die Ecke unseres Wohnzimmers, wo vor der Couch bereits das Kaminfeuer lodert. Wir setzen uns und schweigen eine Weile einvernehmlich. Ich beobachte das feuerrote Schauspiel vor uns und genieße das Wohlgefühl, das in mir aufkommt. Ich blicke zu meiner Mutter und muss unvermittelt lächeln. Sie spürt meinen Blick und erwidert das Lächeln.

«Was für ein schöner Weihnachtsmorgen das doch ist. Hast du schon aus dem Fenster geschaut?»

Ich folge ihrem Blick und Fingerzeig zum Garten und

bemerke erst jetzt den Schnee, der sich vor unserem Haus niederlässt. Ein dichter Vorhang aus weißen Flocken, die selig und langsam auf den Boden rieseln.

«Wunderschön», pflichte ich ihr bei. Ich nehme ihre Hand und fühle unendlich viel Liebe. Liebe und Dankbarkeit. Wieder bleibt mein Blick am Kamin hängen. Ich fixiere die lodernden Flammen.

«Was für ein zynisches Bild», kommt es mir in den Sinn. Die Flammen sind so beruhigend, warm und voller Leben – trotz ihres düsteren Potenzials, alles niederzubrennen und außer staubiger Asche nichts zu hinterlassen. Ein Zusammenspiel aus Licht und Schatten, Glück und Traurigkeit, Wohlgefühl und Schmerz. Ein Abbild vieler unserer vergangenen Weihnachten.

Der Grund dafür, dass ich an diesem Weihnachtsmorgen so viel Dankbarkeit empfinde, ist die Gewissheit, dass es ein guter Morgen ist. Keiner der Vormittage, an denen ich meine Mutter nicht zu Gesicht bekam, weil sie eingerollt und regungslos in ihrem Bett lag. Gern würde ich behaupten, dass dies nur Ausnahmen waren. Jene dunklen Tage, die jeder mal durchlebt. Doch dies entspricht nicht der Wahrheit. Die Wahrheit ist, dass in den letzten zehn Jahren kaum ein Weihnachtsmorgen war wie dieser heute.

Vor dieser Zeit gab es für mich kaum schönere Tage im Jahr. Das duftende, köstliche Essen und die Geschenke, eingerahmt von der familiären Kulisse. Diese Zeit jedoch starb mit dem, der uns zusammenhielt. Seit es nicht mehr uns drei gab, sondern nur noch meine Mama und mich, waren die funkelnden Tage zum Jahresende die dunkelsten. Mein letztes richtiges Weihnachten feierte ich mit acht Jahren. Darauf folgten mehrere Feste der Trauer.

Oft scheute ich den ersten Schultag im neuen Jahr, weil meine Mitschüler von ihren tollen Weihnachtstagen erzählten. Manche waren zu ihrer Familie gefahren, andere waren großzügig beschenkt worden. Und ich? Ich war zu Hause bei meiner Mutter geblieben, hatte ein Buch gelesen, in meinem Zimmer gespielt und war regelmäßig zu meiner Mama ins Bett gekrochen. Manchmal sang ich ihr auch etwas vor. Manchmal bemühte sie sich daraufhin um ein Lächeln. Doch meistens konnte ich nichts tun, außer einfach nur da zu sein.

Ich möchte nicht klagen – ich bin sicher, viele Kinder feiern gar nicht oder haben ein noch einsameres Weihnachten als ich. Neben der zurückhaltenden Freude, die ich verspüre, weil es heute anders ist – weil es seit einigen Monaten bereits besser wird –, verspüre ich auch ein Bedauern, welches sich an mein jüngeres Ich und all diejenigen richtet, die Gleiches erleben.

Ich wünsche mir doch sehr, ich hätte die Chance, in die Vergangenheit zu reisen und zu mir selbst zu sprechen: «Zu jedem Licht gehört ein Schatten, zu jedem Feuer Asche, und zum Leben gehört der Tod. Wichtig ist es, in den dunklen Tagen stark zu bleiben, um die helleren sehen zu können. Und sie werden kommen – Weihnachten wird heller.»

Eine derartige Reise ist mir wohl nicht vergönnt. Die Chance, die mir jedoch bleibt, ist, dir da draußen zu sagen, dass, wenn dein Weihnachten ein dunkles ist, dich hellere Weihnachtsmorgen erwarten.

Ich weiß es.

Geschehnisse im Wald

Uwe Pohl

Es war ein sehr mächtiger, ansehnlicher Baum. Die Krone hatte gewaltige Ausmaße. Jedenfalls aus der Sicht der beiden Zwerge, die im unteren Teil des Stammes wohnten. Hier hatte sich im Laufe der Jahrzehnte eine Baumhöhle gebildet, die sie als Unterkunft nutzten. Grünes Moos umgab den dicken Baumstamm flauschig und wucherte in die Höhle hinein.

Die beiden Zwerge störte das nicht. Im Gegenteil, sie empfanden das Moos wie einen Teppich. Es sah ihrer Meinung nach gut aus. Und irgendwie wärmte es ja auch.

Die beiden Bewohner waren von winziger Gestalt, sonst hätten sie ja nicht in die Baumhöhle gepasst. Sie gehörten zur Spezies der kleinen Waldzwerge und unterschieden sich von den anderen Zwergen durch eine rote Knollennase. In allen Teilen dieser Welt hatten sie Verwandte. Große Waldzwerge, die von der Figur her etwas massiver waren, Stadtzwerge, Gartenzwerge, Wiesenzwerge, Heinzelmännchen und in Skandinavien die Trolle, mit denen sie besonders freundschaftlich verbunden waren, gehörten zu ihren Verwandten.

Hups, so hieß der eine Waldzwerg, schaute missmutig aus der Höhle in den dunklen Wald. Es regnete ununterbrochen aus den Wolken herab. Er schüttelte sich. Ihm war kalt.

«Weißt du», sagte er zu seinem Mitbewohner, «es ist an der Zeit, dass wir die Höhle winterfest machen. Bald ist Weihnachten, und dann wird es richtig kalt.»

Er hieß Hups, weil er gut gelaunt beim Laufen kleine Hüpfer machte. Er wusste nicht mehr, wer ihn zuerst so genannt hatte. Sein Hüpfen sah sehr lustig aus, aber er machte das nun schon viele Jahre, die anderen Waldbewohner hatten sich an seine Art zu laufen gewöhnt und lachten nicht mehr darüber. Der Name Hups war jedoch geblieben.

«Ach, was du immer hast», sagte der andere Zwerg, der auf den Namen Sumsi hörte. Er summte ständig irgendwelche Lieder vor sich hin, Zwergensinfonien oder auch mal Popmusik. «So kalt ist es doch noch nicht.»

«Wer jammert denn dauernd, wir müssten Feuer machen, weil es kühler wird?» Hups steckte einen Finger in den Mund, befeuchtete ihn und hielt ihn aus der Höhle. «Eisig, wirklich eisig.»

«Meinetwegen», brummelte Sumsi, «dann waschen wir morgen die alte Hundedecke und hängen sie vor den Eingang. Dann wird es sicher kuschelig.»

Die Hundedecke war ein flauschiges, buntes, unansehnliches Etwas, welches die beiden Zwerge vom Förster bekommen hatten. Sie war ausgeblichen und nicht mehr schön anzusehen, aber sie erfüllte ihren Zweck.

Plötzlich stutzten beide. Rufen, Kichern und Lachen tönten durch den Wald. Laute, die beide nicht mochten.

«Menschen», sagten beide wie aus einem Mund. «Menschen.»

Es waren Stimmen von großen Menschen und auch von kleinen. Kleine Menschen, das hatten die beiden im Laufe der Jahre gelernt, waren unangenehmer, denn sie hörten meist nicht auf das, was die großen Menschen ihnen sagten. Die Waldzwerge hatten schon erlebt, dass die Großen sagten: «Im Wald nicht so laut, bitte.» Aber die kleinen Menschen, auch Kinder genannt, kümmerten sich kaum darum, sondern brüllten und schrien, dass alle Lebewesen, die im Wald zu Hause waren, furchtbar erschraken und Angst bekamen. Auch die Zwerge. Selbst Nepomuk, der Onkel der beiden, der in einer großen Eiche am Anfang des Waldes wohnte, hatte das gesagt und fand das überhaupt nicht gut.

Die Stimmen kamen langsam näher. Stimmen von großen und kleinen Menschen.

«Flori, Gretchen, Andi, sucht mal schöne Kiefernzapfen für den Weihnachtsbaum. Aber nichts kaputt machen. Vorsichtig sein, hört ihr?», riefen die Großen. Von den kleinen Menschen kam irgendeine Antwort zurück, die Stimmen waren ganz nah.

Hups und Sumsi schlug das Herz bis zum Hals. Sie duckten sich ängstlich in ihre Höhle, aber dann wurden die Stimmen plötzlich leiser, und allmählich hörte man sie nur noch in der Ferne.

«Puh», sagte Hups, «das war knapp.»

Sumsi nickte sprachlos.

Aber nach einer Weile war alles vergessen, und die kleinen Herzen schlugen wieder normal. Noch am Nachmittag wuschen die beiden die alte Hundedecke, trockneten sie, und am Abend hing sie vor dem Eingang der Höhle. Es wurde drinnen sofort wärmer und viel gemütlicher.

«Ach, sie ist so wuschelig,
ach, sie ist so kuschelig,
so ausgeblichen bunt,
die Decke von dem Försterhund!»

Die Zwerge sangen, glücklich darüber, dass sie es warm hatten.

Am nächsten Morgen war der Wald weiß vom Schnee. Eine leichte Brise wehte dicke Flocken zwischen den Baumstämmen hindurch. Sie blieben liegen und bildeten mit der Zeit einen dicken, weißen Teppich, der alle Waldgeräusche dämpfte.

«Schau mal», rief Hups, der ein Stück der wärmenden Decke beiseitegezogen hatte, «wie schön das aussieht! Wie Zuckerguss auf den Keksen von Onkel Nepomuk.»

«Ist doch jedes Jahr so», murrte Sumsi, der noch im Bett lag. «Jedes Jahr das Gleiche. Ist doch nur nass und kalt.»

«Ach, du bist überhaupt nicht romantisch», beschwerte sich Hups, der trotz der morgendlichen Dämmerung immer noch begeistert nach draußen schaute.

So diskutierten sie hin und her, bis das Tageslicht alles verzauberte.

Am Nachmittag schneite es immer noch.

«Bevor das noch mehr wird mit dem Schnee», sorgte sich Sumsi, «sollten wir sehen, dass wir Holz zum Heizen vom Förster bekommen.»

«Da hast du recht», sagte Hups. «Ich hol gleich den Schlitten, aber erst trink ich meinen Tee aus.»

Den Tee, Zwergenmischung «Heinzelmann», bekamen sie immer von ihren Vettern Paganax und Ahlgrimm, die an der Küste in der Nähe von Kiel wohnten und Verbindungen ins Teeland Indien hatten.

Nachdem sie die Becher ausgetrunken und den Schlitten, der unter einer Baumwurzel versteckt war, hervorgezogen hatten, stapften die beiden Zwerge mühevoll über den schmalen Waldweg Richtung Försterhaus. Als sie ungefähr die Hälfte des Weges geschafft hatten, hörten sie ein Geräusch.

«Was ist das?», fragte Sumsi. «Es klang, als hätte jemand ‹Ho, ho, ho› gesagt, oder?»

«Stimmt», flüsterte Hups, nervös hüpfend. «Das kann nur einer sein. Jetzt um diese Jahreszeit. Und gebimmelt hat es auch.»

Sie hatten es kaum ausgesprochen, da kam in einem gewaltigen Schneegestöber ein Rentier mit einem ausladenden Geweih angeprescht. Die kleinen Glöckchen an seinem Halsband gaben klingende Töne von sich. Auf dem Schlitten, den es zog, saß ein rotgesichtiger Mann, auf der Nase eine goldene Nickelbrille. Buschige weiße Augenbrauen und ein weißer Bart zierten sein freundliches Gesicht.

«Hallo, Jungs», sagte der Mann mit dem freundlichen Gesicht, nachdem das Rentier angehalten hatte, «wohin des Weges?»

«Br... Br... Brennholz», stotterte Sumsi verlegen. «Wir holen Brennholz vom Förster. Das machen wir jedes Jahr. Und wir sammeln dafür im Herbst Pilze für ihn.»

«Wir waren schon ein paarmal zum Pilzessen eingeladen. Die Förstersfrau kann prima kochen», schwärmte Hups. «Nebenbei gesagt, kennen wir uns nicht?»

«Natürlich», brummte der Mann mit der Nickelbrille,

«ich bin doch der Weihnachtsmann. Komme jedes Jahr vorbei. Die Kinder warten schon auf mich.»

«Meine Güte», rief Zwerg Sumsi, «dann ist ja heute der eilige Abend. Heute!»

«Der Heilige Abend», murrte Hups, «der Heilige Abend. Ich sag es ja immer, du hast ein Kurzzeitgedächtnis, schwupps ist alles weg, was du hörst.»

«Streitet euch nicht.» Der Weihnachtsmann lächelte versöhnlich. «Es reicht ja, wenn es einer weiß, oder?» Vorsichtig stieg er vom Schlitten. Das Rentier schnaubte leise. Der bärtige Mann beugte sich zu den kleinen Zwergen hinunter. «Hört mal zu, Jungs», sagte er verschwörerisch, «ihr müsst mir einen Gefallen tun.»

Hups und Sumsi nickten eifrig. «Wenn es weiter nichts ist. Was können wir tun?»

«Heute Abend ist doch Bescherung. Alle Kinder warten sehnlichst auf mich.»

«Und wo ist das Problem?», fragte Hups.

«Das Problem ist: Seit vierzehn Tagen ist Knecht Ruprecht krank. Langwierige Sache», sagte er. «Seine Hilfe fällt nun weg. Es wäre daher schön, wenn ihr einen Teil der Bescherungen übernehmen könntet. Ich schaff es nicht.»

«Wie soll das gehen?», fragten beide Zwerge wie aus einem Mund. «Wir sind doch keine Weihnachtsmänner und auch viel zu klein.»

«Das ist nicht schlimm, ich hab das mit vielen Eltern abgesprochen», sagte der Weihnachtsmann. «Bei den meisten Kindern liegen die Geschenke mit einem Mal unterm Weihnachtsbaum, und die Eltern sagen dann, ich wäre gerade da gewesen. Ist zwar ein bisschen geschwindelt, aber ich glaub, die meisten stört's nicht.» Er lächelte von einem Ohr zum anderen.

«Aber?», fragte Sumsi.

«Ja, aber», der Weihnachtsmann wurde wieder ernst, «ihr habt doch sicher schon von Klaas und Emma gehört, den Kindern vom Förster?»

«Klar», rief Sumsi. «Die sind bestimmt nett. Ihr Vater hat ihnen von uns erzählt.»

«Nun, es ist so, der Förster hat mich angekündigt. Ich müsste wirklich dahin, aber ...»

«Du schaffst es nicht, und wir sollen es machen.» Die Zwerge schauten zweifelnd, überlegten und sagten dann: «Gut, wir machen es.»

Die Geschenke wurden auf den kleinen Schlitten der Zwerge umgeladen, und der Weihnachtsmann bedankte sich. «Ho, ho, ho und vielen Dank.» Das Rentier preschte los.

Nachdem Hups und Sumsi zurückgelaufen waren und sich in ihrer Höhle einen Mittagsschlaf gegönnt hatten, marschierten sie mit dem Schlitten voller Geschenke los. Der heftige Schneefall war in Geriesel übergegangen. Aber trotzdem war es mühselig, durch den hohen Schnee voranzukommen.

Nach einer guten Stunde Fußmarsch erreichten sie endlich das Försterhaus. Es schimmerte hell erleuchtet im Wald. Durch die Fenster war ein geschmückter, glitzernder Weihnachtsbaum zu sehen. Als die Zwerge näher kamen, konnten sie die roten und goldenen Kugeln und die Tannenbaumspitze erkennen. Das Lametta hing golden glänzend in Fäden von den Zweigen. Die roten Kerzen am Baum waren noch nicht angezündet.

Die Zwerge blieben stehen.

«Ist das nicht schön?» Hups stand einfach da und staunte. Dann klopften sie an die hölzerne Eingangstür und riefen: «Ho, ho, ho.»

Nichts rührte sich im Haus. Nur Carlos, der Hund des Försters, bellte. Dann war es wieder still. Nach ein paar Minuten näherten sich hinter der Tür zaghafte Schritte. Diese öffnete sich einen Spalt. Zwei Blondschöpfe blickten vorsichtig heraus. Dann wurde die Tür ganz geöffnet. Ein köstlicher Duft nach Lebkuchen, Bratapfel und nach herrlichem Braten drang zu den Zwergen nach draußen, während Klaas und Emma vor ihnen standen und sie ungläubig anschauten.

«Wer seid ihr denn?», fragte Emma forsch und blickte die Zwerge frech an.

«Ja, wer seid ihr?», wiederholte Klaas die Frage. «Wir kennen euch nicht.»

«Wir, wir, wir», stotterte Sumsi, «sind die … Ja, was sind wir denn?» Er schaute Hups hilfesuchend an.

Der überlegte kurz und sagte dann geistesgegenwärtig: «Wir sind die Kinder vom Weihnachtsmann.» Er fügte schnell hinzu: «Die Bescherung machen heute *wir*.»

Ungläubig schauten die Kinder die beiden Zwerge an. «Der Weihnachtsmann hat doch gar keine Kinder!», rief Emma und schien dabei ihren ganzen Mut zusammenzunehmen. «Hab ich noch nie gehört.»

Klaas nickte bestätigend.

Die Zwerge schauten sich an. «Ich bin der Sumsi», sagte Sumsi.

«Und ich, ich bin der Hups», ergänzte Hups energisch, «und *wir* machen heute die Bescherung, wenn es euch recht ist.» Die beiden Zwerge schluckten.

In diesem Moment kam das Försterehepaar aus der Küche zu ihnen an die Tür. Sie hatten das Ende des Gesprächs verfolgt. «Ihr seid herzlich willkommen», sagte der Förster. Wir freuen uns, dass ihr dem Weihnachtsmann helft. Kommt herein. Ihr könnt mit uns essen, oder?» Er schaute Hups und Sumsi fragend an.

Beide nickten heftig, es roch einfach zu köstlich.

Der Förster schickte die Kinder in ihre Zimmer und half, die Geschenke ins Haus zu tragen. Dort drapierten die Zwerge die bunten Pakete unter den Weihnachtsbaum. Der stand groß und mächtig, so, wie sie ihn bereits von draußen gesehen hatten, mitten im Wohnzimmer. Von Nahem sah er noch schöner, prächtiger und glitzernder aus.

Irgendwo im Haus klingelte ein Glöckchen. Emma und Klaas kamen mit dem Essen. Das Mädchen brachte Kartoffeln und Klöße, ihr Bruder den Rotkohl, die Frau des Försters den Braten und der Förster selbst den Nachtisch, Bratapfel mit Vanillesoße. Danach sangen sie alle ein Weihnachtslied. Die beiden Zwerge kannten es nicht, aber sie taten so, als ob. Und nachdem der letzte Ton verklungen war, begann die Schmauserei.

Als fast alles verputzt war, klopfte der Förster mit der Gabel an sein Glas. «Nachdem der Weihnachtsmann uns seine Vertreter geschickt hat», er blickte Hups und Sumsi an, «sage ich ihm herzlichen Dank dafür. Da hat er wirklich nette Burschen gesandt.»

Hups und Sumsi wurden vor Stolz ein paar Zentimeter größer und knallrot.

«Oh ja», rief die Förstersfrau, «ihr seid eine tolle Vertretung. Aber war es nicht immer so, dass die Kinder ein Gedicht aufsagen oder zumindest ein Lied singen sollten?»

«Och nee», riefen Emma und Klaas bestürzt.

«Nichts da», sagte der Förster gespielt streng. «Das muss sein. Oder was meint ihr?», fragte er die Zwerge.

Diese nickten eifrig. «Na dann:

Der Weihnachtsbaum steht immer,
zu Haus bei uns im Wohnzimmer.
Und am Abend leuchten bald,
Kerzen in den dunklen Wald.
Mit Lametta, Kugel, Glitzer ist der Baum geschmückt,
Kinderaugen leuchten ganz verzückt.
Eltern, Kinder denken heut,
wie schön ist doch die Weihnachtszeit.
Doch die Wartezeit bis zur Bescherung ist vertrackt,
oh, wann wird endlich ausgepackt?»

Es wurde ein schöner Weihnachtsabend. Voller Harmonie und Musik. Der Förster packte seine Gitarre aus, Geschenke wurden von ihrer Verpackung befreit, Freudenschreie tönten durch das Haus, Lachen ohne Ende.

Zum Schluss legte der Förster sogar noch seine neue AC/DC-CD auf, die er von seiner Frau geschenkt bekommen hatte. Da wurde es den beiden Zwergen dann doch zu laut, und sie machten sich fröhlich auf den Heimweg. Es war fast Mitternacht geworden, und es schneite nicht mehr. Der Himmel war klar, sogar der Mond schimmerte durch die Baumkronen.

Auf einer großen Waldlichtung kamen ihnen einige Verwandte entgegen: Ahlgrimm, Balbarasch, Cadmasek, Drumin, Jarborix und Paganax.

«Was macht ihr denn hier?», fragten Hups und Sumsi.

Sie erfuhren, dass auch alle anderen dem Weihnachtsmann bei der Bescherung geholfen hatten.

«Ganz schön gerissen, unser Vater.» Sumsi konnte sich kaum halten vor Lachen. Aber bald waren sie bei ihrer Höhle angekommen und schlüpften hinein. Kurz darauf lagen sie in ihren Betten und schlummerten selig in den Weihnachtstag hinein.

«War doch ein schöner Tag heute. Aber das Brennholz haben wir vergessen.»

«Hmm.»

Der Wald lag ruhig da und schwieg. Nur aus der Ferne hörte man noch des Försters neue CD.

Weißt du eigentlich,
wie schön es hier ist?

*Eine Geschichte für alle, die jemanden
beim Weihnachtsfest vermissen.*

Marion Steinhauer

Hallo, ich weiß, dass die Geschichten in diesem Buch eigentlich von euch Erdlingen geschrieben werden, aber ich sehe immer wieder so viele traurige Gesichter, gerade jetzt in der Adventszeit, sodass es mir sehr wichtig ist, euch zu sagen, dass es uns hier gut geht. Das Leben auf der Erde ist nur ein Abschnitt im Leben, der Tod ist nicht das Ende, sondern nur ein neuer Anfang.

Ich bin Katharina und mit zwölf Jahren hier oben gelandet. Natürlich hatte ich erst Angst, aber nur ganz kurz, denn mein Opa kam gleich auf mich zu. Ich kannte ihn bis dahin nur von Fotos. Er zeigte und erklärte mir hier alles, und wir haben seitdem viel Zeit miteinander verbracht. Er kann so schön Geschichten erzählen, von Mama, als sie klein war, und toll kuscheln kann man auch mit ihm. Man lernt hier auch ganz schnell viele neue Freunde kennen, und häufig spielt das Alter keine Rolle.

Jeder, der schon einmal mit einem Flugzeug unterwegs

war, weiß ja, wie schön viele Dinge von oben aussehen, und wir können uns das alles ansehen: die blühenden Rapsfelder, die Bäume mit ihren grünen Blätterkronen, die rot leuchtenden Mohnfelder, die Schäfchenwolken und die Regenbogen sind einfach gigantisch. Und im Moment natürlich die Weihnachtsbeleuchtung, gefolgt vom Silvesterfeuerwerk. Das blöde Knallen hören wir hier oben nicht, nur die vielen bunten Farbregen sind zu sehen, und von überall hört man dann «Oh» und «Ah».

Wenn wir meinen, dass wir uns etwas aus der Nähe ansehen müssen, dann tun wir es einfach und kommen auf einen Besuch runter zu euch auf die Erde. Nur sehen könnt ihr uns dann leider nicht, aber glaubt mir, wir sind viel öfter bei euch, als ihr es euch vorstellen könnt.

Nach meinen Stippvisiten treffe ich mich oft mit einer meiner Freundinnen hier oben und spreche über den Besuch bei meiner Familie oder bei den Freundinnen. Manchmal bin ich danach sehr glücklich, wenn wieder eine schöne Erinnerung geteilt oder etwas Witziges über mich erzählt wurde. Oft bin ich aber auch bedrückt, wenn ich zurückkomme, weil ich sehen musste, wie traurig meine Familie darüber ist, dass ich nicht mehr da bin. Sie quälen sich mit der Frage, wie es mir jetzt geht, und ich würde sie so gerne wissen lassen: Es ist toll hier! Mir geht es gut!

Das ganze Jahr ist viel los, es gibt immer etwas zu tun, aber ohne dass es in Stress ausartet. Ich war schon immer sehr kreativ, und hier gibt es viele Bastelangebote. Sei es, die unzähligen Eier mit den Osterhasen zu bemalen oder mit den Wichteln zu werkeln, die das ganze Jahr an den schönsten Dingen für Weihnachten arbeiten. Jeder ist überall herzlich willkommen. Man setzt sich einfach dazu und bekommt alles genau erklärt. So entstehen hier die schönsten Kunstwerke.

Auf einige bin ich richtig stolz! Ich habe schon viele Perlenengel in den verschiedensten Größen und Farben gefädelt und mit der Laubsäge Weihnachtsbäume, Sterne und Engel ausgesägt. Ganz neu sind die kleinen Glücksschweinchen aus einer rosa Christbaumkugel, die sehen so niedlich aus. Es wird immer viel gelacht, oder manchmal hört man ein tolles Lied, und alle werfen ihr Werkzeug beiseite, die Tische werden verrückt, und dann wird erst einmal getanzt und laut mitgesungen. Insbesondere mit den Wichteln kann man sehr viel Spaß haben.

Jetzt in der Adventszeit ist auch in der Weihnachtsbäckerei Hochsaison. Ihr könnt euch gar nicht vorstellen, wie viele verschiedene Keksrezepte es hier gibt. In einer eigenen Abteilung werden dafür immer wieder neue Rezepte entwickelt und ausprobiert, nicht nur für Kekse, sondern auch für verschiedenste Stollen und Kuchen mit speziellen Weihnachtsgewürzen. Ein oder zwei Tage die Woche verbringe ich daher häufig in der Bäckerei, denn man darf vom Teig naschen, einfach himmlisch! Meine Lieblingskekse heißen Wichteltröpfchen, Engelskuss, Kristallzipfel und Sternenmützchen. Leider sind die Rezepte streng geheim.

Natürlich habe ich nicht immer Lust, zu basteln und zu backen, dann mache ich mit Opa oder meinen Freundinnen einen Ausflug. Hier gibt es viel Spannendes zu entdecken. Mein Lieblingsspiel ist «Wolken hopsen». Der Name ist selbsterklärend, oder? Mit Opa mache ich am liebsten eine Wanderung über einen der Regenbogen. Der Anstieg ist ganz schön anstrengend, aber die Rutschpartie danach ist grandios. Es ist so lustig, wenn der Opa seinen Hut, den er nie abnimmt, festhalten muss, weil wir ihm sonst hinterherlaufen müssen, denn der Hut ist ihm heilig.

An anderen Tagen gehe ich zu einer Probe beim Chor der Engel. Da geht es besonders jetzt in der Adventszeit hoch her, weil dort alle so nervös sind wegen ihres großen jährlichen Auftritts. Auch bei dem Orchester der Engel bin ich gern gesehen, denn ich habe schon auf der Erde in der Bläserklasse meiner Schule Posaune gespielt. Unterstützung ist hier immer willkommen. Es gibt noch so viele andere Dinge, mit denen ich mich beschäftige, das alles aufzuzählen würde zu lange dauern, und ein bisschen Überraschung muss schließlich auch noch bleiben.

Eins vielleicht noch, auf das ihr wahrscheinlich ziemlich neidisch sein werdet: Wir haben immer weiße Weihnachten, und zwar mit so richtig tollem Schnee. Unsere Schneemänner sind wahre Kunstwerke. Neulich habe ich einen gebaut, der auf dem Kopf stand, und ein riesiges Iglu habe ich mit Opa auch schon geschaufelt. Das war so groß, dass wir kleine Wichtelstühle reingestellt und ein Picknick mit warmem Kakao und Keksen gemacht haben. Abends sitze ich häufig auf dem Sofa am Fenster mit einer Decke über den Beinen und schaue dem seichten Schneefall zu. Die Sterne sorgen dafür, dass er immer magisch glitzert.

Ihr merkt schon, Langeweile gibt es hier nicht, und was noch viel wichtiger ist: Hier gibt es auch keinen Streit, keine Missgunst, keine schlechte Laune, aber auch keine Schmerzen, keine Depressionen oder überhaupt irgendwelche Erkrankungen. Das alles durften wir hinter uns lassen und können einfach nur genießen!

Alles hat seine Zeit, also bitte, genießt eure auf der Erde, denkt gerne an uns, denn in diesen Momenten sind wir bei euch und ganz nah. Und natürlich dürft ihr auch einmal traurig sein, wenn ihr an uns denkt, aber am schönsten ist es für uns, wenn wir sehen, es geht euch gut. Und wenn eure Zeit gekommen ist, dann warten wir auf euch, nehmen euch an die Hand und zeigen euch alles, so wie mein Opa es mit mir gemacht hat. Und glaubt mir, ihr werdet begeistert sein.

Ein Wunschzettel,
der vom Himmel fiel

Dieter Siebald

Man hat den Eindruck, die Jahre ziehen an einem vorüber wie ein Film, der immer schneller läuft. Kaum hat ein Jahr angefangen, ist auch schon wieder die Weihnachtszeit da. Es ist eigentlich eine schöne Zeit, aber der Stress, der damit verbunden ist, kann sehr nervenaufreibend sein!

Endlich konnte ich dem Trubel auf dem Weihnachtsmarkt entkommen, ich ging in den angrenzenden Park und setzte mich auf eine Bank, wie benommen hörte ich die viel zu laute Weihnachtsmusik. Wo war die Stille und Ruhe hin? Keiner hatte mehr für den anderen Zeit.

Dann fing es an zu schneien, ein leichter Wind setzte ein und trieb mir die Schneeflocken entgegen. Plötzlich, ein platschendes Geräusch, neben mir lag ein zerplatzter Luftballon auf der Bank! Sicherlich hatte der Wind ihn von den Dekorationen des Weihnachtsmarkts abgerissen. Ich wollte gerade aufstehen, da sah ich, dass an dem zerplatzten Ballonende ein Zettel hing. Neugierig geworden, hob ich den Zettel auf und war erstaunt: Es war ein Wunschzettel, ein Wunschzettel, der vom Himmel gefallen war.

Mit kindlicher Handschrift stand auf dem Zettel geschrieben:

Lieber Weihnachtsmann!
Leider kann ich den Brief mit meinem Wunschzettel
nicht selbst zur Post bringen, ich habe mir beim
Rodeln das Bein gebrochen und muss das Bett hüten.
Aber meine Mutti sagte, ich könnte ihn ja auch mit
einem Luftballon fliegen lassen.
Ich hoffe, dass mein Brief Dich noch rechtzeitig
erreicht. Es wäre schön, wenn mein Bein schnell
wieder heile würde und ich wieder rodeln könnte,
es ist so langweilig im Bett.
Aber einen kleinen Tannenbaum hätte ich schon gerne
und, wenn es geht, einen neuen Schlitten, meiner ist
leider bei dem Rodelunfall zerbrochen!
Dein Michel

Gedankenverloren hielt ich den Zettel in der Hand, meine Erinnerungen gingen Jahre zurück, Rodeln war auch mein größtes Glück gewesen.

Auf der Rückseite fand ich die Adresse von Michel, er wohnte im Nachbarort, was für ein Zufall! Mein Entschluss stand fest. Warum sollte ich den Wunsch des kleinen Jungen nicht erfüllen? Ich konnte doch den Weihnachtsmann spielen, vielleicht sollte es so sein, schließlich war der Wunschzettel gerade bei *mir* vom Himmel gefallen.

Ich kaufte auf dem Weihnachtsmarkt einen kleinen Tannenbaum und ließ ihn mit Kerzen, Kugeln und Lametta schmücken. An einem anderen Stand besorgte ich einen tollen Rodelschlitten.

Früh am Morgen des Heiligabends fuhr ich in den Nachbarort. Leise ging ich bis zu Michels Wohnung, vor der Tür baute ich den kleinen Weihnachtsbaum und den Schlitten auf.

Unter den Baum legte ich noch einen Zettel – vom Weihnachtsmann:

Lieber Michel,
habe Deinen Wunschzettel mit dem Luftballon
erhalten. Ich hoffe, der neue Rodelschlitten und
das Tannenbäumchen machen Dir viel Freude!
Ich wünsche Dir frohe Weihnachten, werde bald
wieder gesund, und viel Spaß beim Rodeln mit
Deinem neuen Schlitten!
Es grüßt Dich der Weihnachtsmann

Ein Moment in der Küche

Thomas Michael Keller

Ende der 1970er-Jahre, die elfjährigen Zwillingsbrüder Robert und Tobias gehen in die fünfte Klasse des besten Gymnasiums der Stadt und versuchen beide, Klassenbester zu sein, außer in Sport und Werken. Den Besten kann es allerdings nur einmal geben, und das ist Robert. Er ist Tobias immer ein Stückchen voraus. In diese Zeit frühpubertärer Selbstfindung fällt das Weihnachtsfest, um das es hier gehen soll.

Aber von vorne. Die Weihnachtszeit war im Wesentlichen wie immer verlaufen. An den Sonntagen hatte die Familie abends den Advent gefeiert, mit leicht kratziger Weihnachtsmusik von einer alten Schallplatte der 60er-Jahre, mit selbst gebackenen Keksen vom Vater und mit dem alten Räuchermännchen, das Mutters Onkel ihr vor vielen Jahren aus der «Ostzone» geschickt hatte. Auch der Alltag in dieser Weihnachtszeit war so wie immer gewesen, mit sich steigerndem Schulstress bis zu den Weihnachtsferien.

Eigentlich war auch am Heiligabend alles ziemlich normal. Der Vater rückte den Musikschrank aus der Ecke, holte den Weihnachtsbaum aus dem Keller und stellte ihn auf dem Musikschrank auf, wo er ihn mit Kugeln, Vögeln, Trompeten sowie mit silbernem Lametta und zehn elektrischen Kerzen schmückte. Dabei lief im knarzenden Radio Weihnachtsmusik – das einzige Mal im Jahr, dass der Vater von sich aus das Radio einschaltete!

Robert und Tobias gingen zur Familienmette, die Mutter gab beiden pflichtschuldig wie für jeden Gottesdienst je einen Groschen für die Kollekte. Sie saßen in der vierten Reihe, der Gottesdienst war recht modern gehalten und ziemlich langweilig, also wie immer. Wieder zu Hause, durften sie das Wohnzimmer nicht mehr betreten, da die Eltern dort mit dem Christkind zugange waren. Um etwa sieben Uhr abends kam auch Reinhard, der große Bruder, aus dem kleinen Mansardenzimmer auf dem Speicher herunter. Denn jetzt gab es schließlich das Weihnachtsessen in der kleinen Küche: mit Hackfleisch gefüllte Pute, allerdings nur das kalte Fleisch mit den Knochen, das beim unprofessionellen Zerlegen der Pute übrig geblieben war. Dazu weitere Füllung, Brot und Rotwein. Na ja, für Robert und Tobias wenigstens einen Schluck. Aber Reinhard, obwohl auch noch nicht ganz volljährig, trank schon ein ganzes Glas.

Kurz nach dem Abendessen klingelte dann das berühmte Glöckchen, und es war Zeit für die langersehnte Bescherung. Die Geschenke wurden reihum ausgepackt, wobei die Eltern als Zeremonienmeister wirkten. Die beiden schenkten sich gegenseitig das Übliche: Parfüm, Rasierwasser, einen Schal, eine Krawatte … Reinhard bekam einige Schallplatten – Beatles und so –, die er sich gewünscht hatte, und als Hauptgeschenk einen elektrischen Rasierapparat, damit er nicht mehr den des Vaters benutzen musste.

Aber das alles war Randgeschehen, Robert und Tobias interessierte ausschließlich, welche Geschenke sie erhalten würden. Jeder von ihnen bekam das, was auch dem anderen geschenkt wurde – oder wenigstens fast. Sie zogen ja auch immer noch das Gleiche an, hatten auf den Pfennig gleich viel Geld und wurden auch sonst überall gleich behandelt, zum Teil sogar in der Schule. Sie hatten auch jeder vor Wochen den Eltern einen Wunschzettel überreicht, den sie vorher ausführlich miteinander durchgesprochen hatten. Ihre Wunschzettel waren zwar nicht identisch, aber fast. Und so packten sie, wann immer sie wieder an der Reihe waren, das zugewiesene und ihren Wünschen entsprechende Geschenk aus: ein paar «Was ist was»-Bücher – für Tobias über prähistorische Tiere und Insekten, für Robert über Physik und Chemie; ein Kartenquizspiel, für jeden ein anderes; das Tierlexikon «Der farbige Brehm» für jeden, denn auf Tobias' Wunschzettel hatte «ein Tierbuch» gestanden, und ein paar Matchboxautos.

Und dann war da noch ein kleines flaches Geschenk, von der Größe ähnelte es einer Single-Schallplatte, aber das konnte doch nicht sein? Anders als ihr großer Bruder waren Robert und Tobias nie an Schallplatten oder anderen Musikträgern interessiert gewesen. Was also konnte es sein? Sie packten ihre Geschenke aus. In der Tat, es waren Schallplatten! Für Tobias die Single «Und dabei liebe ich euch beide» von Andrea Jürgens, die gerade Furore als Kinderstar machte und der auch Tobias und Robert bei ihrem Auftritt in der «Hitparade» Respekt hatten zollen müssen. Das Lied hatte Tobias eigentlich gar nicht so schlecht gefallen, aber das Geschenk war trotzdem dermaßen uncool, dass er sehr verlegen reagierte, um sein Entsetzen zu verbergen.

Das konnte man doch keinem erzählen, damit machte man sich doch nur lächerlich! Dabei hatte Tobias noch Glück, denn sein armer Bruder bekam die Single der Titelmelodie von «Heidi», der Zeichentrickserie, gesungen von Gitty und Erika. Noch mal viel uncooler, nur noch peinlich, die absolute Lachnummer! Obwohl Tobias «Heidi» gerne sah (Robert weniger), man durfte es damals nur keinem erzählen. So schauten die Brüder also betreten ihre Schallplatten an und schwiegen tapfer.

Die Bescherung ging weiter, und der Vater machte sein letztes Geschenk auf – es war ein Goldring. Er war sichtlich ernüchtert: Was soll ich denn damit?, schien sein Blick zu sagen, denn er trug außer dem Ehering seit vielen Jahren genau einen weiteren Ring und brauchte nicht noch einen. Das erkannte sogar Tobias, der ansonsten noch nicht viel von Geschenken zwischen Erwachsenen verstand, außer dass sie viel langweiliger als die für Kinder waren. Dann packte die Mutter ihr letztes Geschenk aus. Bettwäsche! Die Miene der Mutter versteinerte sich, denn sie hatte wohl Goldschmuck erwartet … Davon konnte sie nicht genug bekommen, aber Bettwäsche? Und dann war die Bescherung zu Ende. Ja, einfach so zu Ende.

Kein Hauptgeschenk für Tobias und Robert! Kein Höhepunkt, ergo kein großer Jubel am Ende … Sie hatten doch noch ein Taschenradiogerät (für jeden ein eigenes) auf den Wunschzettel geschrieben, denn einen Kassettenrekorder, den sie eigentlich viel lieber wollten, als Wunsch anzugeben, hatten sie sich nicht getraut. Immerhin hatte Reinhard seinen erst mit vierzehn Jahren bekommen. Und teuer war so ein Gerät ja auch. Darüber hinaus war ein zweiter, wichtiger Wunsch unerfüllt geblieben: der nach einem Taschenmesser. Erst seit Kurzem durften die Zwillinge überhaupt mit richtigen, allerdings sehr unscharfen Messern bei Tisch essen, bis dahin hatte der Vater für sie das Schnitzel in kleine Würfelchen geschnitten und dabei die ganze Kruste wild auf dem Teller verteilt, und die Mutter hatte morgens Butter und Honig auf die frisch getoasteten Toastbrotscheiben gestrichen, sodass alles schrecklich verlaufen war, bis es auf dem Teller der Kinder gelandet war. Jetzt hatten sie sich schon das zweite Jahr ein solches Messer gewünscht, und wieder nichts. So besaß Tobias weiterhin nur drei winzige Plastik-Taschenmesser, die er aus Kaugummiautomaten gezogen hatte, mit unscharfer, aber immerhin spitzer Metallklinge. Und Robert hatte einmal ein drei Zentimeter langes Spieltaschenmesser gefunden, was Tobias sehr bewundert hatte. Es kam dem echten schon recht nah. Gewiss hatten die beiden nicht vor, Unerlaubtes mit einem Taschenmesser zu machen. Verlockend war die Vorstellung, ein eigenes gefährliches Messer zu besitzen wie bereits viele ihrer Klassenkameraden. Manche von ihnen hatten sogar ein richtig großes Messer, wie sie versicherten. Das musste freilich nicht stimmen, aber damals glaubten die Zwillinge vieles von dem, was andere sagten.

Tobias schaute zu seinem Bruder, und so undurchdringlich der auch zu gucken versuchte, erkannte er doch, dass Robert enttäuschter war als er selbst. Wie an jedem Weihnachtsfest seit ein paar Jahren ging Tobias zu seinen Eltern, umarmte sie und bedankte sich artig für alles. Danach dankte Robert flüchtig, wohl nur, weil Tobias es getan hatte. Ansonsten herrschte Stille. Was war diesmal nur los?

Weiter ging es jedenfalls mit der Heiligabendroutine: Der Vater stieg auf einen Stuhl und entzündete oben auf dem

Weihnachtsbaum die drei Kerzen des alten Engelsgeläuts, das die Spitze des Christbaums zierte. Er hatte sein Leben lang zum Weihnachtsfest stets diese Christbaumspitze gehabt, abgesehen davon hatte Tobias noch nirgendwo sonst eine derartige Spitze gesehen.

So schön das Engelsgeläut war, so problematisch war es mitunter, es dort oben auf dem Baum zum Laufen zu bringen. Es stand oft schief, und schon der kleinste Luftzug konnte es aus der Fassung bringen. Wenn also der Vater auf den Stuhl stieg und die Kerzen entzündete, saßen alle Familienmitglieder mucksmäuschenstill im Wohnzimmer verteilt und hielten den Atem an. Zu Beginn, wenn die Kerzen noch lang waren, hatte der Vater besondere Mühe, das Geläut zum Laufen zu bringen. Dann bog er an Baum, Kerzen und Geläut herum, sodass alles einigermaßen gerade stand. Wenn er es anstupste, warteten alle gespannt, was passierte. Es lief ein wenig, blieb nach dreißig Sekunden stehen, und der Vater musste es erneut stupsen. So ging es weiter, und wer lauter als im Flüsterton sprach oder nieste oder einen Luftzug welcher Art auch immer verursachte, wurde teils heftig zurechtgewiesen. Tobias sah trotz der gedämpften Stimmung mit Interesse zu, seine Mutter und Brüder schauten jedoch gelangweilt oder immer noch enttäuscht von den Geschenken drein.

Man verließ in solchen Momenten das Wohnzimmer normalerweise nur, und zwar allein, um auf Toilette zu gehen. Das tat Tobias auch, zum Missfallen des Vaters, und traf auf dem Rückweg Robert für einen kurzen Moment in der Küche. Er brauchte nichts zu sagen, Tobias wusste es sofort: Robert war wütend, während er selbst die Enttäuschung besser zu verdauen schien.

«Ich sag jetzt was», sagte Robert, und Tobias' Herz fing an zu klopfen.

Robert wollte sich beschweren, er war in der Lage, das zu tun, einfach so. War nicht er es gewesen, der zweimal seinen Vater dermaßen zur Weißglut gebracht hatte, dass der ihn gegriffen und dreimal fest auf den Po gehauen hatte? Der acht Jahre ältere Bruder war als Kind noch ganz gehörig verdroschen worden, wie die Mutter in seltenen Momenten leise erwähnte, aber die Zwillinge schlug der Vater nie, bis auf diese zwei Ausnahmen.

Der Weihnachtsabend drohte also in eine Katastrophe aus Wut und Geschrei zu münden, eine Vorstellung, die die bangsten Gefühle in Tobias wachrüttelte. Es gab ohnedies oft genug Brüllerei im Haus, weil Reinhard so faul war, bis mittags schlief und trotz Intelligenz nur ein mäßiges Abitur hingelegt hatte. Bei seiner jetzigen ersten Arbeitsstelle auf dem Arbeitsamt kam er noch während der Probezeit zu spät.

«Bitte, lass es», erwiderte Tobias und ging zurück ins Wohnzimmer, wo er angstvoll das Kommende erwartete.

Robert erschien ebenfalls kurz darauf und wurde dabei ermahnt, weil er einen neuen Luftzug verursacht hatte, als er die Tür öffnete. Er setzte sich und sagte – nichts.

Tobias fiel ein Stein vom Herzen, der Abend und das ganze Fest über die nächsten Tage waren gerettet. Jeder fand sich mit den misslungenen Geschenken ab, Monate, teils Jahre später wurde sogar lachend darüber gesprochen.

Das Radio bekamen Tobias und Robert im Jahr darauf und machte einige Freude, das Messer zwei Jahre später – sie benutzten es nie. Tobias schenkte es später seinem Sohn, als er acht Jahre alt war. Auch der wurde erwachsen, und das Messer ist immer noch wie neu.

Weihnachts-
wunderblumen
hinter Gittern

Thomas Klappstein

Als Musiker hat er Weihnachten schon in sehr unterschiedlichen Situationen verbracht: im Krankenhaus, auf Tournee, auf winterlichen Kreuzfahrten, in Jugendzentren und einmal sogar in einem Gefängnis.

Das war sicherlich sein eindrucksvollstes Weihnachtsfest: Damals hatte ihn eine Gruppe von Strafgefangenen, die sich um den Gefängnisseelsorger herum gebildet hatte, in einem langen und herzlichen Brief gefragt, ob er ihnen in der Weihnachtszeit nicht ein Konzert geben könnte. Eine Anfrage wie diese ist nichts Außergewöhnliches. Seit dem Beginn seiner Karriere als Sänger hat er immer wieder sogenannte Knastkonzerte gegeben – inspiriert von Johnny Cashs Gefängniskonzerten in San Quentin und im Folsom State Prison, wo dieser mit seinem Song «Folsom Prison Blues» sein Konzert eröffnet hatte. Das Lied hatte Johnny Cash schon 1953 während seiner Zeit bei der US-Army in Deutschland geschrieben. Damals wurde mitgeschnitten und dann die Aufnahme als eines seiner besten Live-Alben verkauft.

An so etwas wie einen Livemitschnitt im Knast hat er auch schon mal gedacht, aber dann doch nicht die Energie gefunden, dieses Projekt anzugehen. Inzwischen ist er aber wohl in nahezu allen deutschen und etlichen Gefängnissen im deutschsprachigen europäischen Ausland mindestens einmal aufgetreten. Er mag solche Konzerte, weil sie meistens eine sehr eindrucksvolle Atmosphäre haben; die Zuhörer sind entweder geballt gegen einen, oder sie sind stark für einen. Normalerweise bekommt er gerade bei diesen Konzerten sehr gute Resonanz auf die Spirituals und Gospelsongs, weil in der bedrückenden Gefängnissituation der Freiheitsdrang und der Ruf nach Würde jener Sklavensongs besonders deutlich wird.

In dem Gefängnis, aus dem der Brief kam, hatte er schon zweimal gesungen; das letzte Mal vor einem Jahr. An einige Zuhörer und Gespräche konnte er sich erinnern, vor allem an jenen Pfarrer, dessen Stil und Arbeitsweise er großartig fand. Auch deshalb hätte er sehr gerne zugesagt – aber er hatte keinen einzigen freien Termin mehr. Der gesamte Monat war bis zum 23. Dezember für eine Deutschland-Tournee mit befreundeten Musikerkollegen reserviert. Also sagte er mit großem Bedauern ab.

Ein paar Tage später kam Antwort – per Post, denn die Internetnutzung für Gefängnisinsassen ist aus Sicherheitsgründen bis heute kaum gestattet. Nur in Ausnahmefällen und manchmal als Pilotprojekt. Die Gruppe fragte ihn, ob er denn nicht eventuell und ausnahmsweise am 24. Dezember zu ihnen kommen könne – auch wenn sie wüssten, dass diese Frage eine Zumutung sei. Und sie würden ja auch viel lieber zu ihm kommen, in ein Konzert in der Nähe, aber das sei nun mal für die nächsten Jahre für die meisten von ihnen unmöglich, und so viele hätten beste Erinnerungen an sein Konzert vom Vorjahr, ob er denn nicht vielleicht doch ...

Sensibel, wie er ist, bewegte ihn diese Anfrage, vor allem, weil die Gefangenen schrieben, dass es keine Freigänger oder Weihnachtsurlauber gebe, wie es in etlichen anderen Strafanstalten möglich ist. Die Insassen in jenem Knast gehörten zu einer Sicherheitsverwahrstufe, wo solche Erleichterungen ausgeschlossen waren. Also fragte er per E-Mail bei seinen musikalisch-instrumentalen Begleitern nach – einige rief er auch an –, ob der eine oder andere sich vorstellen könnte, mit ihm am Heiligabend dieses Konzert zu geben. Einem befreundeten Gitarristen las er den Brief der Gefangenen am Telefon sogar vor und schickte ihn eingescannt per E-Mail. Nach einer kurzen Bedenkzeit war der Kollege mit an Bord.

Als die vorweihnachtliche Adventstournee vorüber war, spürte er dann doch seine Erschöpfung – immerhin hatten sie dreiundzwanzig Konzerte in Folge gespielt. Müde war er, abgespannt und heiser. Nur einen halben Tag hatte er zu Hause für sich, angefüllt mit Wäschewaschen und In-den-Trockner-Stopfen. Er musste Post lesen, den Anrufbeantworter abhören und die letzten E-Mails checken – dann stand sein Musikerfreund am späten Vormittag des 24. Dezember mit Gitarre und Anlage vor seiner Tür. Nun denn, also los!

An der Gefängnispforte klingeln, Ausweise vorzeigen, Besucherschein unterschreiben, durch das riesige Metalltor in den Hof fahren, ausladen. Währenddessen begrüßte sie der Pfarrer voller Vorfreude. Er hatte zwei Inhaftierte dabei, die ihnen beim Tragen halfen. Mit Verstärker, Boxen, Stativen und Instrument ging es einige Treppen hinauf; dann durch etliche Flure – immer wieder unterbrochen vom Warten vor massiven Gittern, bis auf- und zugeschlossen war, immer wieder das stählerne Schnappen der riesigen Schlösser, das Klirren der Schlüsselbunde oder das Summen der Schließanlage, je nachdem, mit welchem Sicherheitssystem die einzelnen Schließanlagen versehen waren. Jedes Mal war es deprimierend.

In der Anstaltskirche – einem grauen Bau, ramponiert und riesig hoch – stand ein mickriges Weihnachtsbäumchen herum, mit elektrischen Kerzen und ein paar Strohsternen behängt, die das Grün noch erbärmlicher und armseliger aussehen ließen. Die Musiker bauten auf und machten den Soundcheck, die beiden Inhaftierten halfen tatkräftig. Dann hatten der Sänger und sein Musiker eine knappe Stunde Wartezeit bis zum Konzertbeginn.

Der Pfarrer lud sie und die beiden Helfer in sein Büro ein, machte Kaffee, hatte sogar einen Teller mit Spekulatius besorgt. Das Programm wurde besprochen, und der Pfarrer berichtete von seiner Arbeit. Die beiden Helfer erzählten, dass die Mithäftlinge voller Begeisterung seien, dass er zusammen mit seinem Musikerfreund es wirklich wahr gemacht habe und sie zusammen gekommen seien. Und es gebe eine Überraschung – nein, was für eine Überraschung, das wollten sie nicht verraten, sonst sei's ja keine Überraschung mehr, aber auf alle Fälle wär's eine größere Sache … Nun wurde er neugierig. Der Gitarrist begann, Witzchen zu machen, und behauptete, dass die Überraschung vielleicht darin bestehe, dass man die beiden nicht wieder herauslassen würde nach dem Konzert … Na ja!

Auf einmal waren Schritte auf dem Gang zu hören, Rufe, Schlüsselklirren.

«Jetzt lassen die Beamten die Jungs in die Kirche», sagte der Pfarrer. «Warten wir noch einen Moment, es dauert immer ein bisschen, bis die vom anderen Haus hier sind!»

Der Musiker stimmte nochmals seine Gitarre, er selbst räusperte sich und sang sich die Kehle frei, dann verschwand der Pfarrer für einen Moment.

«Der macht's aber heute geheimnisvoll», murmelte der Gitarrist.

Eine Minute später war der Pfarrer wieder zurück, grinste breit und sagte: «So, nun können wir los!»

Er ging voraus durch zwei Türen – sein Büro lag direkt neben der Anstaltskirche –, dann standen die Musiker in der Kirche. Starr vor Staunen schauten sie um sich, hörten vor Verblüffung nicht einmal das Klatschen und Johlen der etwa vierhundert Inhaftierten. Die gesamte Kirche schwamm regelrecht in einem Blumen- und Kerzenmeer – Blumen auf den Altartreppen, Blumen auf den Bankseiten, gefüllte Vasen im Mittelgang, Blumen neben den Boxen – und überall dazwischen Konservendosen, mit Wachs oder Stearin gefüllt, hell brennend. Dazu sollte man wissen, dass Wachs in allen Gefängnissen der Welt hochbegehrt ist, weil man mit selbst gebastelten Kerzen, Brotresten und abgezweigtem Zucker verbotenerweise Alkohol, also Fusel, herstellen kann. Wenn die Gefangenen hier für dieses Konzert so viele Kerzen geopfert hatten, dann war das wirklich eine ganz große Sache, dann verzichteten sie auf eine Menge an selbst gebranntem Schnaps.

Einer der Gefangenen aus der ersten Reihe stand auf und schrie über den Begrüßungslärm hinweg: «Ey, Ruhe im Bau!» Dann sagte er an die beiden Musiker gewandt, die immer noch starr vor Erstaunen waren: «Also, wo ihr das letzte Mal hier wart, da hast du gesagt, dass du Blumen magst, Andy. Und du weißt ja, paar von uns arbeiten hier inner Anstaltsgärtnerei, und da hat uns der Chef erlaubt, dass wir nach Feierabend 'n büschen rumgärtnern, um in den letzten drei Monaten diese Blumen hier für euer Konzert zu säen und zu pflanzen und zum Blühen zu kriegen, auf zwei freien Beeten im Gewächshaus. Die sind alle hier aus der Anstalt, und wir hoffen, dass es euch 'ne Freude macht!»

Er hatte einen Riesenkloß in der Kehle, während er gemeinsam mit dem Gitarristen nach vorne zur Bühne und zu den Mikrofonen ging; «nach Feierabend 'n büschen rumgärtnern» hatte der Sprecher der Gefangenen gesagt …

Im Gefängnis drücken sich doch die meisten vor der Arbeit, soweit das nur irgendwie möglich ist. Weil die Bezahlung so schlecht ist, dass die Gefangenen den Eindruck haben, es lohne sich überhaupt nicht. Wenn er nun aber die Menge der Blumen und ihre Vielfalt betrachtete, Astern, Dahlien, sogar Rosen, von denen einige auf ihren Barhockern lagen, wenn er das alles sah, dann wusste er, wie viel Arbeit das gemacht haben musste, um diese ganze Pracht im Dezember zum Blühen zu bringen.

Nun stand er vor seinem Mikrofon, hatte die Rosen von den Barhockern genommen, damit sein Mitmusiker sich setzen und die Gitarre auf den Schoß nehmen konnte, und wollte etwas sagen, um seine Gefühle zum Ausdruck zu bringen. Er wollte in die Gesichter der Männer schauen, die ihn erwartungsvoll anblickten, diese jungen und alten Gesichter, die vernarbten, harten, weichen, tätowierten Gesichter, wollte ihnen erklären, wie wunderbar und wie unerwartet das alles für ihn sei – aber er bekam kein Wort raus: Lachen und Weinen saßen ihm gleichzeitig in der Stimme. So viel hatte er zu sagen, dass er gar nichts sagen konnte.

Der Gitarrist rettete die Situation. Ohne einen Blick auf ihr sorgfältig geplantes Programm zu werfen, schaute er auf die Rosen in Andys Hand, griff einen sanften Akkord und zupfte die Einleitungstöne eines großen alten Weihnachtslieds.

Andy schloss die Augen und begann zu singen. Spürte diese Rosen in seiner Hand, spürte die Wärme der Sträflinge, die Harmonie der Gitarre und sang dieses Lied, wie er noch selten in seinem Leben ein Lied gesungen hatte. Bei der zweiten Strophe begannen einige Insassen mitzusummen, immer mehr wurden es, dann erinnerten sich einzelne an den Text, fielen mit ihren rauen Stimmen ein, sangen, als wären sie zurückversetzt in ihre Kindheit, vor all den Entgleisungen ihres Lebens, vor Straftaten und Gefängnis. Seitdem ist ihm dieses Lied ein besonderes, ein sehr geliebtes und heiliges:

«Es ist ein Ros entsprungen aus einer Wurzel zart; wie uns die Alten sungen, von Jesse kam die Art: Und hat ein Blümlein bracht, mitten im kalten Winter, wohl zu der halben Nacht.»

An der Krippe

Maria Volkermann

Schon seit einigen Jahren standen der Ochse Matteo und der Esel Amon im Dienste eines Bauern, der auch eine kleine Herberge in Bethlehem betrieb. Im Dezember war die schwere Arbeit auf dem Feld abgeschlossen, und Matteo genoss die ruhige Stallzeit. Auch sein Kumpan Amon wurde seltener zum Tragen von Lasten beansprucht, denn die Erntezeit lag lange zurück.

An diesem 24. Dezember freuten die beiden sich auf eine entspannte Nacht. Ihr Herr hatte am Nachmittag den kleinen Stall am Stadtrand ausgemistet und mit frischem Stroh eingestreut, im Futtertrog lagen Rübenschnitzel bereit, und die hölzerne Futterkrippe war mit würzig duftendem Heu aufgefüllt. Der Bauer versorgte sie gut, schimpfte selten und schlug sie nie. Das Mondlicht fiel durch die kleine Fensteröffnung bis auf den Lehmboden und schenkte den beiden Tieren die Möglichkeit, sich in dem spärlichen Licht zurechtzufinden. Matteo und Amon hatten über Gestik und Mimik eine eigene Art der Verständigung entwickelt. Sie waren über die Jahre gute Freunde geworden.

«Draußen tut sich was», signalisierte der Esel. Er besaß die besseren Ohren.

Erst knarrte die hölzerne Stalltür, dann stand sie plötzlich weit offen. Umweht von kühler Nachtluft betraten zwei Menschen zögernd den Stall. Ein älterer Mann mit einem Wanderstab und eine junge Frau, die ein Bündel unter dem Arm trug. «Es tut mir leid, dass ich Ihnen nur diese bescheidene Unterkunft anbieten kann», hörten die Tiere ihren Herrn vor der Tür sprechen, «aber wir sind komplett ausgebucht, kein Zimmer mehr frei. Keine Angst vor dem alten Ochsen, er ist gutmütig und fromm. Mein Grauer mag die Menschen, sie können ihn gerne streicheln. Gute Nacht auch.»

Ein Rascheln im Stroh und ein besorgtes Flüstern, angespannt lauschten die Tiere auf die Geräusche im Hintergrund des Stalls.

«Das Stroh ist ganz frisch, Maria, ich mache dir ein schönes Lager», sagte der Mann leise. «Sicher dauert es nicht mehr lange bis zur Geburt.

«Ich habe Angst, Josef, werden die Tiere uns auch nichts tun? Der Ochse hat spitze Hörner.»

«Ich halte Wache, leg du dich nur hin», erwiderte der Mann.

Matteo wies mit seinem Kopf in die hintere Ecke. «Die Menschen verhalten sich ruhig, Amon, jetzt lass uns auch schlafen.»

Aber die Nachtruhe währte nicht lange, denn vom Strohlager war Stöhnen zu vernehmen und dann, mit einem Mal, ertönte der Schrei eines Säuglings.

«Danke, Gott, dass du uns diesen Sohn geschenkt hast», klang bewegt die Stimme der Frau herüber. «Wir werden ihn Jesus nennen, nicht wahr, Josef?» Dann wiegte sie das Kindlein in ihren Armen und summte leise ein Lied.

«Wir sollten nun ausruhen, Maria, es war ein anstrengender Tag», sagte der Mann mit müder Stimme.

Maria wickelte ihren Sohn in die Windeln, die sie aus ihrem Bündel gezogen hatte, und legte ihn in die Futterkrippe auf das Heu. Dann fiel sie erschöpft neben Josef auf das Strohlager.

«Das Kindlein liegt auf unserem Futter», beschwerte sich Amon und schaute sich die Sache aus der Nähe an. Neugierig kam auch der Ochse näher und sah, dass der Säugling zitterte. «Das Kind friert ja in dem kalten Stall, es hat kein Fell wie wir und ist fast nackt, wir sollten es wärmen.»

Sie stellten sich mit ihren warmen Körpern von zwei Seiten ganz nah an die Krippe und schirmten so das Menschenkind vor der kalten Zugluft ab, die durch alle Ritzen in den Stall kroch. Ihr Atem umfing das Jesuskind, ein warmer Dampf aus den Nüstern und Mäulern, der wohlig auf der Haut kribbelte.

Da schlug der Säugling die Äuglein auf und lächelte. Durch Nebelschwaden erschienen ihm zwei große Tierköpfe, die mit freundlichen Augen herabblickten. Der Menschensohn prägte sich diesen Anblick ein und würde ihn nie vergessen.

Auf einmal drang ein warmes Licht durch die Fensteröffnung hindurch in den Stall, viel heller als das Mondlicht. Es umgab das Jesuskind mit einem Strahlenkranz, und die Tiere begriffen, dass hier ein ganz besonderes Kind in ihrer Futterkrippe lag. Ein göttliches Kind. Matteo und Amon hatten oft zugehört, wenn die Menschen über den Erlöser gesprochen hatten, der bald geboren werden sollte.

Nun war es tatsächlich geschehen, im Halbdunkel eines zugigen Stalls, in einem Bett aus Stroh und mit einer Futterkrippe als Wiege. Und Matteo und Amon durften das Wunder miterleben und dem Christuskind ein wenig Wärme und Geborgenheit schenken. Das machte sie glücklich.

Das Christkind des Bataillons und andere Wunder

Hans-Jürgen Lieber

Es schneite seit Wochen. München versank im Schnee. Das war der Winter 1962. Mein Pionierbataillon hatte zu tun. Mehrfach befreiten wir den Hauptbahnhof von Schneemassen, bis die Züge wieder fahren konnten.

Ich wurde gleich nach dem Abitur eingezogen. Achtzehn Monate Wehrdienst! Abzuleisten bei den «Schweren Pionieren» in München. Fern meiner Heimat Frankfurt am Main, fast fünfhundert Kilometer weit weg. Damals noch eine kleine Weltreise, wenn man sie mit den noch üblichen Dampflokzügen zurücklegte. Als die Adventszeit kam, hatte ich Magendrücken. Wie würde das hier bloß werden? In der kahlen Kaserne, fern der Familie. Das ließ mich frösteln. Als ich noch meinen Gedanken nachhing, kam ein überraschendes Angebot: Adventsfreizeit mit dem Standortpfarrer in Bayrischzell. Mein Kompaniechef hatte ein Herz und beurlaubte mich dafür.

Es wurde eine wahre Adventswoche im verschneiten Voralpenland. Mit täglicher Bibellese und Posaunenmusik. So konnte ich fortsetzen, was ich in meiner Frankfurter Gemeinde als Bläser gewohnt war. Weihnachtlich glänzte der Wald. Dicke Eiszapfen hingen an den Dachrinnen. Auf den Dächern ruhten Schneepolster. Längs der Wege hatten die Bauern Schneeberge aufgeworfen. Manchmal bimmelten Pferdeschlitten durchs Dorf. War ich in ein altes Winterbild hineingeraten?

Jeder Tag knisterte vor Kälte. Zugleich tauchten Hinweise auf das kommende Christfest auf. Advent, eine Zeit der frohen Erwartung.

Die Freizeit veränderte meine Kameraden und mich. Wir wurden nachdenklich. Besonders, als der Pfarrer die Friedensbotschaft des Propheten Jesaja verlas. Dort wurde ein kommender «Friedefürst» verheißen. Kein «Stiefel, der mit Gedröhn dahergeht» würde mehr sein! Und «jeder Mantel, durch Blut geschleift» würde verbrannt werden – Jesaja 9,4. Sehr wundersam für junge Männer in militärischer Ausbildung. Aber keiner nahm Anstoß. Immerhin waren auch wir Soldaten mit «Stiefeln und Mänteln». Galt uns das auch? Die Rückfahrt nach München verlief still.

Am Standort ging es weiter. Seltsame Dinge geschahen. Dinge, auf die keiner gekommen wäre. Beispielsweise die Sache mit den Weihnachtsgedichten. Über Nacht hatte sie unser Hauptmann eigenhändig geschrieben. Ausgerechnet er, der so staubtrockene Offizier. Keiner hätte es ihm zugetraut. Der schrieb nun Verse über Glocken und Engel! Schlauchboote und Schiffsbrücken waren sein Metier. Aber Engel? Glocken? Ich war verwirrt, noch mehr, als er mich bat, das Geschriebene vorzutragen, demnächst auf der Kompanie-Weihnachtsfeier. Mir wurde heiß und kalt. Diese süßlichen Verse vor meinen Kameraden, das gäbe ein Gelächter. Wie könnte ich dem entkommen? Ich dachte sogar daran, mich freiwillig zum Wachdienst zu melden. Alles, nur keine Gedichte! Aber mein Hauptmann blieb unerbittlich. Fast nahm er Züge des Erzengels Gabriel an, der einst den störrischen Josef mit Maria nach Bethlehem losschickte. Immerhin hing das spätere Heilsgeschehen davon ab – was man von meinem Auftrag schwerlich sagen konnte. Aber Widerspruch galt nicht.

Schweren Herzens nahm ich an. Doch mein musischer Hauptmann war noch nicht fertig. Zur Dichtung gehörte Musik, für die hatte er ebenfalls gesorgt. Einen Chor hatte er schon rekrutiert, und ein verstimmtes Klavier stand bereit. An nichts sollte es fehlen. Natürlich gehörte ich zu den Sängern. Meinen leisen Verweis auf eine krächzende Stimme wischte er beiseite. Jeder Soldat könne singen! Nun also «Tochter Zion, freue dich! Jauchze laut, Jerusalem!». Und weil das den Abend nicht füllte, auch noch «Das ist der Tag des Herrn, das ist der Tag des Herrn!». Hätte der Psalmist von König David mal vorbeigeschaut, er wäre begeistert gewesen. «Singet dem Herrn ein neues Lied, denn er tut Wunder.» Das hatte er uns ja ans Herz gelegt.

Die Wunder geschahen weiter, jeder Tag brachte neue. Manchmal schauten wir morgens beim Antreten nach rechts und links, ob nicht neue Kameraden mit Flügeln dabei stünden. Denkbar war inzwischen vieles. Unser Hauptmann hatte alle Kräfte vereinnahmt, ob himmlisch oder irdisch. Vorläufig griff er für weihnachtliche Einsätze aber auf die Truppe zurück. Und wieder traf mich sein Blick. Diesmal für einen Auftrag wie nie im Leben zuvor und danach. Aber das konnte ich in dem Moment noch nicht ahnen.

So hörte ich ungläubig, was das sein sollte: Ich sollte das

Christkind spielen für das Bataillon. Nach Gedichten und Liedern nun auch noch Bescherung! Ich glaubte es nicht. Obschon ich im Bescheren genauso ungeübt war wie im Singen und Vortragen von Gedichten, nahm ich an. Zum Glück. Denn es sollte die herrlichste Aufgabe werden, die mir je angetragen wurde. Aber hübsch der Reihe nach.

Das Bataillon hatte die Münchner Waisenhäuser angesprochen und gefragt, wie man Kindern eine Freude machen könne. Das war gut angekommen. Es hatte eine Flut von Weihnachtspost ausgelöst mit Wunschzettel über Wunschzettel. Die nahm ich nun entgegen. Aus Wünschen sollten Geschenke werden. Genug Geld war von den Kameraden gespendet worden. Also los.

Ein Kamerad und ich werteten aus. Teddybären, Püppchen, Baukästen, Kaufmannsläden, Kasperletheater, Blechautos, Flieger, Puppenbetten, Springseile, Bilderbücher, Feuerwehren, Puzzleteile, Brettspiele und was Kinderherzen sonst begehren: Viele Wünsche standen dort in krakeliger Schrift, manche auch in Bildern. Wir ordneten und sammelten. Dann kam mit dem Besuch der Spielzeuggeschäfte oder Spielzeugabteilungen in Münchner Kaufhäusern das Schönste. Mit langen Einkaufslisten unterm Arm zog ich los. Ich fühlte mich wie Alice im Wunderland. Die Teddybären, die Puppen, die Spiele, sie alle schienen nur auf mein Erscheinen zu warten. Freudig strömten mir die Verkäufer und Verkäuferinnen entgegen. So viel Geschäft war noch nie! Ich wurde hofiert wie ein Staatsgast. So lernte ich die Werkstatt des Christkinds kennen. Sah die mannigfachen Stofftiere, die aufziehbaren Wunderwerke in Blech, ganze Paraden von Puppen, Abenteuerbücher und Malkästen, mehr und bunter als in meinen Kinderträumen. Ich hätte mich einschließen lassen, die Nacht unter Bergen von Spielzeug verbringen können. Ein ewiger Heiligabend.

Nur mühsam riss ich mich aus meinen Träumen. Die Kinder erwarteten ja etwas. Also wurden die Wunschzettel abgehakt. Vor den Läden wartete ein Jeep, der mich samt Geschenken zur Kaserne fuhr. Dort wurden sie weggeschlossen. Viele Fahrten zur Stadt waren noch erforderlich. Manchmal hatte ich die Läden einfach leer gekauft. Ob die Kinder ahnten, was im Stillen geschah? Sie hatten alles dem Christkind anvertraut. Nun hofften sie, dass ihre Wünsche auch ankämen. Ich fühlte eine große Erwartung auf mir ruhen. Würde es mir gelingen, alle Wünsche, alle Träume wahr werden zu lassen? Damit Worte Gestalt annahmen und vereinsamte Kinder wieder lachen und spielen konnten? So ähnlich hatten sich das meine Kameraden wohl vorgestellt, als sie ihr Geld dafür spendeten.

Je mehr Spiele und Spielzeug sich sammelten, umso froher und gewisser wurde ich. Ja, das Christkind könnte bald kommen. Die bunten Sachen wurden verpackt. Namensschildchen obendrauf. Dann nahmen die Geschenke ihren Weg zu den Waisenhäusern.

Überall erwartungsvolle Gesichter. Ob das Christkind des Bataillons wirklich kommen würde? Hatte es denn alles richtig verstanden? Und war an jedes Kind gedacht worden? In den weihnachtlich geschmückten Sälen der Waisenhäuser knisterte es vor Spannung. Nur mühsam konnten die Schwestern die Kleinen ruhig halten, jedenfalls bis sie ihre Gedichte aufgesagt und Lieder gesungen hatten. Dann aber brach ein Jubel los. Sie stürmten die Gabentische. Und tatsächlich: Das Christkind hatte kein Kind vergessen. Mir wurde warm ums Herz. So viele leuchtende Augen, so viel Verwunderung, so viel Dankbarkeit, wie sie nur Kinder haben.

Ja, und dann war da noch unsere Weihnachtsfeier. Mit allen Kameraden. Auch sie mit Spannung erwartet. Ob sie gleich losprusten würden bei den Gedichten?

Als sich der Vorhang der Bühne hob, ging ich nach vorn. Mir klopfte das Herz bis zum Hals. Hunderte Gesichter wandten sich mir zu. Gebannt, aufmerksam. Was kommt jetzt? Keiner kann in die Herzen schauen. Bei Gedichten vor Soldaten schon gar nicht. Und doch. Alle wirkten berührt. Das Ende löste sich auf in einen langen Applaus. Dann schmetterte der Chor «Tochter Zion, freue dich!» und gleich den «Tag des Herrn» hinterher.

Der Gesang füllte den Saal bis zum letzten Winkel. Von der Bühne sah man in leuchtende Gesichter. Dazu hatte die Kantine mit Glühwein ihren Teil beigetragen. Alle Kameraden waren bewegt. Es war ja das erste Weihnachten fern der Familie! Und für mich wie auch mein Bataillon ein Weihnachtswunder. Ja, Wunder gibt es. Wenn man fest daran glaubt und ein ganzes Bataillon dahintersteht.

Das Licht fiel
auf die Straße

Kriemhild Martina Magyari

Jedes Jahr war es dieser eine Augenblick gewesen, in dem mich meine Kindheitsweihnacht leuchtend empfing. Über den thüringischen Wäldern meiner Heimatstadt lag die winterkalte Dunkelheit und träumte mir entgegen, als ich die bergige Straße hinaufging, an den Händen von Mutter und Tantchen, dem Weihnachtshaus entgegen. Noch schwangen die Heiligabendglocken zu den Wäldern hin, war der Orgelklang in mir, den ich soeben, beim Gang durch die Kirchentür, hinter mir gelassen hatte. Und jetzt ging es diesem einen leuchtenden Augenblick entgegen, der wie durch Zauberhand alles neu machte, das alte Kopfsteinpflaster, die Fachwerkfassaden der Häuser, den dunklen Wald, der wie eine Ahnung war.

Wir gingen dem Haus entgegen, wechselten nur kurz davor auf die andere Straßenseite und blickten zu unserem Wohnzimmer empor, aus dem das schimmernde Licht der Weihnachtskerzen am Tannenbaum auf die Straße fiel. Hell erstrahlte der Lichterbaum im dunklen Fensterrahmen. Die Gardinen waren zurückgezogen. So lächelte der Weihnachtsbaum mich aus dem Fenster an und breitete den roten Teppich der Vorfreude bis zu meinen Füßen aus. Stets stand ich ganz still und blickte auf das Licht, das aus unserem Haus kam, in dem Großmutter auf uns wartete. Auch in anderen Fenstern leuchteten die Weihnachtslichter, aber das Licht, das aus unserem Fenster zu mir auf die frostklirrende Straße kam, ließ mich das Wort «Weihnachten» begreifen, tief innen, für mich allein.

Dann gingen wir die Sandsteinstufen hinauf, durch die bratapfelduftende Diele und die geschwungene Holztreppe empor. Die Tür zum Weihnachtszimmer stand weit offen, und das Licht nahm mich auf.

Später, als es innerdeutsche Grenzen gab und ich heimlich fortgehen musste in das andere, freie deutsche Land, stellte ich jedes Jahr am Heiligabend ein Licht in das Fenster in der Fremde. Es leuchtete für mein Kindheits- und Elternhaus und alle, die noch darin wohnten.

Mein Kindheitshaus ist mit den Grenzen alt geworden. Aber ich habe es noch einmal gesehen im Jahr der großen Wende, als die Mauer gefallen war und es keine Grenzen mehr gab.

Als ehemalige Flüchtlingsfrau, die nicht auf einer Linie mit dem sozialistischen Unrechtsstaat gewesen war, musste ich über dreißig Jahre bis zum Fall der Mauer warten, um meine Heimat wiederzusehen. Es gab aber kein Wiedersehen mit Mutter und Tantchen. Beide waren bei einem Unfall durch einen betrunkenen Autofahrer ums Leben gekommen. Und Großmutter war gestorben.

Ich ging an diesem Heiligabend nach über dreißig Jahren durch meine Kindheitsstadt zu meinem Haus. Wieder leuchteten die Weihnachtslichter aus den alten Häusern auf die Straße. Aber es war das Licht der anderen, das mir nicht mehr gehörte. Mein Kindheitshaus lag in tiefer Dunkelheit, alt und verfallen. Es war blind geworden, verlassen und einsam vor Lieblosigkeit. Sein einstmals wärmendes Weihnachtslicht war zwischen Mauern und Stacheldraht endgültig erloschen. Das Haus war ein Invalide geworden, von stützendem Balkenwerk mühsam gehalten. Wieder ging ich wie in meiner Kindheit auf die andere Straßenseite und blickte hinüber. Der fahle kalte Schimmer der Straßenlampe über dem Kopfsteinpflaster warf im Schwingen des Windes aufhellende Punkte gegen das sterbende Haus, als wollte er noch einmal die bröckelnde Fassade streicheln. Die Straße war still. Noch einmal sah ich mein Haus an, das sich an diesem Heiligabend, an dem ich gekommen war, in großer Einsamkeit und Würde dem Tode entgegenneigte. Dann drehte ich um und ging die Straße hinunter zu meinem Hotel durch den romanischen Rathausbogen in die Unterstadt, die mir mit Lichterketten und Sternenglanz in den Schaufenstern der Geschäfte ihr modisches Gesicht zeigte.

Die Rathausuhr schlug scheppernd die Stunde, als ich im Hotel ankam. Ich war der einzige Gast und allein im Haus. Das junge Hotelehepaar wohnte in einem modernen Einfamilienhaus im Neubaugebiet der Stadt. Auf meinem Nachttisch stand eine Kerze, umrahmt von thüringischem Tannengrün, dessen Kindheitsduft sich in mein Herz schlich. Ich nahm die Kerze, stellte sie ans Fenster und zündete sie an. Sie leuchtete für mein Haus, das in Dunkelheit gefallen war. Aber das Licht dieser einen Kerze zündete alle Kindheitsweihnachtsbäume an, die es einmal für mich gegeben hatte und die in mir weiterleuchten würden, wo immer ich war – wohin auch immer ich ging.

Auf die Freundschaft

Anja Puhane

Z iellos stapfte Kira im Christkindlkostüm durch die leere Fußgängerzone. Nur noch sie und der Wind waren übrig. Letzterer vergnügte sich damit, ein paar versprengte Strohsterne über die Steine zu jagen. Mittlerweile spürte sie Finger und Zehen kaum noch, so kalt war es. In unregelmäßigen Abständen vibrierte ihr Handy in der Jackentasche, spätestens wenn der Akku leer wäre, würde sich das erledigen. Vermutlich war sie bis dahin erfroren.

In einer Seitenstraße entdeckte sie eine Bar. Durch die großen Scheiben sah sie einen einzelnen Gast, der an der langen, geschwungenen Theke saß. Der alte Mann starrte in sein Glas, während der Barkeeper an einem Sektkelch herumpolierte.

Eigentlich hatte sie keine Lust auf Gesellschaft, aber sie musste sich dringend aufwärmen.

Drinnen bestellte sie einen Kaffee, den der Mann hinter der Bar mit gerunzelter Stirn servierte. Langsam kehrten ihre Lebensgeister wieder zurück. Nach der zweiten Tasse wurde ihr so warm, dass sie die Jacke auszog und die Perücke mit den goldenen Locken vom Kopf nahm. Sie fuhr mit den Fingern durch ihre kurzen, schwarzen Haare. Dabei wurde ihr bewusst, dass sie immer noch im Christkindlkostüm steckte. Kurzerhand zog sie es ebenfalls über den Kopf, darunter trug sie Jeans und Pulli.

Der alte Mann neben ihr blickte erstaunt auf. «Als Christkindl haben Sie mir besser gefallen», sagte er.

Sie zuckte die Schultern. «Das Christkind hat Feierabend.»

Der Alte hob sein Glas. «Darf ich Ihnen einen ausgeben?»

Sie wollte Nein sagen, aber er sah sie so bittend an, dass sie nickte.

«Franz, mach der jungen Dame mal einen Irish Coffee.»

«Mach ich nur für Touristen.» Der angesprochene Barkeeper namens Franz verzog das Gesicht, stellte aber schließlich das Getränk vor sie auf den Tresen.

«Danke!» Sie prostete beiden Männern zu.

«Das haben die Damen getrunken, damals, als ich so jung war wie Sie», erklärte der alte Mann. «Ach, übrigens, ich bin der Alfons. Und wie heißen Sie?»

Wieder lag ihr eine unhöfliche Antwort auf der Zunge. Doch sie lächelte und sagte: «Kira.»

«Prost, Kira! Warum bist du so traurig?»

«Ich bin wütend, nicht traurig.»

«Und es geht dich auch nichts an, Alfons», mischte sich Franz ein.

«Da hat er wohl recht.» Aber aus irgendeinem Grund redete sie trotzdem weiter: «Ich bin wütend, weil mein Freund mich mal wieder im Stich gelassen hat.»

«Und auch ein bisschen traurig», beharrte Alfons. «Ich erzähle dir mal was.»

Der Barkeeper Franz verdrehte die Augen und stellte ihm ungefragt ein weiteres Bier hin.

«Also, als ich so jung war wie du, da habe ich mit meinem besten Freund Hannes die kleine Brauerei seiner Eltern übernommen. Wir waren voller Ideen. Und verliebt. Leider in dasselbe Mädchen, Lilli. An Heiligabend kam es zum großen Streit. Wir wollten ihr beide ein Schmuckstück schenken und sie um ihre Hand bitten.»

«Und für wen hat sie sich entschieden?»

«Sie musste sich nicht entscheiden. Nach dem Streit mit Hannes hob ich all unser Geld vom Geschäftskonto ab und machte mich aus dem Staub.»

«Oh! Und dann?»

«Ich ging nach Schottland und fand einen Job in einer Destillerie. Das war noch viel interessanter, als Bier zu brauen. Viel von meiner Zeit in der Brauerei konnte ich da nicht einbringen. Fast alles musste ich neu lernen. Aber das habe ich gerne getan. Ich habe meine Bestimmung gefunden. Und meine große Liebe. Ich heiratete die Tochter des Besitzers.»

«Du hast also eine Whisky-Brennerei geheiratet. Aber was wurde aus deinem Freund? Hat er das Mädchen geheiratet und wurde erfolgreicher Brauereibesitzer?», fragte Kira.

«Tja, das wüsstest du gerne. Ich würde sagen, bevor ich weitererzähle, sagst du mir, warum du dich mit deinem Freund gestritten hast. Quid pro quo. An Heiligabend zu streiten ist nie gut.»

Kira seufzte. Dann beschloss sie, dass es Kopf und Herz erleichtern würde, zwei Fremden ihre Geschichte zu erzählen: «Also, Florian, mein Freund, studiert Deutsch, Geschichte und Politik auf Lehramt. Er kriegt es aber einfach nicht hin, seinen Abschluss zu machen. Immer wieder findet er einen Grund, ihn hinauszuschieben. Manchmal glaube ich, er will gar nicht fertig werden. Ich habe viel später mit dem Studium angefangen als er und ihn bald überholt. Er bringt nichts zu Ende und macht nie das, worum man ihn bittet.» Sie seufzte. «Heute sollte er eine Flasche Wein für das Essen bei meinen Eltern besorgen, ich habe ihm Geld gegeben und gesagt, welchen Wein er kaufen sollte und wo er ihn bekommt. Natürlich hat er es nicht getan. Ich glaube, ihm liegt gar nichts an mir.»

«Ach, Kindchen», Alfons tätschelte Kiras Hand. «Vielleicht will er ja nicht zu deinen Eltern, und vielleicht will er auch nicht Lehrer werden?»

«Und warum sagt er es mir dann nicht?»

«Das musst du ihn wohl selbst fragen.» Alfons deutete auf ihre Jackentasche, in der das Smartphone vibrierte.

«Nein», sagte sie und schüttelte den Kopf.

«Weihnachten», sagten Alfons und Franz wie im Chor.

Kira schüttelte den Kopf. «Erst erzählst du mir, wie deine Geschichte weitergeht.»

«Wie schon gesagt, heiratete ich Fiona und übernahm die Destillerie. Das Unternehmen gedieh, wir boten Bed and Breakfast an und machten Führungen. Wir bekamen drei tolle Kinder. Ich hätte nicht glücklicher sein können. Von Hannes hörte ich nichts. Nach ein paar Jahren versuchte ich, Kontakt aufzunehmen, um ihm das Geld zurückzugeben. Nichts. Es sollten fünfzig Jahre vergehen. Fiona war leider viel zu früh gestorben, und ich hatte auf einmal Sehnsucht nach der Heimat. Endlich hatte ich Glück und erreichte Hannes telefonisch. Ich erfuhr, dass es ihm und Lilli zunächst nicht so gut ergangen war. Er musste die Brauerei verkaufen, blieb aber als Braumeister im Betrieb. Hannes war so erfolgreich, dass er Jahre später alles zurückkaufen konnte. Lilli und er hatten geheiratet und waren glücklich miteinander, was mich sehr freute. Wir verabredeten, uns an Heiligabend zu treffen, er wollte sein Weihnachtsbier mitbringen und ich meinen besten Whisky.»

Er griff nach seiner Tasche und holte eine in Papier gewickelte Flasche heraus. Behutsam löste er das Papier und stellte den Whisky wie eine wertvolle Statue auf den Tresen.

«Oh, du wartest auf deinen Freund, wie schön!»

Alfons nickte, aber er lächelte nicht. Ohne ein weiteres Wort öffnete er die Whiskyflasche und bedeutete Franz, ihm vier Gläser zu geben.

«Aber der ist doch für Hannes», protestierte Kira.

«Man soll das Leben feiern, wann immer man kann», sagte Alfons. Sein Lächeln erreichte die Augen nicht. Er füllte die bernsteinfarbene Flüssigkeit in die Gläser.

«Auf die Wahrheit, die Liebe und die Freundschaft!»

Fast gleichzeitig führten alle ihr Glas zum Mund. Kira schloss die Augen. Warm und süß breitete sich das Getränk im Mund aus, ganz zum Schluss schmeckte sie einen Hauch Torf.

«So schmeckt Freundschaft», verkündete Alfons. «Sprichst du jetzt mit deinem Freund?»

«Vielleicht.» Sie zeigte auf das vierte Glas. «Grüß Hannes von mir. Und frohe Weihnachten.»

Vor der Tür verabschiedete sie sich von Franz, der eine Zigarette rauchte. «Dann noch einen schönen Abend mit den beiden.»

Franz schüttelte den Kopf. «Hannes wird nicht kommen. Kurz bevor er Alfons treffen wollte, starben seine Frau und er bei einem Autounfall. Alfons landete damals hier, weil er am Haus das Schild der Brauerei gesehen hatte. Seitdem verbringt er jeden Heiligabend hier. Mit mir und seinem besten Whisky.»

Kira schluckte. Das Handy in ihrer Jacke vibrierte, und Wärme breitete sich in ihrem Körper aus. Sie lächelte.

Rätselhafte
Weihnachtszeit
in Melle

Astrid Mühlbacher

Die unvergesslichen Erinnerungen an Weihnachten setzen bei mir Mitte der 80er-Jahre mit ungefähr vier Jahren ein. Ich kann mich an kein Fest im Detail erinnern, es mischen sich vielmehr viele kleine Erinnerungen zu einer großen.

Wir lebten in einem großen Haus am Rande einer Kleinstadt in Nordwestdeutschland, zuerst zu viert und einige Jahre später zu fünft. Mein fast gleichaltriger Bruder und ich glaubten tief und fest an die Existenz des Nikolaus (er kam sowohl am 6. als auch am 24. Dezember zu uns nach Hause, denn wir unterschieden nicht groß zwischen Nikolaus, Weihnachtsmann und Christkind). Unser Glaube wurde unerschütterlich am 6. Dezember eines jeden Jahres gefestigt, an dem der «echte» Nikolaus auf der Rathaustreppe in der Stadtmitte Überraschungen an die Kinder verteilte. Er war eine imposante Erscheinung mit seiner großen Bischofsmütze auf dem Kopf und dem riesigen goldenen Buch im Arm, in dem er die guten und weniger guten Taten der Kinder über das Jahr verzeichnet hatte.

Äußerst ehrfürchtig und ängstlich standen wir also mit unseren Eltern in der Menschenmasse und warteten darauf, zu ihm vorgelassen zu werden. Unten an der Treppe stand ein für uns unheimlich aussehender Knecht Ruprecht und befragte die Kinder vereinzelt, ob sie denn auch artig gewesen seien. Natürlich wurde das mit einem leicht schlechten Gewissen und schüchternen «Ja» beantwortet. Mir blieb jedenfalls das Herz stehen, wenn ich gefragt wurde. Ich räumte schließlich mein Zimmer nicht sonderlich gerne auf, und mein Bruder und ich waren auch nicht immer engelsgleich und liebevoll zueinander, aber glücklicherweise konnte der Nikolaus diesen Eintrag auf die Schnelle nicht finden, und erleichtert zogen wir mit unseren Tüten von dannen und packten sie eifrig und gespannt zu Hause aus. Sie enthielten Nüsse, weiße und braune Lebkuchen, eine Mandarine, Bonbons und einen kleinen Schokoladennikolaus.

Wenn dann noch Zeit war, fuhren wir abends zu einem Getränkemarkt in unserer Nachbarschaft, wo kurioserweise ebenfalls der Nikolaus kleine Geschenke an die Kinder verteilte. Wir wunderten uns immer, dass er hier mit einem vollkommen anderen Erscheinungsbild auftrat als in der Stadt und offensichtlich die anwesenden Schifferklavierspieler und den Mann am Bratwurstbräter gut kannte. Wie er das jedoch alles machte, erschloss sich uns zunächst nicht.

Die Vorweihnachtszeit war ohnehin voller Geheimnisse. Ich weiß noch, wie wir jedes Jahr ein riesiges Paket für unsere DDR-Verwandtschaft zur Post brachten, in dem wir allerlei Sachen verschickten, die sie nicht hatten. Sogar Bananen! Unbegreiflich für mich als Kind, Bananen gab's doch reichlich im Supermarkt. Erfreulicherweise erhielten wir auch oft ein Päckchen zum Dank zurück: mit selbst ge-

backenem Stollen und kleinen Püppchen für mein Puppen-
haus oder anderen schönen Spielsachen. Ich war jedes Mal
hellauf begeistert!

An den Sonnabenden vor den Adventssonntagen durften
mein Bruder und ich Puschen vor das Fenster stellen, und
wenn man vorher lieb gewesen war, befand sich darin am
nächsten Morgen eine kleine Überraschung. Das Schönste,
an das ich mich erinnern kann, waren zwei kleine Spielfigu-
ren aus Stoff: Ernie und Bert. Was waren mein Bruder und
ich glücklich – liebten wir doch die Sesamstraße über alles!
Allerdings ist es auch einmal vorgekommen, dass ich mein
Zimmer nicht aufgeräumt hatte und am nächsten Morgen
eine kleine Rute und einen Zettel mit einem Tadel des Nikolaus in meinem Puschen vorfand. Die Enttäuschung und
Beschämung war unermesslich.

Nun wusste ich, dass tatsächlich ein wachsames Auge
auf uns geworfen wurde. Ich gab mir somit Mühe, nicht
mehr ganz so schludrig zu sein, zumindest nicht in der
Vorweihnachtszeit. Außerdem hätte ich es ja besser wissen
müssen. Unser Opa erzählte, dass er als kleiner Junge mal
einen riesigen Stiefel aufgestellt hatte, in der Hoffnung, dass
er am folgenden Morgen randvoll mit Geschenken gefüllt
sein möge. Für so viel Unverschämtheit hatte er allerdings
eine riesige Rute kassiert. Danach hatte er lieber wieder
Puschen in seiner Schuhgröße aufgestellt.

Am 24. Dezember erlebten wir nach dem Aufstehen jedoch die größte Überraschung. Wir fanden unser Wohnzimmer in den frühen Morgenstunden abgeschlossen vor.
Die Jalousien waren heruntergelassen, nicht einmal durch
die dekorative Glasscheibe in der Tür fiel ein Lichtstrahl,
um einen Blick ins Innere zu erhaschen. Mein Bruder und

ich schlichen also aufgeregt vor der Tür herum, wir konnten kaum abwarten, dass der Tag verging. Vor dem Wohnzimmer stand ein kleines Telefonbänkchen, und ich kann mich erinnern, dass wir mit unserem Vater darauf saßen und eifrig rätselten, was denn der Nikolaus gebracht haben könnte.

Der Tag zog sich wie Kaugummi. Bevor wir abends zur Kirche fuhren, stellten wir Wasser und Heu für den Esel des Nikolaus bereit, schließlich musste der ja ordentlich Hunger und Durst haben, wenn er so viele Kinder besuchte.

Die Kirche war wunderschön geschmückt mit einem riesigen Tannenbaum voller Strohsterne, die Kerzen der beiden Kronleuchter über dem Mittelgang leuchteten hell, ein ganz besonderes Bild an Weihnachten.

Als wir wieder zu Hause ankamen, war unsere Aufregung kaum noch auszuhalten. Aber oh Schreck, wir konnten nicht sofort aus dem Auto steigen. Unsere Mutter musste äußerst dringend auf die Toilette, und wir hatten gefälligst zu warten, bis sie fertig war und Zeit hatte, das Garagentor zu öffnen. Ausgerechnet an Weihnachten war es unserem Vater zu kalt zum Aussteigen! Als wir nach einer gefühlten Ewigkeit endlich das Auto verlassen konnten, galt unser erster Blick dem Eselsproviant, und zu unserer großen Freude war die Wasserschale fast leer, und vom Heu waren auch nur noch wenige Halme übrig geblieben. Der Nikolaus war also hier gewesen!

Unbeschreiblich aufgeregt betraten wir den langen Flur, an dessen Ende die Wohnzimmertür sperrangelweit geöffnet war. Ein wunderschön geschmückter Tannenbaum mit echten Kerzen strahlte uns entgegen, unter ihm stand eine kleine Krippe, und um uns war es geschehen! Wir sangen noch zwei Lieder, und dann endlich durften wir unsere

Geschenke auspacken. Was für eine Freude! Ich kann mich noch erinnern, dass es ein kunterbuntes Knusperhäuschen gab, sogar mit Hexe und Hänsel und Gretel. Ein echtes Märchen in unserem Wohnzimmer!

In den nächsten Tagen besuchten wir unsere Großeltern nacheinander. Hierbei fiel mir als aufmerksamer Beobachterin auf, dass bei den einen der Tannenbaum groß und schlank gewachsen und überwiegend in Silber mit einer ganzen Pracht an Lametta geschmückt war. Bei den anderen war der Baum hingegen eher klein gewachsen und mit braun-goldenen Kugeln und kleinen Strohsternen verziert. Das musste das Christkind gewesen sein, denn bei dieser Oma kam konsequent das Christkind und nicht der Nikolaus. Einmal fand ich sogar eine kleine Schmuckschatulle mit einem herzförmigen Korallenring unter dem Tannenbaum, so etwas Edles für mich! Ich kam mir vor wie eine Prinzessin. Weihnachten war bei den Großeltern etwas ganz Besonderes, holte mein Opa doch immer seine Quetschkommode (das Knopfakkordeon) hervor, spielte darauf fröhliche Lieder, und wir sangen kräftig mit.

Noch über die Einschulung hinaus habe ich an den Nikolaus geglaubt, bis ich eines Tages nach der Schule meine Mutter inmitten von zahlreichen Schachteln sitzen sah, Kugel für Kugel einsortierend. Ganz entsetzt fragte ich, warum sie das mache und nicht der Nikolaus, der den Tannenbaum doch abholen würde wie sonst auch. Sie klärte mich also auf. Zögernd erkundigte ich mich daraufhin nach der Existenz des Osterhasen, und auch hier musste ich lernen, dass es ihn in Wirklichkeit nicht gab.

Beherrscht und tapfer, doch den Tränen nahe erkundigte ich mich besorgt: «Weiß Papa es schon?»

Die Cäcilienmesse

Christa Gruhn

Bernd saß an einem kleinen runden Tisch im gemütlichen Aufenthaltsraum einer Palliativstation. Er trug einen schwarzen Jogginganzug zu schwarzen Lederpantoffeln und hatte die Beine etwas krampfhaft übereinandergeschlagen. Die Tageszeitung, die er bis vor wenigen Minuten gelesen hatte, war ihm auf den Schoß gesunken, sein Kopf neigte sich nach vorne, seine Augen waren geschlossen. Vor ihm auf dem Tisch stand eine noch halb gefüllte Kaffeetasse, ein Infusionsständer an seiner linken Seite. Es war früher Nachmittag. Bernd wartete auf Felix, auch er ein Patient dieser Station. Vor einigen Tagen hatten sich die beiden Männer hier in diesem Raum kennengelernt. Und das kam so:

Felix öffnete die leicht angelehnte Türe, warf einen Blick zum Zeitung lesenden Bernd und steuerte mit erstaunlich forschen Schritten seinen Infusionsständer Richtung Fenster. Als er an Bernd vorbeikam, grüßte er ihn mit einem flüchtigen Lächeln. Vor dem Fenster blieb er eine längere Weile stehen und sah fasziniert dem Schneetreiben in der Parkanlage zu. Dann drehte er sich langsam zu Bernd um, der ihn jedoch zu ignorieren schien.

«Draußen schneit es dicke Flocken», sagte Felix. «Die Parkanlage ist schon komplett mit Schnee bedeckt. Sieht schön aus!» Ohne eine Antwort abzuwarten, setzte er sich an den Tisch, der dem Fenster am nächsten stand.

Bernd hatte kurz von seiner Zeitung aufgeblickt. Eigentlich wollte er in Ruhe weiterlesen. Aber jetzt schweiften seine Gedanken ab: Warum hatte der Mann ihn angesprochen, oder war das nur eine Floskel? Kontakt mit Fremden wollte er nicht mehr. Er hatte mit allem und allen, die zu seinem Leben gehörten, abgeschlossen. Nur seine Tochter ertrug er noch. Sie war der einzige Lichtblick in seiner jetzigen Lebenssituation.

Doch seit dieser Mann in dem braunen Bademantel den Raum betreten hatte, spürte Bernd so etwas wie positive Energien, die ihn milder zu stimmen begannen. Entgegen seiner anfänglichen Abwehrhaltung erhob er sich vorsichtig von seinem Stuhl und ging mit langsamen Schritten zu dem Fenster, durch das Felix die Winterlandschaft betrachtete.

«Sie haben recht, es sieht sehr schön aus! Weihnachtlich.» Leise, wie zu sich selbst, sprach er diese Worte und sah fast wehmütig dem Treiben der Schneeflocken zu. Wann hatte Bernd das letzte Mal Schneeflocken beobachtet? Als Kind? Er wusste es nicht mehr. Nun konnte er sich kaum lösen von diesem Anblick.

Felix beobachtete den leicht gebeugten Herrn am Fenster, überlegte kurz und sagte: «Setzen Sie sich doch zu mir, bevor der Mann mit der Sense kommt. Zu zweit können wir ihn vielleicht noch etwas hinhalten!» Er zeigte auf einen Stuhl an seinem Tisch.

Da mussten beide lachen. Obwohl sie um ihr nahes Ende

wussten, spürten sie, dass ihr Zusammentreffen kein Zufall sein konnte. Bernd überwand seine anfängliche Abneigung und nahm das Angebot dankend an.

Von nun an trafen sie sich täglich gegen vierzehn Uhr in diesem Raum und hofften, dass das noch eine Weile so weiterginge. Sie erzählten sich Anekdoten aus ihrem Leben. Felix war besonders gut darin und brachte Bernd ein ums andere Mal zum Lachen. Das tat ihm unsagbar gut, und er war dankbar dafür.

Einmal sagte Felix, inzwischen waren sie beim Du: «Weißt du, ich habe nur kleine Brötchen gebacken. Aber die haben mir zum Leben gereicht. Ich war's zufrieden.» Er sah zu dem nachdenklichen Bernd und fragte zögernd: «Und womit hast du dein Leben verbracht?»

«Ich habe große Brötchen gebacken. Das hat mehr als zum Leben gereicht. Aber zufrieden hat es mich nicht gemacht.»

«Ich verstehe. Lass uns lieber darüber nachdenken, wie wir unser letztes Weihnachten verbringen. In zwei Tagen ist schon Heiligabend. Ich hätte da vielleicht eine Idee.»

Und dann berichtete Felix von dem Kirchenchor in seiner Gemeinde, in dem er viele Jahre Mitglied gewesen war. Im Gemeindebrief war nun angekündigt worden, dass der Chor seinen lang gehegten Traum endlich verwirklichen konnte: Die Cäcilienmesse werde am Heiligabend in der Kirche zur Aufführung gebracht.

«Seit ich das weiß, überlege ich verzweifelt, wie ich es bewerkstelligen könnte, dorthin zu kommen. Aber ich sehe keine Möglichkeit.»

Bernd hatte mit klassischer Musik oder gar Kirchenmusik nie etwas anfangen können. Aber Felix berührte neue

Saiten in ihm, und Bernd zeigte ehrliches Interesse. «Was ist denn das Besondere an dieser Messe?»

«Zunächst braucht es unbedingt eine Kirche, die in ihrem Altarraum Platz für drei Solisten und ein Sinfonieorchester bietet. Außerdem, und das ist das Einmalige an dieser Cäcilienmesse, sind sechs Harfen erforderlich, die auf keinen Fall Zugluft ausgesetzt sein dürfen.»

«Warum?»

«Weil sie beim geringsten Durchzug verstimmen. Harfen sind sehr empfindliche Instrumente, weißt du. Daran scheitern die meisten Aufführungsorte. Eine klangvolle Orgel sollte natürlich auch vorhanden sein und ein vierstimmiger Chor.»

Bernd verstand nun, dass die Aufführung der Cäcilienmesse, für die Felix so brannte, ein großes Ereignis am Heiligabend darstellte. Er beschloss, ihm zu helfen, soweit es in seiner nur noch geringen Macht stand, denn die Hürden waren nicht zu unterschätzen. Zunächst musste er versuchen, die Erlaubnis des Krankenhauses zu bekommen – und zwar für sie beide, denn Felix hatte auch sein Interesse geweckt.

«Ich schlage vor, wir versuchen, vom Chefarzt eine Sondergenehmigung für einen Besuch deiner Kirche zu erreichen. Mit deinem Einverständnis werde ich ihn morgen bei der Visite darum bitten.»

Felix hätte nicht im Traum auf die Unterstützung von Bernd zu hoffen gewagt. Ja, das war eine gute Idee.

Am nächsten Morgen, es war der Tag vor Heiligabend, fand die letzte Chefarztvisite vor den Feiertagen statt. Bernd erhoffte sich als Privatpatient die größere Chance, die gewünschte Genehmigung zu bekommen. Er begann das Gespräch sehr diplomatisch und sprach von der letzten Möglichkeit in ihrem Leben, der Aufführung der Cäcilienmesse beizuwohnen.

Aber der Chefarzt, wohl in Unkenntnis dieser besonderen Messe, sah ihn befremdet an, schüttelte den Kopf und gab ihm in empörtem Tonfall unmissverständlich zu verstehen: «In Ihrer beider Zustand? Wo denken Sie hin! Für Messen hatten Sie wohl Zeit genug in Ihrem Leben. Unter gar keinen Umständen kann ich das gestatten. Das schlagen Sie sich sofort aus dem Kopf!» Er wandte sich unwirsch von Bernd ab und verließ grußlos das Zimmer.

Als die beiden Freunde sich mittags wieder trafen, meinte Bernd: «Der tat so, als ob ich ihn um den Besuch eines gewissen Etablissements gebeten hätte!»

Felix war ganz geknickt und fand das gar nicht lustig. Aber Bernd wäre nicht mehr er selbst gewesen, wenn ihn diese abschlägige Auskunft zur Aufgabe seines Vorhabens gebracht hätte. Wenn er auch keine Ahnung von dieser Cäcilienmesse und eine Kirche schon lange nicht mehr besucht hatte – dieses Spiel war für ihn noch nicht zu Ende.

Wer, wenn nicht ich kann Felix seinen letzten Wunsch erfüllen, dachte er und fasste einen Plan.

Als er seine Tochter anrief, war sie sofort bereit, das Ihrige zu diesem Coup zu leisten. Dann weihte er auch Felix ein, der glänzende Augen bekam. Eine kleine Bemerkung konnte der Freund sich jedoch nicht verkneifen: «Hoffentlich kratzen wir bis morgen Abend nicht ab!»

Irritiert sah Bernd ihn an und antwortete lakonisch: «Weder du noch ich! Ist das klar?!»

Den Tag des Heiligabends verbrachten Felix und Bernd wie gewohnt, um ja keine Aufmerksamkeit zu erregen. Sie trafen sich um vierzehn Uhr im Aufenthaltsraum, besprachen noch einmal den Ablauf von Bernds Plan und gingen früher in ihre Zimmer zurück, um sich für den Abend auszuruhen. Ihre Anspannung stieg mit jeder Minute.

Wie jeden Tag wurde ihnen das Abendbrot pünktlich um siebzehn Uhr serviert. Nach dem Abräumen der Tabletts baten beide wie verabredet die diensthabende Schwester, den Infusionstropf abzunehmen, damit sie – so ihr Argument – schon vor dem Eintreffen der Nachtschwester zur Ruhe kommen könnten. Das war nicht ungewöhnlich, darum erfüllte sie die Bitte gern. Damit hatten die beiden Männer früher als gewohnt ihre Bewegungsfreiheit zurück.

Im nächsten Schritt mussten sie die Station und das Haus unbemerkt verlassen. Den Freunden fiel es schwer, längere Strecken zu laufen. Es musste ein möglichst kurzer Weg zum Fahrstuhl gewährleistet sein, den aber keiner von ihnen erfragen konnte. Die Messe sollte um zwanzig Uhr beginnen, und das Interesse der Gläubigen war mit Sicherheit so groß, dass die Sitze schnell belegt sein würden.

Bernd hatte sich seinen Plan genau überlegt. Da erfahrungsgemäß abends um halb sieben auf der Station völlige Ruhe herrschte, begann ihr Unternehmen um diese Zeit. Im Abstand von wenigen Minuten verließen Bernd und Felix in Straßenkleidung die Station durch den hinteren Ausgang, um das Schwesternzimmer zu meiden.

Dort empfing sie Bernds Tochter Melanie, die den kürzesten Weg zum Fahrstuhl einen Tag vorher erkundet hatte. Beiden Männern händigte sie je einen Stock aus, damit sie ihre Schritte besser unter Kontrolle halten konnten. Als sie den Fahrstuhl erreicht hatten, passierte das Unvorhersehbare: Die Fahrstuhltür öffnete sich, und die diensthabende Stationsschwester war gerade im Begriff auszusteigen! Blitzschnell schob sich Melanie vor die Männer und nahm damit der Schwester die Sicht auf ihre Patienten.

Der Schreck saß so tief, dass die fast Ertappten ihr Vorhaben schon aufgeben wollten. Aber Melanie überspielte diese brenzlige Situation mit gutem Zuspruch. Ihr Mut kehrte wieder zurück, und sie betraten noch leicht zitternd den Fahrstuhl. Kurz vor dem Ausgang kam ihnen Melanies Freund entgegen. Er hakte Felix unter, Melanie ihren Vater. So gingen sie am Pförtner vorbei, in der Hoffnung, kein Aufsehen zu erregen.

Doch der Pförtner hatte ein wachsames Auge. «Wohin des Weges, die Herrschaften?», fragte er. Er trat aus der Pförtnerloge.

«Wir wollen unsere Väter ein bisschen spazieren führen. Heute am Heiligabend möchten wir sie nicht alleine lassen. Die frische Schneeluft tut ihnen gut. In zehn Minuten sind wir zurück und verbringen den Abend mit ihnen.»

Der Pförtner nickte und ließ sie passieren.

Das Auto hatte Melanie sicherheitshalber ein Stück vom Krankenhaus entfernt geparkt. Die Nerven der alten Herren waren kurz vor dem Zerreißen, auch wenn die schlimmsten Hürden überwunden waren.

Melanie fuhr den kürzesten Weg zur Kirche, der dennoch eine Dreiviertelstunde dauerte. Bernd und Felix hatten nun genug Zeit und Ruhe, sich von den Anstrengungen zu erholen. Als sie vor dem Portal der Kirche ankamen, läuteten bereits die Kirchenglocken zur Festmesse am Heiligabend. Es war kurz vor zwanzig Uhr. Einige Gruppen, die keinen Einlass mehr bekommen hatten, standen noch vor der Kirche.

Traurig sahen sich Bernd und Felix an. War das nun das Ende ihres Ausflugs?

Melanie und ihr Freund stiegen aus, öffneten die hinteren Wagentüren und halfen den alten Herren aus dem Auto. Schwer gebeugt auf ihre Stöcke gestützt, standen die beiden zaudernd vor der Kirche, als ein junger Mann im schwarzen Talar an sie herantrat und sie bat, ihm zu folgen. Melanie hatte Vorsorge getroffen und die Kirchenleitung gebeten, für ihren Vater und seinen Freund in der letzten Reihe zwei Plätze zu reservieren. Ihr Erscheinen sollte keine unerwünschte Aufmerksamkeit erregen. Bernd umarmte seine Tochter voller Dankbarkeit.

Die Kirche war weihnachtlich mit riesigen Tannenbäumen, vielen Kerzen und einer beleuchteten Krippe geschmückt. Die Stimmung für diese besondere Heilige Nacht konnte nicht schöner sein.

Die beiden Freunde hatten kaum Platz genommen, als die ersten Takte des «Gloria in excelsis Deo» erklangen. Eingeleitet von einem langsamen, melodiösen Horn-Solo, das die engelsgleiche Stimme eines Soprans begleitete. Zusammen erzeugten sie eine unsagbar beeindruckende Stimmung.

So begann dieser Abend zur Heiligen Nacht. Felix schwanden fast die Sinne vor Glück. Er nahm Bernds Hand und drückte sie ganz fest, denn ihm hatte er dieses Glück zu verdanken.

Bernd erfuhr nun am Ende seines Lebens, wie diese Musik auch in ihm wirkte: Er war wie verzaubert. So saßen sie beide eng beieinander und ließen diese himmlische Musik in ihre zerbrechlichen Körper fließen, ohne auch nur eine Sekunde an die möglichen Folgen ihres Ausbruchs zu denken.

Nach einiger Zeit entstand plötzlich im hinteren Teil der Kirche Unruhe. Drei Männer in Sanitätskleidung blickten suchend über die Konzertbesucher. Melanie, die stehend die Messe verfolgt hatte, erfasste schnell die Situation und winkte die Sanitäter zu sich.

Die Abwesenheit von Bernd und Felix war im Krankenhaus nicht unbemerkt geblieben. Die Nachtschwester hatte Alarm geschlagen und nach einigem Hin und Her den Chefarzt erreicht. Schnell hatte er aufgrund seines Wissens herausgefunden, in welcher Kirche die Cäcilienmesse aufgeführt wurde, und einen Notarzt und zwei Sanitäter in Bewegung gesetzt.

Beim Anblick ihrer geflüchteten, aber glückseligen Patienten sahen die Sanitäter keinen Grund, ihnen diese Freude frühzeitig zu nehmen. Die beiden alten Herren schienen ganz offensichtlich in guter Verfassung zu sein. Die beiden Sanitäter und der Notarzt blieben fürsorglich in der Nähe ihrer Patienten und warteten geduldig das Ende der Messe ab. Zurück ins Krankenhaus fuhren die beiden Männer nun aber im Sanitätswagen. Die schützende Hand Gottes sollte nicht überstrapaziert werden.

Zurück auf der Station wurden Bernd und Felix von der Nachtschwester erleichtert in Empfang genommen. Beide Herren waren erschöpft, aber so glücklich wie schon lange nicht mehr an einem Heiligabend:

Gloria in excelsis Deo!

Zuhause

Annette Willsch

Aus den Fenstern des Erdgeschosses fällt ein warmer Lichtschein auf die kaltweiße Schneedecke. Der Obdachlose schiebt den Einkaufswagen mit seinen Habseligkeiten vorsichtig um die Hausecke. Der kleine Plastik-Weihnachtsbaum vorne am Wagen schwankt sacht. Schließlich steht der Mann hinter dem Haus, im Schatten eines Busches, und schaut in das große hell erleuchtete Wohnzimmerfenster – wie in ein Schaufenster voll wunderbarer Versprechen. In der Ecke steht ein stattlicher Weihnachtsbaum, wie immer zum Fest, und da ist auch der Engel auf der Spitze mit dem angeklebten Flügel. Jetzt kommt Sandra ins Wohnzimmer und legt bunt verpackte Geschenke unter den Baum. Und da sind auch Lisa und Paul, groß sind sie geworden, Paul kommt nächstes Jahr schon in die zweite Klasse. Als Sandra sich aufrichtet und zum Fenster schaut, drückt er sich tiefer in den Schatten.

Jetzt schauen alle zur Wohnzimmertür, Sandra sagt etwas. Ist da noch jemand im Haus? Der Obdachlose verlässt den sicheren Schatten und geht ein paar Schritte auf den Rasen hinaus, um eine bessere Sicht zu erhalten. Plötzlich geht eine Lampe an, er steht lichtübergossen da. Ein neuer

Bewegungsmelder ... Paul zeigt nach draußen, zu ihm, sagt etwas.

Sandra dreht sich um, schaut in den Garten. Sie öffnet die Terrassentür. «Willst du reinkommen?»

Aus dem Haus strömt ein warmer Weihnachtsduft nach Plätzchen und Kerzen, Weihnachtsmusik ist zu hören.

Er blickt sie stumm an, schüttelt den Kopf, wendet sich zum Gehen. Zurück auf der Straße betrachtet er seinen Plastik-Weihnachtsbaum, denkt an sein ausrangiertes Sofa unter der Brücke, an seine Kumpels, die bestimmt schon um das prasselnde Feuer sitzen, eine Flasche kreisen lassen und sich fragen, wo er steckt.

Plötzlich hört er schnelle Schritte hinter sich. Vor ihm steht Paul, der ihn aus großen dunklen Augen anschaut, ihm seine kleinen Hände entgegenstreckt, voller duftender Weihnachtskekse. «Für dich, Papa», sagt er. «Frohe Weihnachten!»

Wenn du selbst nicht an dich glaubst

Silke Riemann

Es geschah am ersten Advent: Papa und ich waren im Weihnachtspostamt, und ich las ihm einen Brief von einem siebenjährigen Mädchen vor. Seitdem war Papa wie erstarrt. Kein gutes Timing, denn es war nicht mehr lange hin bis Heiligabend.

Es ist nicht leicht, das Kind des Weihnachtsmanns zu sein, genauer gesagt: Es ist nicht leicht für die Kinder. Noch genauer: für uns Zwillinge, ein Mädchen und ein Junge, Maria und Josef. Bessere Namen sind unseren Eltern nicht eingefallen. Natürlich haben wir bisher niemandem erzählt, was unser Papa beruflich macht. Nicht einmal unsere Freunde wissen das.

«Aus Berufung» mache er das, wie er sagt. Er hat sie von seinem Papa vererbt bekommen, und dieser von seinem und so weiter bis hin zu jenem Mann, der es sich in den Kopf gesetzt hatte, armen Kindern am Heiligabend mit Geschenken eine Freude zu bereiten. Zu jener Zeit waren das ein Apfel und drei Nüsse oder ein Paar gestrickte Socken.

Ich bin Maria. Obwohl wir erst in der zweiten Klasse sind, schreibe ich schon so gern und so gut, dass ich Papa bei der Beantwortung der Wunschzettel helfen darf. Papa ist ein Eins-a-Weihnachtsmann. Er backt, bastelt und baut, näht und klebt Geschenke und wickelt sie in selbst bedrucktes Papier ein wie kein anderer. Nur ganz wenige Geschenke – «den Elektronik- und Computerkram», wie er das nennt – muss er kaufen. Das heißt, Mama bestellt die Sachen im Internet, denn sie erledigt alles, was am Computer zu tun ist. Eigentlich ist sie die Chefin einer Kinderarztpraxis.

Alle Jahre wieder wird Papa sonderbar, wenn der Weihnachtsstress vorbei ist. Dann fühlt er sich plötzlich nicht mehr gebraucht und seufzt: «So schön wie letztes Jahr wird es sowieso nie wieder!»

Mama hat mir mal erzählt, dass er dann früher fast drei Monate lang müde und antriebslos war. Aber seit wir auf der Welt sind, wird er in dieser Zeit besonders aktiv und nutzt sie nicht nur, um die Wohnung zu renovieren, seine Werkstatt aufzuräumen und den Schlitten umzubauen, sondern «für die Familie». Dann hält er Mama den Rücken frei, sagt er. Er macht alle Hausarbeit und bringt uns zum Training und zur Musikschule.

Die Wochen mit Homeschooling und Wechselunterricht in diesem Jahr fand er toll. Er half uns bei den Aufgaben und spielte mit uns. «Endlich habt ihr mal Zeit für mich», meinte er, «und seid nicht den halben Tag in der Schule und den anderen halben Tag unterwegs.»

Wenn die Krokusse hervorkommen, fängt Papa mit den Weihnachtsvorbereitungen an, und zwar mit einem Eifer und Fleiß, als wäre es schon zu Ostern so weit. Kurz vor dem ersten Advent ist dann das meiste geschafft, und voller Vorfreude shampooniert und kämmt er seinen Bart, bessert seinen Mantel aus und putzt seine Stiefel. So oder so ähnlich war es auch dieses Jahr. Bis zu jenem Brief.

Die meisten in meinem Alter glauben ja nicht mehr an Dich, schrieb das Mädchen.
Aber ich. Deshalb bitte ich Dich, lieber Weihnachtsmann: Ich will kein Geschenk und auch später nie wieder eins. Nur mach, dass diese blöde Pandemie zu Ende geht.

Ich ließ das Blatt sinken, und Papa stammelte: «Aber das kann ich doch gar nicht!»

Langsam stand er auf und verließ mit schweren Schritten das Weihnachtspostamt. Ich folgte ihm nach Hause. Dort zog er sich Mantel und Stiefel aus und legte sich ins Bett – mit Hose und Pullover.

Ich holte Josef hinzu. Ihm fiel nichts Besseres ein, als zu versuchen, Papa die Bettdecke wegzuziehen. Vergeblich. Papa ist stark.

Als Mama aus der Praxis kam, zeigte ich ihr den Brief des Mädchens. Sie ging zu Papa und sagte: «Claus, du wusstest doch, dass nicht mehr viele Kinder an den Weihnachtsmann glauben.»

«Das ist es doch gar nicht», brummte er, ohne die Decke hochzuheben. «Aber wer braucht schon einen Weihnachtsmann, der den wichtigsten Wunsch nicht erfüllen kann?»

«Es ist wohl eine Sinnkrise», meinte Mama zu uns. «Wir müssen abwarten. Er wird schon wieder zu sich kommen.»

Kam er aber nicht. Er blieb im Bett und stand nur nachts auf. Dann setzte er sich vor den Kamin, mit der Katze auf dem Schoß, tat nichts, sagte nichts und war nicht ansprechbar.

Am zweiten Advent sprach Mama dann von einer «tieferen Sinnkrise» und sagte zu uns: «Da müssen wir drei wohl ran, damit Weihnachten dieses Jahr nicht ausfällt.»

Zum Glück waren die Geschenke bereits fertig, nur noch wenige mussten eingepackt werden. Da wir das nicht so gut hinbekamen wie Papa, banden wir nur Schleifenband um die Gaben. Josef kam auf die Idee, einen *Der Umwelt zuliebe! Weniger Verpackung*-Sticker draufzukleben. Mama und ich fanden das gut.

Am dritten Advent backten wir Plätzchen, Lebkuchen und Christstollen. Mama nahm das alte Rezeptbuch aus dem Regal, staubte es ab und las uns vor, was wir tun mussten. Sie hoffte, der Duft aus der Backstube würde Papa aufmuntern. Nichts da! Nicht einmal der Gestank, als uns ein Blech mit Vanillekipferln angebrannt war, lockte ihn hervor. Schließlich bekamen wir es irgendwie hin, nicht so toll wie Papa, aber ganz passabel.

Am vierten Advent war es Zeit, den Schlitten zu putzen und zu beladen. Unsere Rentiere standen gut im Futter. «Du hast wohl Schnupfen, Kleiner, du hast ja eine ganz rote Nase. Hoffentlich kein …», meinte Mama zu Rudolph und bestimmte dann in ihrem strengen Kinderärztinnenton: «Du bleibst am besten zu Hause!»

Als wir ihr erklärten, dass Rudolph eine Leuchtnase hat, mit der er sich auch orientieren kann, schaute sie uns besorgt an. «Es fehlt nicht mehr viel, und ihr behauptet, zwei mal zwei ist fünf. Ihr habt wirklich zu viel Unterricht verpasst.»

Immerhin war der erste Schnee gefallen – das erste Mal,

seit Josef und ich uns erinnern konnten: weiße Weihnacht! Mamas Praxis war voll mit infizierten und kranken Kindern, aber dieser Kummer war nichts gegen den Kummer, den ihr Papas Zustand bereitete. Er wurde immer schwächer.

Am letzten Schultag sangen wir Weihnachtslieder. Dazu gingen wir auf den Schulhof und stellten uns zwei Armlängen entfernt voneinander auf. Bei «Morgen kommt der Weihnachtsmann» passierte es: Ich fing an zu weinen. Nicht nur ein paar Tränen, sondern so richtig heftig mit Schluchzen und so. Unsere Lehrerin schickte uns zurück in den Klassenraum, und wir setzten uns im Kreis hin. Ich weinte immer noch.

«Es ist für uns alle eine schwere Zeit, besonders für euch, Kinder», sagte unsere Lehrerin. «Können wir dir helfen, Maria?»

«Ist dein Opa auch gestorben?», fragte Jolly. Und durfte keiner von der Familie zu ihm?»

Ich schüttelte den Kopf.

«Wollen sich deine Eltern auch scheiden lassen, weil sie im Lockdown gemerkt haben, dass sie sich nicht mehr lieb haben?», fragte Alma.

Ich schüttelte wieder den Kopf.

«Ihr müsst mir … uns helfen», sagte ich. Ich schaute fragend zu Josef, der wohl ahnte, was ich vorhatte, und mir auffordernd zunickte. Also wagte ich es: «Unser Papa ist nämlich der Weihnachtsmann. Aber jetzt ist er sehr krank.»

Malte, Alma und Viktor bekamen eine Lachattacke. Eine nicht enden wollende Lachattacke.

Unsere Lehrerin hob die Arme: «Stopp! Niemand wird hier ausgelacht, schon gar nicht für seine Fanta…»

«Ihr müsst uns helfen!», unterbrach Josef sie mit lauter Stimme. «Wenn der Weihnachtsmann am Heiligabend zu euch kommt, nehmt kurz euren Mund-Nasen-Schutz ab und zeigt ihm, dass ihr an ihn glaubt: Schenkt ihm ein Lächeln, euer schönstes Lächeln. Das ist nämlich sein Lohn: das Lächeln der Kinder. Sein Ansporn, seine Medizin.»

Die Kinder lachten wieder, aber diesmal nicht alle. Marissa, Jolly und Lasse blieben still. Unsere Lehrerin schaute Josef und mich seltsam an. Abends rief sie Mama an und erzählte von unserem «emotionalen Ausbruch» vor der ganzen Klasse. Sie habe gar nicht gedacht, dass wir mit acht Jahren noch so fest an den Weihnachtsmann glaubten. Mama sagte etwas von «psychologischen Langzeitfolgen der Pandemie», bedankte sich kurz für das Engagement unserer Lehrerin und legte auf. Dann wandte sie sich zu uns: «Und was nun?»

«Was, wenn Papa die Geschenke gar nicht zu den Kindern bringen kann?», fragte ich.

«Dann machen wir's!» Josef klang entschlossen.

Am Nachmittag des Heiligabends standen wir zu dritt an Papas Bett. «Du musst zu den Kindern, Claus! Heute mehr denn je!», sagte Mama.

Er antwortete nicht, sondern zog sich langsam die Decke über den Kopf.

Wir machten uns große Sorgen um ihn. Doch jetzt hatten wir keine Zeit, sondern mussten seine Aufgabe erledigen. Mama legte ihr Smartphone neben sein Kopfkissen, dann schlichen wir uns aus dem Zimmer.

«Mama, dann musst du das für Papa übernehmen: Du bist der Weihnachtsmann», bestimmte ich.

«Aber wenn die Kinder den Betrug bemerken?», fragte

sie. «Dann glaubt kein Kind mehr irgendetwas von dem ganzen Weihnachtszauber.»

Josef überlegte kurz: «Dann sagen wir, der Weihnachtsmann ist in Quarantäne, und wir wollten nicht, dass Weihnachten ausfällt. Dafür werden uns die Kinder dankbar sein.»

Sonderbarerweise ließ sich Mama davon überzeugen, obwohl es eigentlich eine noch schlimmere Lüge war. Josef und ich banden ihr ein Kissen vor den Bauch und zogen ihr den Weihnachtsmann-Mantel an. Die viel zu langen Ärmel krempelte sie zweimal um.

«Du bleibst im Schlitten», bestimmte Josef, «Maria und ich sind die Wichtel und verteilen die Geschenke.»

«Und der Bart…?», fragte Mama.

«So ein Mund-Nasen-Schutz hat auch Vorteile!», antwortete ich und klebte eine Packung Watte an Mamas Maske. Das sah halbwegs gut aus.

Dann ging's los: Die Rentiere eingespannt, rauf auf den Schlitten und ab durch die frische Winterluft. Wir machten mächtig viel Krach mit den Glöckchen am Schlitten, blieben aber in gebührendem Abstand zu den Häusern, damit die Kinder den falschen Weihnachtsmann nicht erkennen konnten. Wir verzichteten auf «Hohoho»-Rufe und jegliche Gespräche, um uns mit unseren hellen Stimmen nicht zu verraten.

Als wir auf Lasses Haus zukamen, sahen wir, dass er einen fast lebensgroßen Weihnachtsmann gebaut hatte – aus Legosteinen. Stolz stand er daneben, nahm seine Maske herunter und lächelte breit. Flugs machte Josef ein Foto mit seinem Smartphone und schickte es an Mamas Handy.

Da griff Lasse zu einem Fernglas und richtete es auf uns. «Ihr seid es ja wirklich, Maria und Josef!», rief er.

Einen Moment fühlten wir uns ertappt, aber dann lachten wir und winkten ihm zu. «Na klar, meinst du etwa, wir erzählen verrücktes Zeug?», antwortete ich.

Lasse sprang vor Begeisterung hin und her.

Was ich jetzt schreibe, hat mir Papa erst später erzählt. Das geschah mit ihm, als wir weg waren: Er lag im Bett, und alles war ihm schwer: seine Beine, seine Arme, sein Kopf, vor allem aber sein Herz, weil er – zum ersten Mal in all den Jahren – nicht zu den Kindern kommen würde. Er schämte sich und weinte. Da hörte er eine Kinderstimme: «Lieber, guter Weihnachtsmann.» Ich hatte es in Mamas Handy gesprochen, als Benachrichtigungston.

Papa nahm die Bettdecke von seinem Kopf. Da war es wieder: «Lieber, guter Weihnachtsmann.» Er griff nach dem leuchtenden Handy und sah auf dem Bildschirm einen riesengroßen Lego-Weihnachtsmann und daneben einen stolz lächelnden Jungen. Papa wischte sich die Tränen weg und blinzelte. Als er auch noch hörte, dass der Junge uns beide kannte, dachte er: «Was für großartige Kinder ich doch habe!»

Als Marissa unseren Schlitten vor ihrem Fenster bemerkte, öffnete sie es und spielte auf der Geige «Morgen kommt der Weihnachtsmann».

Wir hatten ja keine Ahnung, wie talentiert sie ist. Begeistert applaudierten wir, und Marissa lächelte so glücklich, dass Josef es sofort aufnehmen musste.

Als Papa das Weihnachtsmann-Lied hörte, richtete er sich auf und warf die Bettdecke von sich. Langsam erhob er sich und trank ein Glas Weihnachtspunsch. Gleich ging es ihm besser. Er wollte rausgehen, fand aber seinen Mantel nicht. Da schaute er noch einmal auf das Handy und erkannte, wer auf dem Kutschbock des Schlittens saß: seine Frau. Meine geliebte Frau!, dachte er, und ein Schwall von Wärme durchströmte ihn und gab ihm Kraft. So zog er zwei Pullover übereinander und trat vor die Tür. Wochenlang war er nicht draußen gewesen, und er fröstelte im kalten Wind. Umso mehr freute er sich über das, was er nun im Handy sah.

Welches Kind strickt denn heute noch? Jolly aus unserer Klasse. Für den kranken Weihnachtsmann. Gute Besserung und immer warme Hände, stand in Schönschrift auf einem Schild neben einem Paar Handschuhen.

Jetzt beschenken die Kinder schon den Weihnachtsmann!, dachte Papa beschämt und gerührt und freute sich auf die Handschuhe.

«So, das waren die Kinder, die an den Weihnachtsmann glauben», sagte Josef zu Mama.

«Heißt das etwa, ihr wollt nicht zu den anderen?» Bevor wir antworten konnten, tat Mama es selbst: «Das kommt gar nicht infrage.»

Bei Alma und Viktor war gar nichts los; die Fenster waren dunkel. «Das haben wir doch gesagt!», schrie ich Mama zu, denn der Wind wurde nun heftiger und eisig.

Doch Mama blieb bei ihrem Vorhaben und lenkte den Schlitten zu Malte. Zum Glück tat sie das! Denn Malte stand – bekleidet mit einem Weihnachtspullover – auf dem Balkon und rappte zu ohrenbetäubender Musik:

«Hoho, Digga, sieh mich an,
Wenn du selbst nicht an dich glaubst, wer soll es dann?
Ich glaub an dich und dich und mich
und auch an dich, hey, Weihnachtsmann!
Hohoho, hehehe, du, Alter, bist okay!»

Natürlich nahm Josef das sofort auf und schickte es zu Papa. Ich meinte, Tränen in Mamas Augen zu sehen.

Diese Worte berührten Papa so sehr, dass er beschloss, zu uns und den Kindern zu eilen. Der Schlitten war zwar weg, aber zum Glück war noch ein Rentier da … Während des Flugs wiederholte er immer wieder die Zeile: «Wenn du selbst nicht an dich glaubst, wer soll es dann?» Und dachte: «Wie wahr! Ich bin kein Medizinmann, sondern ein Weihnachtsmann. Ich kann keine Pandemien beenden und auch keinen Krieg! Meine Aufgabe ist es nicht, die Welt zu retten, sondern den Kindern Freude und somit Kraft zu schenken. Vielleicht retten sie dann später mal die Welt!»

Als wir die erste Fuhre der Geschenke abgeworfen hatten, mussten wir zurück nach Hause. Mama wurde nun so müde, dass sie auf dem Kutschbock einschlief. Na prima, wir verflogen uns dermaßen, dass die Rentiere sich, uns und den Schlitten nur durch eine Notlandung retten konnten. Noch mal prima: natürlich Funkloch. Kein GPS. Eine Lichtung mitten im Wald, im Schnee.

«Die Rentiere müssten doch den Weg nach Hause kennen», meinte Mama verschlafen.

Aber von den sechs Rentieren wollte jedes in eine andere Richtung, sie verhedderten sich beinahe mit ihrem Geschirr.

«Das haben wir doch gesagt: Nur Rudolph kennt den Weg», sagte ich.

Mama seufzte: «Jetzt können wir nur hoffen, dass man … dass er … dass Papa uns findet!», und nahm uns beide unter die dicke Felldecke vom Kutschbock.

«Stille Nacht, heilige Nacht …», begann Mama zu singen, und wir stimmten ein.

Wir sangen alle Weihnachtslieder, die wir kannten. Als wir bei «Süßer die Glocken nie klingen» angekommen waren, hörten wir aus der Ferne Glockengeläut.

«Nicht dass wir kurz vorm Erfrieren sind!», flüsterte Mama. «Da hat man solche Halluzinationen.»

Doch dann sahen wir einen roten Punkt durch die Luft fliegen, der immer größer wurde und direkt auf uns zukam. Schließlich erkannten wir Rudolphs Leuchtnase und Papa, der auf Rudolph ritt. Und schon landeten die beiden.

«Meine Lieben! Da seid ihr ja!» Papa umarmte uns drei fest und wirbelte uns durch die Luft: «Hohoho!» Seine Stimme dröhnte wieder so wie früher. Sanft setzte er uns ab. «Danke, dass ihr das getan habt! Ihr habt mich … ihr habt den Weihnachtsmann, ihr habt Weihnachten gerettet!», sagte er. «Wie konnte ich nur so selbstmitleidig sein! Die Kinder da draußen denken tatsächlich, ich wäre krank.»

«Deshalb musst du jetzt zu ihnen, Claus!», sagte Mama. «Sie warten auf dich! Zeige dich ihnen, deinen Bart und dein Lächeln, vor allem aber: Sprich mit ihnen, frag sie aus. Sie haben so viel zu erzählen nach diesem Jahr.»

Rasch flogen wir zusammen nach Hause, beluden den Schlitten neu und spannten natürlich auch Rudolph ein. Mama gab Papa seinen Mantel zurück, und er machte sich auf den Weg zu den Kindern dieser Welt.

Als Josef und ich mit Mama und der Katze am Kamin saßen, beschloss ich, diese unglaubliche Geschichte aufzuschreiben.

Spätabends, als Papa heimkam, schlief Josef schon. Aber ich hörte noch, wie Papa zu Mama sagte: «So schön wie dieses Jahr wird es nie wieder.»

In der Kapelle

Peter Schneiderhan

Ich öffne die schwere Holztür und betrete die Kapelle. Mein letzter Besuch des schlichten Kirchleins mit seinem Dachreiter, in dem eine einzige Glocke hängt, liegt Jahre zurück. Wohltuende Kühle umfängt mich. Obwohl es erst Mitte April ist, scheint der Sommer für seinen Auftritt zu proben.

Auf den ersten Blick hat sich nichts verändert. Die Heiligen grüßen und fordern stumm, streng und doch höflich dazu auf, näher zu kommen. Die barocken Engelchen turnen über den für die Raumverhältnisse etwas zu groß geratenen Hochaltar und halten Schreibfedern in der Hand. Doch ihre Botschaft bleibt ungeschrieben. Jeder darf sie selbst in sich spüren.

Sonne, Mond und Sterne leuchten heller am Chorhimmel, als ich es in Erinnerung habe. Auch die weit über fünf Jahrhunderte alten Wandmalereien im Langhaus wurden wohl in jüngerer Vergangenheit aufgefrischt.

Ich genieße die Stille dieses abgelegenen Ortes, zu dem nur noch wenige Menschen finden, schließe die Augen und stelle mir vor, wie es gewesen sein könnte, als es hier noch ein Dorf gab.

Als ich die Augen wieder öffne, fällt mein Blick auf das in einer Nische abgestellte Lesepult. Auf ihm steht ein Objekt, das sich beim genauen Hinsehen als Weihnachtskrippe mit bunt lackierten, überaus lebendig wirkenden Holzfigürchen entpuppt.

Auf einem winzigen hölzernen Brettchen erhebt sich der Stall von Bethlehem. Das Neugeborene schläft unbeschwert in seiner gut gepolsterten Futterkrippe. Noch ahnt es nichts von seinem Auftrag. Josef wacht an seiner Seite, und Maria kniet mit gefalteten Händen gegenüber, glücklich darüber, dass doch noch alles gut gegangen ist. Ein Hirte und drei Schafe leisten der Familie Gesellschaft. Das kleinste der Tiere hat sich neben der Krippe niedergelassen. Auch die weisen Könige aus dem Morgenland sind bereits eingetroffen, weil sie vertrauensvoll ihrem guten Stern gefolgt sind, der nun über dem Stall verharrt. Demütig betrachten sie das Kind und überreichen ihre Geschenke.

Wie friedlich die kleine Welt wirkt, die ein Mensch liebevoll gestaltet und vielleicht als Symbol zum Innehalten und Nachdenken auch außerhalb der Weihnachtszeit in die Kapelle getragen hat.

Darf dieser tiefe Frieden irgendwann doch noch in größere Welten hineinwachsen?

«Und Friede den Menschen auf Erden ...» Ob der Engel, der den Hirten in jener Heiligen Nacht die Botschaft überbrachte, auch heute noch daran glaubt?

Ich steige zur Empore hinauf. Die Holztreppe knarzt ihre vertraute Melodie. Auf dem Treppenabsatz drehe ich mich um und betrachte den Engel mit seinen blassen Schwingen, der geduldig die Wand schmückt. Seine Augen strahlen vor Zuversicht. *Er* würde die Hoffnung nie aufgeben.

Oben angekommen nehme ich die Mundharmonika aus dem Rucksack und spiele «Stille Nacht».

Da sehe ich den Schmetterling, der sich in die Kapelle verirrt hat und vor dem geschlossenen Fenster in der Nähe des Altars vergeblich der Sonne entgegenflattert.

Ich verlasse die Empore und umschließe den Falter behutsam mit den Händen. Ein letzter zaghafter Flügelschlag, dann hält das zerbrechliche Geschöpf still.

Ich trete hinaus, entlasse den Schmetterling in die Freiheit und fühle mich selbst so leicht wie schon lange nicht mehr.

Nun gönne ich mir noch eine Rast auf der Bank vor der Kapelle und beobachte, wie der Schatten der alten Linde über die Giebelwand wandert. Dann setze auch ich meine Wanderung fort.

Der blaue Vorhang

Peter Osterried

Sternkind wurde ins Bett gebracht, ihm wurde von der Mama vorgelesen, keine Weihnachtsgeschichte, keine Sternengeschichte, sondern eine Geschichte über Tiere, die im Dschungel spielte. Durch den Urwald streiften Raubtiere, wilde, bunte Vögel flatterten umher, und des Nachts flirrte das Mondlicht unruhig in den Baumwipfeln. Das Licht wurde ausgemacht, wach war Sternkind, lange noch. Wie weit war es noch bis zum 24. Dezember? Nicht mehr lange, nicht ein paar Wochen, nur ein paar Tage, und das Christkind käme, sagte man. So ein Unsinn, wusste Sternkind. So ein Unsinn, dachte es, das ist doch etwas für kleine Kinder, nicht mehr für Sternkind! Und doch, sicher konnte man sich niemals sein, besonders wenn man langsam müde wurde und die Träume Einzug hielten in die Zimmer.

Von fernen Reisen träumte es, ferne Reisen in ferne Welten: die so weit weg waren von der jetzt so winterlich kalten großen Stadt! Es träumte von Reisen dorthin, wo Elefanten ihre Hüter trugen. Das taten sie ein Leben lang, bis die Hüter früher als ihre Elefanten starben und die Elefanten dann so traurig darüber waren, dass sie keine Hüter mehr hatten, und diesen in den Tod folgen wollten. Nicht in den

Elefantenhimmel, sondern in den Menschenhimmel, wo die Seelen ihrer Hüter waren und sie wieder zusammen sein konnten, für immer.

Von der Großmutter träumte es, die mit Sternkind jedes Jahr in der Weihnachtszeit gestickt hatte – auch wenn das eigentlich nichts für Jungen war! – und die so viel erzählt hatte von ihrer alten Heimat vor der schlimmen Zeit. Von ihrer Kindheit hatte sie ganz viel gesprochen. Sternkind träumte von der Großmutter als jungem Mädchen, es war völlig klar, wie sie ausgesehen hatte. Ein Bild der Großmutter aus Kindertagen hatte Sternkind nie gesehen. Sternkind brauchte keine Fotos: Es war genauso alt wie die Großmutter und spielte mit ihr. «Komm, fang den roten Ball!», rief sie ihm zu. Sie spielten auf dem Platz mit dem Kopfsteinpflaster, da, vor dem alten Haus am Meer, an dessen Strand der gelbe Ginster in der Mittagssonne im Frühsommer duftete und zu welken begann.

Sternkind wurde wach. Kein Licht im Zimmer, es war noch Nacht. Doch da war der blaue Vorhang, durch dessen Fasern Lichtpunkte stachen, kleine Punkte, einer neben dem anderen. Natürlich: Der Mond, der schien hell, noch heller jedoch die Straßenlaternen der Stadt. So hell waren sie, dass der Vorhang zugezogen wurde, wenn die Nacht im Kinderzimmer beginnen sollte – Schlafenszeit fürs Sternkind.

Doch so wie heute hatte es den Vorhang nie gesehen! Es funkelten im Dunkeln die lichthellen Punkte. Plötzlich durchfuhr Wind das Zimmer, alles war in Bewegung, rund und rund, immerfort in einem Taumel – und Sternkind flog von Punkt zu Punkt, von Stern zu Sternchen zu Stern … Der Vorhang war kein Himmel, sondern Wind und Wellen und ein Blau, auf dem Sternkind segelte und sich dabei ganz sicher fühlte.

Am Morgen kam die Mutter ins Zimmer und hörte kaum das Atmen ihres Kindes. Als es sich auch nach mehrmaligem Rufen seines Namens nicht bewegte, wurde die Mutter unruhig und rüttelte es. Endlich wurde es wach!

«Warum weckst du mich? Ich bin doch das Christkind und muss durch den Sternenhimmel segeln!»

«Was sprichst du da? Träumst du noch?»

Dann sah die Mutter Sternenstaub auf der blauen Nachtwäsche des Kinderbettes und wusste selbst nicht, ob sie träumte.

Das Weihnachts-
geheimnis

Anneli Klipphahn

Man schrieb das Jahr 1223. Es war kurz vor Weihnachten. Mit hoch erhobenem Haupt stolzierte Karl mit seinen Geschwistern Arno und Eva zum Dorf hinaus. Ihr Vater, der Gutsbesitzer Arnulf vom Walde, war ein strenger Herr. Von früh bis spät kommandierte er seine Knechte und Mägde herum und gönnte ihnen kaum eine freie Minute. Seine Bauern lebten in heruntergekommenen Hütten. Sie mussten ihrem Gutsherrn einen großen Teil ihrer Ernte abgeben, dazu gesponnene Wolle, Eier, Milch, Hühner und Gänse. Sobald Arnulf vom Walde es befahl, mussten sie alles stehen und liegen lassen, um auf den Feldern oder im Haus des Gutsherrn zu arbeiten. Karl war sein ältester Sohn. Oftmals mahnte der Vater: «Du bist mein Erstgeborener. Zeige den Leuten, wer du bist! Ein stolzer, strenger Herr!»

Manchmal musste Karl mit dem Vater durchs Dorf gehen und die Bauern für irgendwelche Kleinigkeiten bestrafen. Wenn er nichts fand, was die Bauern falsch gemacht hatten, schalt der Vater ihn: «Du bist zu weich, Junge! Zittern müssen sie vor dir! Es gibt immer etwas, wofür man seine Untergebenen strafen kann!»

Karl fürchtete sich vor dem Vater, nie konnte er ihm etwas recht machen. Doch heute war Arnulf vom Walde nicht da, und Karl nutzte die Gelegenheit, um mit seinen Geschwistern einen Ausflug in den Nachbarort zu unternehmen. Hier musste er seine Macht nicht demonstrieren, denn hier regierte der Ritter Johannes Velitia.

In der Mitte des kleinen Ortes blieben die Kinder stehen und blickten sich um. Nachdenklich stellte Eva fest: «Irgendetwas stimmt hier nicht.»

Arno zuckte mit den Schultern. «Was soll schon sein? Die Leute bereiten sich auf Weihnachten vor. Sie rennen wie aufgescheuchte Hühner mal hierhin und mal dahin.»

«Das meine ich nicht.» Eva deutete auf drei Frauen, die am Brunnen Wasser schöpften. «Sie lachen und tuscheln, als hätten sie ein Geheimnis.»

Arno grinste schief. «Wenn du so neugierig bist, dann frage sie doch.»

Karl verpasste ihm eine Ohrfeige. «Das kommt gar nicht infrage! Sie wird sich auf keinen Fall mit diesen Bauernweibern unterhalten!»

Eva runzelte die Stirn. «Warum nicht? Wenn du mal Gutsherr bist, musst du dich auch mit einfachen Leuten unterhalten.»

«Unterhalten?» Karl schnaubte abfällig. «Ich werde ihnen Befehle erteilen, und sie werden gehorchen.»

Während sie weitergingen, traten zwei Mädchen und ein Junge aus einem Haus. Jedes Kind schleppte ein Bündel Fackeln.

«Lumpengesindel», murmelte Karl. «Ich möchte wissen, was die mit den vielen Fackeln vorhaben.»

«Ich frage sie», beschloss Arno. «Sie werden mir sagen ...»

«Nein, das tust du nicht!» Karl packte den Arm seines jüngeren Bruders. «Vater hat uns den Umgang mit solchen Kindern verboten! Wahrscheinlich tragen sie zahlreiche Flöhe, Läuse und Krankheiten mit sich herum. Wenn sie uns damit anstecken, schlägt uns der Vater grün und blau.»

Während er noch sprach, deutete eines der Mädchen die Straße hinauf und rief aufgeregt: «Dort sind sie!»

Da entdeckte Karl einen Bauern mit seinem Sohn, der einen Esel zum Ortsausgang trieb. Das Tier zog einen Karren, auf dem allerlei Kram lag, unter anderem eine hölzerne Futterkrippe.

«Wo wollen die denn hin?», überlegte Arno laut. «Wollen die etwa in den Bergen einen Stall einrichten?»

Schon folgten die Kinder mit den Fackeln dem Bauern. Da tauchten an einer Weggabelung zwei Knechte mit einem Ochsenkarren auf. Der Karren war bis obenhin mit Heu und Stroh beladen. Die Knechte mit dem Ochsen folgten dem Bauern mit dem Esel.

«Wir sollten hinterherschleichen und beobachten, wohin sie gehen», schlug Arno vor. «Vielleicht planen sie einen Aufstand und …»

«Unsinn!» Karl verpasste ihm eine Kopfnuss. «Ich laufe doch nicht den Hungerleidern nach.»

«Die Ochsen kommen vom Gut», stellte Eva fest.

«Das sehe ich auch», fuhr Karl seine Schwester an. «Also weiß der Ritter Bescheid. Ohne seine Erlaubnis dürften die Knechte nicht mitten am Tag mit dem Ochsenkarren herumfahren.»

Arno nickte. «Wir sollten Johannes Velitia besuchen. Mit Gleichgestellten dürfen wir uns unterhalten.»

«Aber …», unsicher trat Eva von einem Fuß auf den

anderen. «… aber ohne Einladung können wir nicht dorthin.»

«Sei nicht so zimperlich», unterbrach Arno sie. «Du siehst doch selbst, dass hier merkwürdige Dinge vor sich gehen. Vielleicht finden wir etwas heraus, was wichtig für Vater ist. Schließlich ist Johannes Velitia unser Nachbar. Karl ist fast erwachsen, er weiß, wie er mit ihm reden muss.»

Karl fühlte sich geschmeichelt. Er straffte seine Schultern und nickte. «Klar weiß ich das. Auf geht's. Wir besuchen den Ritter!»

Während sie sich auf den Weg zum Gut machten, überlegte Karl fieberhaft, was er Johannes Velitia sagen sollte. In Wirklichkeit fühlte er sich überhaupt nicht sicher. Erstens war der Ritter mächtiger als der Vater, und zweitens nannte der Vater den Ritter einen Narren, dem man nicht trauen dürfe. Karl wusste nicht, wovor er sich mehr fürchtete, vor Johannes Velitia oder vor dem Eingeständnis, dass er gar nicht der große, starke Bruder war, für den Arno ihn hielt. Warum hatte er so schnell eingewilligt, den Ritter zu besuchen? Jetzt konnte er seine Entscheidung nicht mehr rückgängig machen, ohne von Arno für schwach gehalten zu werden. Außerdem hatte Arno recht; hier gingen merkwürdige Dinge vor sich, die womöglich wichtig für den Vater waren. Vielleicht würde der Vater ihn dann loben – zum ersten Mal in seinem Leben.

«Schaut mal!», riss Eva ihn aus seinen Gedanken. «Da kommen noch mehr Jungen mit Fackeln. Sie gehen zum Gutshof.»

«Hinterher!» Karl beschleunigte seine Schritte.

Grinsend boxte Arno ihn in die Seite. «Also laufen wir jetzt doch den Hungerleidern nach?»

«Wenn sie zum Gutshof gehen, ist das was anderes.» Karl fing an zu rennen. «Los, beeilt euch!»

Atemlos erreichten sie den Hof. Johannes Velitia war gerade dabei, den Kindern die Fackeln abzunehmen. Langsam gingen die Geschwister weiter. Da hob der Ritter den Kopf und entdeckte sie. «Na? Wollt ihr euch auch an unserem Weihnachtsgeheimnis beteiligen?»

Karl spürte, wie sein Herz schneller schlug. «Welches Weihnachtsgeheimnis?»

Einer der Jungen wandte sich ihm zu. «Ein Geheimnis ist ein Geheimnis. Es wird erst an Weihnachten gelüftet.»

«Weihnachten sind wir nicht hier», sagte Arno. «Vater wird nicht zulassen …»

«Unser Vater ist Arnulf vom Walde», unterbrach Karl seinen Bruder.

«Ich weiß, wer ihr seid.» Lächelnd nickte Johannes Velitia ihnen zu. «Unser Geheimnis ist für alle da. Vielleicht möchte euer Vater mitkommen an Weihnachten? Mit seiner Familie und all seinen Knechten und Mägden. Alle sind eingeladen.»

«Alle?» Karl verzog das Gesicht, als hätte der Ritter ihm vorgeschlagen, einen Mistkäfer zu essen. «Unser Vater würde sich niemals mit dem Bauerngesindel zusammentun!»

Arno nickte heftig. «Außerdem fahren wir an Weihnachten mit der Kutsche nach Rieti in die Kathedrale. Zum Gottesdienst, mit dem Bischof.»

«Das tut mir leid», sagte Johannes Velitia, «Denn da verpasst ihr etwas.»

Eva deutete auf die Fackeln. «Braucht ihr die alle für das Weihnachtsgeheimnis?»

Der Ritter nickte. «Diese und noch viel mehr. Überlegt

es euch. Wenn ihr das große Weihnachtsgeheimnis erleben wollt, kommt am späten Abend des 24. Dezember da draußen an den Waldrand.»

Arnulf vom Walde stieß seinen ältesten Sohn in die Seite. «Was stocherst so im Essen herum! Hast du etwas angestellt?»

Karl schüttelte den Kopf. «Ich frage mich nur, was Johannes Velitia vorhat.»

Arno schaute von seinem Teller auf. «Die Leute in seinem Dorf stellen Fackeln her. Und sie bringen Tiere und Sachen in den Wald.»

Arnulf blickte seine Söhne mit zusammengezogenen Brauen an. «Berichtet mir alles!»

Karl atmete tief durch und erzählte, was sie beobachtet hatten. Schließlich setzte er sich aufrecht und hob den Kopf. «Bitte, Vater! Lass mich am Abend des 24. Dezember zu Johannes Velitia gehen und sehen, was er vorh...»

Arnulf schlug fest mit der Hand auf die Tischplatte. «Das kommt gar nicht infrage! Ich selbst werde gehen! Ihr begleitet die Mutter zur Kathedrale!»

«Aber der Ritter hat gesagt, *alle sind eingeladen*», widersprach Arno. «Unsere Familie kann doch ...»

«Auf keinen Fall!», donnerte Arnulf. «Das ist vielleicht eine Falle.»

Die Mutter nickte. «Und deshalb solltest du auch nicht hingehen, Arnulf. Willst du uns denn ohne deinen Schutz nach Rieti fahren lassen?»

«Halt dich da raus!» Arnulf warf seiner Frau einen düsteren Blick zu. Dabei dachte er: Sie hat recht. Ich kann sie nicht allein fahren lassen. Womöglich wird die Kutsche überfallen. In den umliegenden Wäldern treiben sich Räuber herum.

Da zupfte Eva ihn am Ärmel. «Die Leute in dem Dorf waren alle fröhlich. Johannes Velitia hat bestimmt nichts Böses vor. Er hat gesagt, es ist ein Weihnachtsgeheimnis. Ich liebe Geheimnisse! Bitte, Vater. Lass uns hingehen.»

Arnulf strich seiner kleinen Tochter übers Haar. Während er seine Söhne überaus streng behandelte, konnte er seiner Prinzessin kaum einen Wunsch abschlagen. Vielleicht war es wirklich besser, wenn die Familie am Weihnachtsabend zusammenblieb? Er konnte all seine Knechte mitnehmen, dazu die Bauern aus seinem Dorf. Je mehr Leute sie waren, umso besser. Jetzt, da er wusste, dass Johannes Velitia etwas Ungewöhnliches vorhatte, konnte er nicht seelenruhig in Rieti in der Kathedrale sitzen und die lateinische Predigt des Bischofs anhören, von der er sowieso nicht viel verstand.

Also zog Arnulf vom Walde in der Heiligen Nacht mit seiner Familie, allen Knechten, Mägden und Bauern an den Rand des Nachbardorfes. Arnulf hatte sein Schwert gegürtet, jeder Mann trug eine Fackel und etwas, womit er im Ernstfall kämpfen konnte. Hinter dem Nachbardorf stießen sie auf zahlreiche Menschen, sie trugen weder Waffen noch Knüppel.

Karl trat an die Seite seines Vaters und deutete in Richtung des Gutes. «Da kommen die Mutter und die Frau des Ritters mit seinen Kindern. Die würde Johannes Velitia doch nicht in Gefahr bringen. Das ist bestimmt keine Falle.»

In diesem Moment blies einer der Knechte in ein Horn und bat um Ruhe. Als alle still waren, verkündete er: «Wir ziehen hinauf zu den Felshöhlen von Greccio. Dort erwarten uns Johannes Velitia und das Weihnachtsgeheimnis. Achtet auf eure Fackeln, bleibt zusammen und helft einander.»

Der Aufstieg durch den Wald war sehr anstrengend. An verschiedenen Weggabelungen stießen Menschengruppen zu ihnen, die aus anderen Dörfern kamen. Endlich näherten sie sich ihrem Ziel. Zahlreiche Fackeln erhellten die Dunkelheit. Vor der Höhle stand Johannes Velitia, um ihn herum warteten etliche Männer in dunklen, einfachen Gewändern mit einem Strick als Gürtel.

Arnulf wandte sich seiner Familie zu. «Der Bettelmönch neben Johannes Velitia ist Franz von Assisi. Dieser verrückte Kerl hat alles aufgegeben, was er besaß. Er ist der Sohn eines wohlhabenden Kaufmanns und wollte früher Ritter werden.»

«Warum hat er alles aufgegeben?», wollte Karl wissen.

Arnulf zuckte mit den Schultern.

Endlich gaben Franziskus und seine Brüder den Blick frei. Im Hintergrund der Höhle brüllte ein Ochse, daneben stand ein Esel, der am Umhang eines einfachen Mannes schnupperte. Vor dem Mann saß eine junge Frau, sie hatte den Blick auf eine Futterkrippe gerichtet, in der ein Säugling auf Heu und Stroh lag. Da begann Franziskus, ein einfaches Lied zu Gottes Lob zu singen. Einer nach dem anderen stimmte mit ein, und das Echo der Berge verstärkte den Gesang, sodass es Arnulf vorkam, als würde die ganze Schöpfung musizieren. Unterdessen kamen Hirten mit ihren Schafen und gesellten sich zu dem neugeborenen Kind.

Und dann fing Franziskus an zu sprechen: «Das Weihnachtsgeheimnis ist das Wunder der Heiligen Nacht. Gott hat seinen Sohn auf die Erde geschickt. Schaut genau hin! Da liegt der Sohn des Gottes, der größer und mächtiger ist als jeder Mensch! Er kam nicht in einem warmen, weichen Bett zur Welt, das in einem Palast steht, sondern in einem kalten, dunklen Stall. Und so, wie eure Fackeln die finstre Nacht hier zum Tag machen, so bringt Jesus Christus die Liebe Gottes in unsere dunkle Welt. Aus Liebe schenkt Gott uns seinen Sohn – das Wertvollste, was er besitzt. Jesus kommt als kleines, hilfloses Kind auf die Welt und wird in eine Futterkrippe gebettet. Arme Hirten sind seine ersten Gäste, zu ihnen hat Gott durch die Engel gesprochen. Denn Gott liebt alle Menschen; die großen und die kleinen, die alten und die jungen, die armen und die reichen. Das Kind von Bethlehem möchte unsere Liebe zu Gott wecken.»

Lange sprach Franziskus vom Kind in der Krippe. Ergriffen hörten die Menschen zu. Auch Arnulf vom Walde hing an seinen Lippen und vergaß alle Weihnachtsgottesdienste, die er bisher erlebt hatte. Der Stall mit den Tieren, das Kind in der Krippe und die Worte des Franziskus berührten sein Herz wie ein Feuer, das Licht und Wärme verbreitet. Und als Franziskus das nächste Lied anstimmte, sang Arnulf vom Walde, wie er noch nie gesungen hatte. Er jubelte und lobte Gott mit seiner Familie, seinen Knechten, den Bauern und seinem Nachbarn Johannes Velitia, dem er von Herzen dankbar war, weil er ihn und seine Familie hierher eingeladen hatte.

Auf dem Weg nach Hause sagte Karl zu seinem Vater: «Ich glaube, ich weiß jetzt, warum Franziskus sein Leben geändert hat. Jesus braucht ihn, um den Menschen die Liebe Gottes zu zeigen.»

Arnulf nickte. «Du hast recht, mein Sohn. Und es wird Zeit, dass auch ich ein anderes Leben beginne.»

Erschrocken blickte Karl zu seinem Vater auf. «Willst du etwa auch alles verschenken und in eine Höhle ziehen?»

«Oh nein!» Lachend schüttelte Arnulf den Kopf. «Ich bin kein Franziskus. Ich denke, Gott hat mit jedem Menschen einen anderen Plan. Ich bin und bleibe ein Gutsherr – bisher habe ich meine Bauern, Knechte und Mägde wie Dreck behandelt. Doch heute hat mir Gott gezeigt, dass er jeden Menschen gleich liebt. Deshalb möchte ich ab heute ein guter und gerechter Herr sein, der dafür sorgt, dass keines der kleinen Kinder in seinem Dorf mehr hungern muss.»

Karl atmete tief durch. «Das ist gut, Vater. Und ich möchte dir bei deiner neuen Aufgabe helfen.»

Arnulf legte Karl seine Hand auf die Schulter. «Das wirst du, mein Sohn. Ich bin stolz auf dich.»

Jährchen

Katja Wüstenhöfer

Bei meiner Geburt gucken viele Menschen auf ihre Uhren, und ich bekomme weltweite Aufmerksamkeit. Sobald ich ankomme, ertönt ein großer Krach, und der Himmel leuchtet silbern, goldig, grün, blau, rot und gelb; es funkelt in meine erste Nacht hinein, dass es eine wahre Freude ist. Ich bin offen wie ein Buch mit leeren Seiten. Manche Menschen fürchten sich vor mir, manche träumen sich in Wunder hinein, die in meinem Dasein geschehen sollen. Mancher ist volltrunken und verschläft den ersten Tag meines Lebens. Ich aber laufe in mein Leben hinein, immer frisch und fröhlich vorwärts. Den meisten Menschen gehe ich zu schnell, aber das ist nicht wahr, ich gehe ganz gleichmäßig meiner Wege.

Anfänglich, nach dem wunderbaren Leuchten meiner Geburtsstunde, ist der Himmel zumeist grau und schwer, dicke Tropfen kullern aus dem Himmel. Dazu spannt der Wind seine dicken Pausbäckchen und bläst den Menschen die Schirme kaputt. Die Bäume sind nackt und haben bei meinem Vorgänger ihre Kleider abgegeben.

Manchmal fallen Kristalle in dicken Bündeln zu Boden und färben den Erdboden weiß. Das Weiße bringt Stille und

Langsamkeit in die Welt. Bei Sonne kann man im Weiß lauter kleine farbige Fünkchen entdecken, wie ehemals am Himmel schillern nun die Funken am Boden silbern und golden. Die Natur ruht sich aus, während ich wacker meines Weges gehe.

Nach einer Weile, die der Himmel sehr lange sein graues Kleid getragen hat, wird es lichter und heller. Die Sonne steckt ihr rundes Gesichtchen durch die Wolken und strahlt den Menschen in die Augen und den Bäumen ins Geäst. Alles, was sich in der Kälte zusammengezogen hat, streckt sich, dehnt sich aus und wendet sich der Sonnenwärme entgegen. Die Bäume kleiden sich neu ein und bevorzugen bei der Farbwahl grüne, wunderschöne Gewänder. Hellgrüne, olivgrüne, tannengrüne, grasgrüne, pastellgrüne, smaragdgrüne, zitronengrüne Kleider werden übergezogen, und die Bäume werfen sich in Schale, um bei dem wunderbaren Sonnenfest mitzumachen und mit dem Wind zu tanzen, wenn es an der Zeit ist. Die Blumen sind in ihrer Kleiderwahl gar die Königinnen unter den Pflanzen. Sie schneidern sich so viele verschieden bunte Kleidchen, mit so filigranen Silhouetten, dass der Erdboden erstrahlt in Orange, Gelb, Rot, Blau, Lila, Rosa, Weiß – wie ein riesengroßer, wunderschöner Teppich.

Wenn ich schon mein halbes Leben hinter mir habe, lädt die Sonne endlich zu ihrem Fest ein. Der Himmel trägt ein blaues Kleid mit weißen Tupfen, und er ist der Gastgeberin ein treuer Begleiter. Da wird gelacht, gestrahlt, gewärmt, geplätschert, genossen, gewispert, gebadet, gestrandet und gefeiert. Aber irgendwann wird die Sonne erst ein bisschen und dann sehr müde und zieht sich allmählich zurück hinter die weißen, immer größer werdenden Tupfen des blauen Kleids vom Himmel.

Der Wind ist der ausdauerndste Gast: Er wird niemals müde und lädt zum Tanzen ein. Um sich für den Reigen vorzubereiten, gehen die Blätter der Bäume in den Umkleideraum. Sie legen ihre grünen Kleidchen ab und ziehen sich rote, gelbe, orangefarbene, braune und beigefarbene Mäntelchen um. Dann tanzen sie mit dem Wind Polka, Tango und Wiener Walzer. Dabei entführt der Wind den Bäumen die Blätter, und die Blätter, die vom Wind ganz hingerissen sind, lassen sich forttragen.

Bei all dem Treiben bin ich nun schon sehr viel älter geworden und gehe gleichmäßigen Schrittes meinem letzten Teil des Lebens entgegen. Alle Menschen, Bäume, ja sogar der Himmel und die Sonne sind mit mir älter geworden, aber die meisten werden viel älter als ich. Nur bei mir ist klar, wann ich komme und wann ich gehe, aber noch habe ich ein bisschen Zeit.

Nun kullern wieder dicke Tropfen vom Grau des Himmels, und die Bäume haben ihre schönen bunten Kleider verloren: Hier und da hängt noch ein braunes Mäntelchen in den Ästen und erinnert an das vergangene Fest der Sonne und den wilden Tanz des Windes. Das Licht geht früh schlafen, und der Mond steht früh auf, wenn er nicht ganz und gar verschläft, was auch manchmal vorkommt.

Zu dieser Zeit laden die Menschen zu einem Fest ein. Dafür gehen nun die grünen Tannen in den Umkleideraum, und wie wunderbar sie da wieder herauskommen, diese stacheligen, immer dunkelgrünen Bäumchen! Sie tragen Kostüme aus Licht und sind geschmückt mit bunten, schillernden Kugeln, auf denen Funken tanzen. Es kommt Farbe und Glanz ins Geäst und vertreibt drinnen und draußen die Dunkelheit. Sterne leuchten nicht nur am Himmel, sondern auch auf Märkten, in Fenstern und in Wohnungen: überall ein Strahlen, Glitzern und Funkeln. Auf der Straße hat sich die Ruhe in ihren tiefen Lehnstuhl gesetzt. Man hört nur noch Glocken läuten, und dann ist es draußen still. Im Innern der Häuser erklingen Lieder. Bratenduft entweicht den Backöfen. Es wird geknuspert, geknackt, geschmaust, gelächelt, umarmt und gefeiert.

Meine Zeit ist fast um, und ich verdanke den Menschen diesen wunderbaren Abschluss meines Lebens. In fünf Tagen gehe ich fort und werde nie wiederkommen. Wenn ich gehe, wird mein Geschwisterchen kommen und eine neue Zeit mit sich bringen.

Single-Weihnacht

Ilse Mucks

Es dämmert leicht, ich halte inne –
Kalender steht auf «Weihnachtsfest».
Das motiviert mir meine Sinne,
weil es mich noch besinnen lässt.

Von weit her tönen leis die Glocken,
sie laden ein zum Kirchengang –
ich mag noch nicht im Lehnstuhl hocken,
somit ein Gang am Haus entlang.

Ein Schneemann glotzt in Nachbars Garten,
keck protzend mit Zylinderhut –
«Hey, Dicker, musst auf Eiszeit warten,
sonst geht's dir unterm Hut nicht gut!»

Schwer stapft mein Freund um Buchsbaumhecke,
ich bitte ihn zum Friesentee –
dieweil den Tisch perfekt ich decke,
pendelt mein Ego auf «okay».

Mit Erinnerung gestopfte Stunde,
zart schmilzt das Eis im vollen Mund –
jetzt sind wir zwei in einer Runde.
Und nebenan bellt Nachbars Hund.

Inhaltsverzeichnis

Hinweis für die
Leserinnen und Leser

Vielleicht haben die hier veröffentlichten Geschichten Sie angeregt, selbst eine Weihnachtsgeschichte zu schreiben.

Wenn Sie sich, liebe Leserinnen und Leser, mit einem Beitrag beteiligen möchten, schicken Sie Ihre Geschichte bitte ausschließlich an folgende Anschrift:

Barbara Mürmann
Postfach 605564
22250 Hamburg
oder per E-Mail: weihnachtsgeschichten@winbot.de

Ihre Geschichte sollte bitte nicht länger als 5 Manuskriptseiten (pro Seite 30 Zeilen à 60 Anschläge) und bis spätestens **Ende März 2023** eingetroffen sein. Bitte geben Sie Ihren Kontakt an, damit wir Sie anschließend erreichen können.

Von den vielen eingesandten Geschichten hat die eine oder andere durchaus die Chance, wenn nicht in diesem, dann in einem der nächsten Bände der *Weihnachtsgeschichten am Kamin* veröffentlicht zu werden.

✳ ✳ ✳

Wir freuen uns über eingereichte Manuskripte, können jedoch weder für sie haften noch sie zurücksenden oder in jedem Fall Korrespondenz darüber führen. Die Einsendung der Manuskripte erfolgt unverbindlich; eine Veröffentlichung kann nicht garantiert werden.

Katharina Herzog
Das kleine Bücherdorf: Winterglitzern

Die junge Kunsthändlerin Vicky gerät
durch Zufall an einen ungewöhnlichen
Brief: Der 8-jährige Finlay aus Swinton-
on-Sea in Schottland hat ihn an seine ver-
storbene Mutter geschrieben. Vicky ist
berührt – aber auch neugierig, denn
dem Brief liegt ein Foto bei, auf dem Finlay eine seltene Ausgabe von «Alice im
Wunderland» in den Händen hält.

352 Seiten

Vicky reist nach Swinton, wo Graham,
der Vater des Jungen, ein Antiquariat
führt, und wird prompt für die neue Aushilfsbuchhändlerin gehalten.
Swinton ist ein ganz und gar außergewöhnlicher Ort. Ein uriges Dorf
voller Buchläden und Bücherwürmer und dazu eine Schar mitunter
sehr eigenwilliger Einwohnerinnen und Einwohner.

Unversehens gerät Vicky mitten in die Geschichte um Finlay, seinen
Vater Graham – einen attraktiven Buchhändler und Witwer – und ein
sehr wertvolles Buch. Doch sie hat auch etwas zu verbergen: dass sie
mit einem Auftrag angereist ist, der ihre zarten Freundschaftsbande in
Swinton zu zerreißen droht …

Weitere Informationen finden Sie unter **rowohlt.de**

Manuela Inusa, Micaela A. Gabriel,
Katharina Herzog, Miriam Georg u. a.

Ein ganzes Herz voll Weihnachten

Geschichten und Rezepte für die schönste Zeit im Jahr

Dieses Weihnachten wird ein ganz
besonderes Fest: Vierzehn Lieblingsauto-
rinnen haben ihre berührendsten Weihnachtsgeschichten aufgeschrieben und
ihre festlichsten Rezepte gesammelt.
Erzählungen, die erheitern, wärmen
und ans Herz gehen. Denn wenn die
Weihnachtszeit anbricht, zieht eine
besondere Stimmung ein, und es ereig-
nen sich kleine und große Wunder. Es
ist die Zeit, Geschichten zu erzählen.

352 Seiten

Die Geschichte der kleinen Johanna, die an Weihnachten das
Geheimnis von warmen Pfeffernüssen und Freundschaft erfährt.
Die Geschichte einer unwahrscheinlichen Liebe, die in einer Hütte in
Dänemark wahr wird. Die Geschichte der Menschen aus dem kleinen
Bücherdorf, die sich am Heiligen Abend an einem Ort begegnen,
wo niemand die anderen erwartet hätte. Oder die Geschichte der See-
männer, die weit weg von ihren Familien, gestrandet in einem fremden
Land, ein ganz besonderes Weihnachtsfest erleben.

Berührende Weihnachtsgeschichten, liebevoll aufgeschrieben
und gesammelt in einem herzerwärmenden Weihnachtsbuch. Und
am Ende wird alles gut. Denn am Ende wird Weihnachten sein.

Weitere Informationen finden Sie unter **rowohlt.de**